DER TEMI

Ralf Boldt

Der Temporalanwalt

AndroSF 43

Ralf Boldt
DER TEMPORALANWALT

AndroSF 43

Bibliografische Information der Deutschen Nationalbibliothek
Die Deutsche Nationalbibliothek verzeichnet diese Publikation
in der Deutschen Nationalbibliografie; detaillierte bibliografische Daten sind im Internet über http://dnb.d-nb.de abruf-
bar.

Titelbild & Illustrationen: Lothar Bauer
Layout & Umschlaggestaltung: global:epropaganda, Xlendi
Korrektorat: Anke Boldt, Luise Weiß, Michael Haitel
Lektorat: Luise Weiß, Michael Haitel
Herstellung: CreateSpace / Amazon Distribution

Verlag: *p.*machinery Michael Haitel
Ammergauer Str. 11, 82418 Murnau am Staffelsee
www.*p*machinery.de
für den Science Fiction Club Deutschland e. V., www.sfcd.eu

ISBN: 978 3 95765 016 0

Ralf Boldt

Der Temporalanwalt

Was ist also die Zeit?

Wenn mich niemand danach fragt, weiß ich es, wenn ich es aber einem, der mich fragt, erklären sollte, weiß ich es nicht; mit Zuversicht jedoch kann ich wenigstens sagen, dass ich weiß, dass, wenn nichts verginge, es keine vergangene Zeit gäbe, und wem nichts vorüberginge, es keine zukünftige Zeit gäbe. Jene beiden Zeiten also, Vergangenheit und Zukunft, wie kann man sagen, dass sie sind, wenn die Vergangenheit schon nicht mehr ist und die Zukunft noch nicht ist?

Aurelius Augustinus

Oldenburg in Oldenburg, Mai 2020

»Guten Tag, Herr Grießau!«, begrüßte mich meine Sekretärin Gisela Halbstedt. »Wie steht's mit der heutigen Erfolgsquote?«

»Positiv. Zweimal gewonnen, dazu einen Vergleich. Wie erwartet, haben wir uns in der Sache Walther gegen Walther gütlich einigen können«, brachte ich noch etwas angestrengt hervor. Ich kam gerade vom Oberlandesgericht Oldenburg in meine Kanzlei zurück und war die ganzen zweieinhalb Kilometer mit meinem alten Hollandrad gefahren!

»Welche Termine liegen heute noch an?«, fragte ich.

»Um halb vier die Beurkundung Familie Meiners.«

Ich schaute auf die Uhr. Ich hatte noch etwas Zeit.

»Bringen Sie mir bitte einen Tee.«

So viel Zeit musste noch sein.

»Gerne! Die Post liegt schon auf dem Schreibtisch.«

Gisela Halbstedt war keine »Vorzimmerdame«, wie sie im Buche steht – in welchem Buche solche Dinge auch immer niedergeschrieben sein mochten. Sie war eher der bodenständige Typ, kam passenderweise ja auch gebürtig aus Leer in Ostfriesland. Mit ihren fünfundzwanzig Jahren folgte sie immer den neuesten Trends, ohne dabei ein Modepüppchen zu sein, und trug eine Brille, ohne diese zu benötigen. »Es lässt mich klüger aussehen«, hatte sie mir einmal augenzwinkernd ihr Geheimnis verraten.

Sie jonglierte mit Akten und Terminen, brachte meine Unordnung in Ordnung, munterte mich und niedergeschlagene Mandanten, die bei ihr vorne warten mussten, jeden Tag aufs Neue auf. Man konnte mit ihr Pferde stehlen. Wenn man erwischt worden wäre, so würde sie den Richter in kurzen knappen Sätzen von unserer Unschuld überzeugen, ohne rot zu werden, ohne lügen zu müssen.

Am Telefon war sie immer angenehm und hatte schon so manchen Mandanten zur Vernunft gebracht, der sich über eine Ungerechtigkeit meinte aufregen zu müssen. Sie konnte gut zuhören und hatte immer viel zu erzählen, konnte aber auch im richtigen Moment einfach schweigen und sich unsichtbar machen.

Kurz: Sie war der gute Geist der Kanzlei.

Ich betrat mein Büro. Die Akten landeten auf dem Beistelltisch und die Robe hängte ich ordentlich in den Schrank. Ein kurzer Blick in den Spiegel zeigte mir, dass mein Gesicht, obwohl schon einundvierzig Jahre alt, noch keine Falten schlug. Dafür wurden meine Geheimratsecken immer größer und das Grau breitete sich langsam aber sicher über den ganzen Kopf aus. Doch wie sagte meine Frau Sabine: »Hans-Peter, graue Haare machen Männer sexy!«

Ich selbst hatte keine Probleme mit meinem Äußeren. Naja, ein wenig mehr Sport würde mir vielleicht ganz guttun.

Mit einem wohligen Ächzen sank ich in meinen Bürosessel. Nein, ich war nicht wirklich unsportlich, doch heute war die Luft etwas raus.

Seit neun Jahren war ich als Anwalt und Notar am Oberlandesgericht zugelassen und seit sechs Jahren hatte ich mich auf das Fachgebiet *Temporalrecht* spezialisiert. Wenn mir das jemand während meines Studiums erzählt hätte, wäre ich in schallendes Gelächter ausgebrochen. Zumal es damals, wie auch heute den Begriff *Temporalrecht* nicht gab.

Man durfte nicht denken, dass auf meinem Kanzleischild irgendetwas mit *temporal* stehen würde. Diese Spezialisierung gab es nicht und wird es wahrscheinlich auch nie geben. Was aber nicht bedeutete, dass ich nicht mit Fällen rund um Zeitreisen zu tun hatte, habe und haben werde. Auch oder gerade wenn es so gut wie keine Menschen gab, die davon wussten oder jemals davon erfahren würden.

Am 12. August 2014 begann diese anfangs noch eher unfreiwillige Karriere. Ich hatte wie heute an meinem Schreibtisch gesessen und ebenfalls auf den nächsten Termin gewartet.

Wie alles begonnen hatte

Zeit ist das, was man an der Uhr abliest.
Albert Einstein

Drei Männer betraten das Büro. Der Verkäufer war der Prokurist eines Torfabbauunternehmens aus dem Cloppenburger Raum, der Käufer ein Mann im Alter von nur zwanzig Jahren mit dem typischen norddeutschen Namen Harm Meesters – mit Doppel-E.

Es sollte ein Moorgebiet im Ammerland von fast sechshundertachtzig Hektar Größe den Besitzer wechseln. Dies war schon ein wenig ungewöhnlich, denn was wollte so ein junger Mann mit einem so großen feuchten Stück Land? Doch noch überraschender war der Anblick des Mannes in seiner Begleitung, der vielleicht dreißig Jahre älter war. Sie hatten eine Ähnlichkeit, dass sie eineiige Zwillinge sein konnten, wenn der Altersunterschied nicht gewesen wäre.

Ich begrüßte die drei und bat sie, Platz zu nehmen. Ein »Wir kennen uns ja schon« des älteren Begleiters brachte mich kurz aus dem Konzept, aber nur kurz. Ich kannte ihn nicht, noch nicht.

Nachdem sich alle auf ihren Stühlen niedergelassen hatten, begann ich mit der Beurkundung. Ich ließ mir die Ausweise zeigen, sowie die Vollmacht des Prokuristen. Daraufhin verlas ich den Vertrag und hielt einen hoffentlich für die Anwesenden nicht bemerkbaren Moment beim Preis inne – es handelte sich immerhin um eine Summe von siebeneinhalb

Millionen Euro! Daraufhin legte ich die Papiere meinen Gegenübern zur Unterschrift vor.

»Gibt es noch Fragen zum Vertrag?«

Ich schaute die beiden Unterzeichner nacheinander an. Beide schüttelten leicht den Kopf. Ich bestätigte die Verneinung mit einem Nicken.

»Dann unterschreiben Sie bitte an den gekennzeichneten Stellen.«

Beide unterzeichneten die Urkunde und ich tauschte die Papiere, damit auch die andere Partei ihren Namen unter die Dokumente setzen konnte.

Abschließend beurkundete ich den Vorgang.

»Herzlichen Glückwunsch«, sagte ich in den Raum hinein, ohne eine der Parteien damit wirklich zu meinen, denn als Notar galt es immer, Neutralität zu wahren.

Ein Runde Händeschütteln – jeder mit jedem – und die Männer verließen mein Büro.

Das war die letzte Amtshandlung für diesen Tag und ich freute mich schon auf meinen Feierabendespresso im *Grand Café*, wie ich ihn mir seit einiger Zeit zum Abschluss eines Arbeitstages gönnte. Eine kurze Ruhephase für mich und ein Weg, die Arbeit hinter mir zu lassen, wofür mir Sabine sehr dankbar war.

Ich klemmte mir also mein Webpad und die wenigen Zeitungen und Zeitschriften, die ich immer noch in Papierform las, unter den Arm und verabschiedete mich von Frau Halbstedt. Beim Hinausgehen sagte ich zu ihr, dass sie nicht mehr so lange arbeiten sollte, und bekam wie fast jeden Tag die Standardantwort »Ich gehe auch gleich!« zurück, was wie immer nicht der Wahrheit entsprechen würde. Dann radelte ich gemütlich in die Innenstadt.

Das *Grand Café* hatte seit gut einem Jahr wieder geöffnet, nachdem es längere Zeit unter anderem Namen geführt worden war. Aber schon in meiner Studentenzeit hatten wir uns hier nach den Vorlesungen getroffen, Kaffee getrunken, gefachsimpelt und Zukunftspläne geschmiedet.

Ich ließ mich in meinem Lieblingssessel nieder, die Kellnerin brachte mir einen Espresso, und ich vertiefte mich in die erste Zeitung. Aus einer dummen Gewohnheit heraus las ich sie schon, seit ich denken konnte, von hinten nach vorn.

Als ich beim Sportteil angelangt war, bemerkte ich das Gespräch zweier Männer am Nachbartisch. Die Diskussion wäre mir nicht aufgefallen, hätten die Männer nicht versucht, betont unauffällig miteinander zu reden. Gerade dieser Versuch mit dem intensiven Geflüster ließ mich aufhorchen, was so gar nicht meine Art war. Ich wollte meine Ruhe haben und das bedeutete für mich auch, dass ich nicht erpicht war, andere zu belauschen.

Ich sah kurz auf und war zu meiner eigenen Verwunderung nicht erstaunt, die beiden »Zwillinge« von vorhin zu erblicken. Das Rascheln meiner Zeitung ließ sie innehalten und beide schauten mich an. Der Jüngere ein wenig überrascht, der Ältere mit einem scheinbar wissenden Lächeln, welches mich noch weiter verwunderte.

»Guten Tag!«, sagte ich. »Angenehm, Sie hier wiederzusehen!«

Der Jüngere stammelte ebenfalls ein »Guten Tag!«, während der Andere aufstand und an meinen Tisch trat.

»Freut mich ebenfalls, Sie zu sehen, Herr Grießau!«, begrüßte er mich zum zweiten Mal an diesem Tag. Und nicht das letzte Mal in meinem Leben, wie ich später erleben sollte.

»Möchten Sie sich …?«, begann ich meine Frage, die aber aufgrund eines gleichzeitigen »Dürfen wir uns …?« meines Gegenüber von mir nicht zu Ende formuliert werden konnte.

Ich faltete meine altmodische gedruckte Zeitung zusammen und legte sie zur Seite, stand auf und versuchte einen neuen Anlauf: »Setzen Sie sich bitte zu mir.«

Der ältere Zwilling winkte sein jüngeres Pendant herüber. Dieser kam der Einladung etwas umständlich nach. Er brachte zwei Kaffeetassen mit und stellte diese auf meinen Tisch.

»Alles in Ordnung?«, begann ich. Wobei ich von keinem wirklich eine ehrliche Antwort erwartete; auf jeden Fall hätte ich die Antwort, die ich bekam, niemals erwartet:

»Alles bestens«, antwortete der Ältere: »Auch wenn wir damit nicht einer Meinung sind. Wir sehen die Zukunft und ihre Ereignisse unterschiedlich. Er will mir nicht wirklich alles glauben, was ich ihm berichte, obwohl er, rational gesehen, dafür keine Veranlassung hat.«

Nun meldete sich auch der Zwanzigjährige zu Wort: »Seine Geschichten klingen einfach zu unglaubwürdig.«

»Worüber streiten Sie sich? Die Zukunft ist doch nicht vorhersehbar«, versuchte ich zu schlichten.

»Da täuschen Sie sich ein wenig«, warf nun der Ältere ein. »Nein! Richtiger: Da täuschen Sie sich aber gewaltig!«

Mir wurde ein wenig mulmig. Das klang so überzeugend, dass es keine Gegenrede duldete. Ich wollte dennoch etwas erwidern, konnte aber nicht und schloss langsam meinen Mund, um nicht allzu dämlich auszusehen.

»Ich kenne die Zukunft. Ganz genau!«, setzte der Ältere noch einen drauf. Was mich in diesem Moment noch sprachloser machte – wenn es denn eine Steigerung von *sprachlos* geben sollte.

Er erzählte dann eine Geschichte, die ich zu diesem Zeitpunkt nicht verstand, nicht verstehen konnte – und auch nicht wollte. Die Geschichte war so absurd, so unglaubwürdig und so unlogisch, dass mein Gehirn kurzzeitig den Dienst einstellte und ich deshalb einfach zuhören musste, ob ich wollte oder nicht.

»Und nun wissen Sie, warum ich vorhin meinte, dass wir uns schon kennen«, schloss er seinen Bericht.

Mein Verstand sprang stotternd wieder an wie ein Benzinrasenmäher, der den ganzen Winter im Schuppen gestanden hatte und nun für den ersten Rasenschnitt im Frühjahr gestartet werden sollte.

Wenige Augenblicke später leuchtete vor meinem inneren Auge eine rote Kontrollleuchte: Überlast. Das war selbst zu viel für ein gut trainiertes Anwaltshirn. Und ich hatte doch immer brav alle Science-Fiction-Filme im Fernsehen geschaut.

»Sie sind also wirklich der Meinung, dass Sie aus der Zukunft kommen – aus dem Jahr 2043?«, vergewisserte ich mich.

Dann versuchte ich es mit Logik. »Und Sie sind gekommen, um ein Grundstück zu kaufen. Sie persönlich haben aber doch keine Fläche gekauft. Das war doch der junge Mann hier. Er hat unterschrieben und damit gehört das Gelände ihm.«

»Hör mal, Hans-Peter ...«, begann der Ältere. »Ach ja, ich heiße Harm mit Vornamen. Ich vergaß, dass wir uns ja erst ab jetzt duzen.«

»Wie bitte?«

»Dies ist der Moment, ab dem wir uns duzen«, sagte Harm.

»Das meinte ich nicht. Was für ein Zufall. Der junge Mann heißt doch auch Harm. Sag bloß nicht, du heißt auch Meesters mit Nachnamen.«

Ich hätte fast nicht bemerkt, dass ich ihn ebenfalls duzte.

»Doch«, meinte er. »Ich heiße Harm Meesters. Ebenfalls Harm Meesters. Ich bin Harm Meesters. Und er ebenfalls. Er ist nur eine jüngere Ausgabe von mir.«

Mein Hirn setzte wieder aus. Beim Uralt-Betriebssystem Windows wäre das ein »Blue Screen« gewesen.

Nach dem – doch recht schnellen – Neustart meines Denkapparates schluckte ich einmal kurz, griff zur Tasse, bemerkte, dass der Espresso kalt geworden war, bestellte einen doppelten Cognac, den die Kellnerin so schnell brachte, als ob sie geahnt hätte, dass ich ihn nötig hätte, schüttete diesen auf ex in mich hinein, spürte die Wärme, die die Speiseröhre langsam hinunterglitt, spürte, dass er unten im Magen angekommen war, und richtete mich in meinem Stuhl auf.

»Du meinst, ihr seid nicht verwandt, sondern ein und dieselbe Person?«, schlussfolgerte ich messerscharf.

»Dann ist ja alles ganz klar!«

Natürlich war mir nichts »klar«. Ich wollte nur etwas sagen. Wer hatte schon einmal einen Anwalt sprachlos oder auch nur überrascht gesehen?

Harm nickte wissend.

»Diese Szene habe ich sehr gut im Gedächtnis behalten. Nichts ist dir klar. Du glaubst mir nicht und überlegst, mich in die geschlossene Abteilung des Landeskrankenhauses einweisen zu lassen.«

Gut. Ertappt. Mit dem Gedanken hatte ich kurz gespielt, ihn aber gleich wieder verworfen.

Ich versuchte, mich zu sammeln. Am besten – das hatte ich schon während meiner Schulzeit und später im Studium gelernt – fasste ich das Gesagte noch einmal mit meinen Worten laut zusammen:

»Du, Harm, kommst aus dem Jahr 2043 hier in das Jahr 2014 zurück, um ein völlig wertloses Grundstück völlig überteuert zu kaufen, damit auf diesem Gelände eine *Temporalkuppel* errichtet werden kann. Hier beginnt ihr ab 2024, das Gebiet der Zeitreisen wissenschaftlich und experimentell zu erforschen. Und im Jahr 2029 könnt ihr erstmalig erfolgreich in die Vergangenheit reisen.«

Harm erwiderte: »Fast richtig, aber nicht ganz. Es ist nicht eine *Temporalkuppel*, sondern *die Temporalkuppel*. Es gibt nur die eine und es wird nach unserem Kenntnisstand auch immer nur eine geben. Wir forschen auch nicht erst ab 2024. Es müsste aus deiner Sicht *wir werden forschen* heißen und aus meinem temporalem Blickwinkel *wir forschten*. Der Einfachheit halber bleibe ich bei meiner Sicht. Es wird ja auch einmal deine werden.

Aber zurück zum Thema: Die theoretische Grundlagenforschung geht natürlich auf Albert Einstein zurück. Wir sind eher für die praktische Umsetzung dieser Ideen zuständig. Und wir haben bewiesen, dass die theoretischen Ansätze und Berechnungen richtig sind. Ich bin der lebende Beweis: Wir reisen durch die Zeit!«

Den letzten Satz sprach er so laut aus, dass sich einige Gäste im Café zu uns umdrehten. Sie bemerkten aber schnell, dass nichts Ungewöhnliches geschehen war, und entließen uns wieder aus dem Fokus ihrer Wahrnehmung. Zu meiner Erleichterung. Das Letzte, was ich für meine Reputation als Anwalt und Notar gebrauchen konnte, war der Verdacht, mich mit entlaufenen Irren zu umgeben.

Tausend Gedanken schwirrten durch meinen Kopf und nur eine strenge Selbstbeherrschung brachte sie dazu, sich brav in eine Schlange einzureihen. Nachdem sich der letzte Gedanke seinen Platz gesucht hatte, atmete ich einmal tief durch.

»Also noch einmal«, begann ich die Gedankenschlange abzuarbeiten. »Du kommst aus der Zukunft, um dabei zu sein, wie dein jüngeres Ich ein Grundstück kauft. Das hätte er doch auch alleine gekonnt.«

»Hätte er nicht«, sagte der ältere Harm zu mir. »Hättest du nicht, oder?«, sagte er zu dem jüngeren Harm.

»Hätte ich wirklich nicht. Wovon denn auch?«, erwiderte dieser. »Und wozu?«

»Ja!«, meinte ich. »Wie kommt er denn zu so viel Geld?«

»Das habe ich mitgebracht«, antwortete der fünfzigjährige Harm. »In Form von Gold; der universellen Währung für uns Zeitreisende. Aus der Zukunft importiert und hier gegen Euro verkauft.«

»Und das geht? Das machen die Banken mit?«, fragte ich.

»Man muss nur eine Bank finden, der es gleichgültig ist, woher das Gold kommt und die Logos und Seriennummern nicht überprüft.«

Aber das waren gar nicht meine vorrangigen Fragen. Diese stauten sich hinter meinem Frontallappen.

»Könnt ihr in die Zukunft und in die Vergangenheit reisen? Was passiert, wenn man die Vergangenheit ändert? Kann man die Zukunft ändern? Warum errichtet ihr die Temporalkuppel gerade hier in der Einsamkeit des Nordwesten Deutschlands und nicht woanders?«, sprudelte es damals aus mir heraus.

Es klopfte an der Tür und Frau Halbstedt kam mit dem Tee in mein Büro. Ich benötigte nur kurze Zeit, um wieder in der eigenen Gegenwart zu sein.

»In einer Viertelstunde sind die Meiners hier. Konventionelle Kunden; nichts Temporales«, erinnerte sie mich.

Wie hatten uns für die Begriffe »konventionell« und »temporal« entschieden, um unsere Mandanten zu kategorisieren. Auf den Akten stand also entweder ein »K« oder ein »T«.

»Der Aktendeckel liegt dort schon«, sagte sie. Und wirklich, auf dem Stapel lag ein Deckel mit »K« obenauf.

Auch im Jahr 2020 gab es diese Akten noch immer in Papierform und nicht digital auf einem Tablet-PC. Und solange Grundstückskäufe immer noch von Hand auf Papier unterschrieben werden mussten, würden uns diese Aktendeckel bis in eine weit entfernte Zukunft begleiten. Zumindest bis ins Jahr 2043. Ich mochte es kaum glauben, aber so hatte Harm es mir geschildert.

Frau Halbstedt stellte den Tee auf meinen Schreibtisch, nachdem sie durch das Beiseiteschieben von einigen Lagen Papier eine freie Stelle geschaffen hatte.

Ich trank einen kleinen Schluck – das Getränk war noch sehr heiß – und wartete auf die Mitglieder der Familie Meiners, die ein Grundstück auflassen wollten. Ihre Kinder wollten darauf ein Haus bauen. Nichts Aufregendes und vor allem keine »T«-Mandanten.

Der erste T-Mandant

Die Zeit ist ein Abgrund.
Herbert Rosendorfer

Wie mir Harm Meesters 2014 prophezeit hatte, gab es nach diesem ersten Treffen weitere Kontakte im Zusammenhang mit Zeitreisen. Nach unserer Begegnung im *Grand Café* traf ich mich eine Woche lang mit ihm jeden Tag nach Büroschluss in meiner Kanzlei. Er beantwortete meine Fragen – soweit er es konnte und für zulässig hielt. Bisweilen gab er mir keine Antwort und lächelte nur still in sich hinein.

Harm hatte ein markantes, ja eher strenges Gesicht, das aber in diesen Momenten zu strahlen begann. Er war sportlich und gut trainiert, was mich, der ich einige Jahre jünger war als er, daran erinnerte, auch wieder etwas für meine Fitness zu tun. Das war auch ein immerwährender leichter Vorwurf meiner Frau Sabine. Aber dieses Thema beschäftigte mich ja fortwährend.

Die Lottozahlen der nächsten Woche hatte Harm mir nie verraten wollen! Alle Zeitreisenden mussten einen Eid ablegen, genau solche Informationen auf gar keinen Fall zu verbreiten. Das galt für Aktienkurse, Bundesligaergebnisse und viele weitere Ereignisse. Selbst Lotto zu spielen oder mit Aktien zu handeln war ihnen verboten worden. Doch es gab immer schwache Charaktere und mit einigen von diesen sollte ich es in meiner eigenen Zukunft noch zu tun bekommen.

Denn nur drei Wochen später wollte Frerich Janssen von mir vertreten werden. Eine Bank hatte seine Konten gesperrt und er wollte an sein Geld. Es begann also wie ein »K«-Fall und zuerst sah ich auch keinen Zusammenhang mit irgendwelchen temporalen Ereignissen. Doch ich sollte mich täuschen!

Frerich Janssen saß mir damals gegenüber und reichte mir eine Mappe mit Unterlagen. Oben auf lag ein Schreiben einer ortsansässigen Regionalbank. Diese teilte ihm mit, dass sein Konto samt EC- und Kreditkarte gesperrt sei.

Das war in der heutigen Zeit wahrhaftig kein Einzelfall. Meist waren die Mandanten soweit in den Miesen, dass die Bank einfach die Reißleine ziehen musste. Doch in diesem Fall war es anders. Es befanden sich mehr als zweihunderttausend Euro Guthaben auf dem Konto! Eine einzige Überweisung in eben dieser Höhe hatte es auf diesen Stand gebracht. Wie mir schien, war das erst einmal unverdächtig. Von der Höhe der Überweisung vielleicht einmal abgesehen.

»Haben Sie geerbt oder war das eine Auszahlung einer Versicherung?«, fragte ich ihn.

»Es ist ein Bausparvertrag fällig geworden«, antwortete er.

Ein Bausparvertrag, die mit am langweiligsten erscheinende Kapitalanlage aller Zeiten.

Was war daran strafbar?

Der Fall lag ganz klar. Ein Anruf bei der Bank mit dem Hinweis, dass nun ein Rechtsbeistand die Sache übernehmen würde, sollte zum Erfolg führen. Ich ließ also Herrn Janssen eine Vollmacht unterschreiben.

»Wann komme ich an mein Geld?«, fragte er bei der Verabschiedung.

Ich wollte mich selbst nicht unnötig unter Druck setzen und meinte, dass ich wohl eine Woche benötigen würde, um den Sachverhalt zu seiner Zufriedenheit zu klären.

Am nächsten Morgen ließ ich mir einen Termin bei der Bank geben. Irgendetwas sagte mir schon zu diesem Zeitpunkt, dass es nicht mit einem Telefonat getan sei.

In der Bank begrüßte man mich freundlich und der Sachbearbeiter von Herrn Janssen bat mich in sein Büro.

Ich zeigte ihm die Vollmacht und wollte dann seine Version des Vorgangs hören.

»Gut, dass Sie da sind. Ich wusste nicht, was ich in diesem Fall machen sollte. Ich konnte nicht anders entscheiden, als das Konto erst einmal zu sperren. Aber so etwas ist mir in meiner Laufbahn noch nie vorgekommen.«

Ich schaute ihn fragend an: »Was ist Ihnen noch nicht passiert? Dass jemand einen Bausparvertrag abschließt oder dass dieser irgendwann fällig wird?«

»Ich habe schon eine Menge solcher Verträge abgeschlossen und auch viele gesehen, die ausgezahlt worden sind. Aber doch nicht in dieser Geschwindigkeit!«

Mir war nicht bewusst, dass Bausparverträge Geschwindigkeit aufbauten, und fragte, was er denn damit meinte.

»Ich habe mich mit Herrn Janssen getroffen, um den verabredeten Vertrag unterschreiben zu lassen. Er war ein Neukunde und hatte gleichzeitig ein Girokonto bei uns eröffnet. Ich ging also zum Computer, um den Dauerauftrag auf seinem neuen Konto einzurichten. Als ich dann aber auf die RETURN-Taste drückte, sprang der Saldo von 0 auf über 200.000 Euro ins Haben. Das habe ich noch nie gesehen und kann mir das auch nicht rational erklären!«

Er schien verzweifelt zu sein und seinem eigenen Verstand nicht mehr zu trauen.

»Da wird etwas auf das Konto überwiesen worden sein. Reiner Zufall. So etwas kann doch passieren. Aber deshalb sperrt man das Konto doch nicht gleich!«, meinte ich.

»Das ist aber genau das Problem. Die Überweisung war die Auszahlung des Vertrages! So ein Vertrag füllt sich doch erst über die Zeit an und verzinst sich und wird dann nach Jahren fällig. Aber doch nicht in Bruchteilen von Sekunden!« Er machte den Anschein, dass er gleich zu weinen beginnen würde. Doch er fing sich wieder: »Der Zeitraum ist zu kurz!«

In diesem Moment erinnerte ich mich an den Zeitreisenden Harm Meesters. »Der Zeitraum ist zu kurz!«, hallte es in meinem Kopf.

»Der Zeitraum ist zu kurz!«, setzte sich dann bei mir als Mantra fest und wiederholte sich fortwährend. Ich musste erst ein energisches STOPP denken, um diesen Brummkreisel zum Stehen zu bringen.

Etwas überhastet verabschiedete ich mich und ließ einen sehr verdutzten Bankangestellten zurück.

Am Nachmittag traf ich dann Frerich Janssen in meiner Kanzlei.

Nach Austausch der allgemeinen Höflichkeiten stellte ich ihm die Frage: »Wie haben Sie das gemacht?«

Er zuckte zusammen.

»Was?«

Seine lakonische Gegenfrage konnte mich nicht täuschen. Mein innerer Anwalt sprang an und die Routine half mir, die nächsten Worte bestimmt zu formulieren:

»Sie wissen genau, was ich meine! Also: Wie haben Sie das gemacht und was ist dabei schiefgegangen? Und: Sind Sie ein Zeitreisender?«

Er schaute mich erstaunt an. »Woher wissen Sie …?«

Ich fiel ihm ins Wort und sagte nur: »Harm Meesters.«

»Er war schon hier?« Das war keine Frage, sondern eher eine Feststellung.

»Ja. Er war vor ein paar Wochen bei mir und hat mich auf Zeitreisende wie Sie vorbereitet. Also noch einmal: Was haben Sie gemacht?«

Er sackte leicht auf seinem Stuhl zusammen und gab den Widerstand auf.

»Ein kleiner Fehler nur. Ich war mit der Datierung der Überweisung zu ungenau. Ich hätte einfach noch ein paar Tage warten sollen …«, begann er.

»Weiter«, ermunterte ich ihn.

»Ich komme aus dem Jahr 2030«, fuhr er fort.

»Das erklärt einiges, aber bei Weitem noch nicht alles«, sagte ich nach einer kurzen Pause.

»Harm ist ja der Leiter der Kuppel. Und er hat uns Ihre Adresse für den Zeitabschnitt 2014 bis 2024 als Ansprechpartner für alle juristischen Fragen gegeben.«

Das hatte ich bereits gewusst. Harm hatte mir dies bei unseren Gesprächen mitgeteilt. Außerdem hatte ich einen Vertrag mit der *Temporalkuppel GmbH & Co. KG* unterschrieben. Harm hatte diese Firma und die dazugehörige *Temporal KG* noch vor dem Grundstückskauf gegründet und sein jüngeres Ich (und damit auch sich) dort als Geschäftsführer eingetragen lassen. Das Startkapitel bestand vor allem aus dem erworbenen Moorgrundstück, auf das in einiger Zeit die Temporalkuppel errichtet werden sollte.

»Sie sind also zu mir gekommen, damit ich Ihnen bei Ihren krummen Geschäften helfen soll? Sie haben doch den Eid abgelegt«, sagte ich zu ihm. Und wunderte mich selbst über meine innere Ruhe und meine scheinbare völlige Akzeptanz der Zeitreisenden und deren Handlungen, obwohl diese technisch gesehen noch nicht einmal existieren …

Ich griff in die obere Schublade meines Schreibtisches und zog ein Papier hervor. Das Logo der *Temporalkuppel GmbH & Co. KG* – eben diese stilisierte Kuppel – musste für ihn auf Anhieb zu erkennen sein.

Er sank endgültig auf seinem Stuhl zusammen, als wäre die Luft aus seinem Körper entwichen.

»Ich wollte doch nur ein klein wenig mehr Geld für meine Kinder!«, stammelte er.

Diesen Satz hatte ich schon häufiger gehört, doch er hatte mir noch immer nicht erzählt, wie er das mit dem Bausparvertrag gemacht hatte.

Und warum gerade einen Bausparvertrag?

Er erzählte seine Geschichte. Frerich Janssen war der Leiter eines Projektes, das nach der Errichtung der Temporalkuppel die Genauigkeit des Springens in die Vergangenheit erforschen und sicherstellen sollte. Seine Mitarbeiter und er hatten Testreihen ausgearbeitet, um die Einstellungen für diese Zeitreisen zu ermitteln. Es gab eine Reihe von Parametern, die zu berücksichtigen waren. Nach diesen Testreihen gab es eine abschließende Überprüfung mit einer letzten Phase von Sprüngen. Er selbst konnte entscheiden, in welchen Zeiten die Ziele liegen sollten. Diese Sprünge nutzte er für Einmalzahlungen in den Bausparvertrag. Nach Fälligkeit hob er das Geld ab und investierte es in einen Fond, von dem er wusste, dass er bis ins Jahr 2030 immer gute Zinsen abwerfen werden würde. Die Zinserlöse aus dem Jahr 2030 nutzte er wiederum für die Einzahlungen in eben jenen langweiligen Bausparvertrag.

»Ich hätte mit der Auszahlung auf das Konto nur ein paar Tage warten müssen«, wiederholte er seinen gegen sich selbst erhobenen Vorwurf. »Dann hätte es keiner bemerkt.«

Mir schwirrten die Ein- und Auszahlungen wie ein aufgescheuchter Mückenschwarm durch den Schädel.

War das überhaupt möglich, was er mir da erzählt hat? Im Prinzip hat er mit Geld, das nicht vorhanden war, Erträge erwirtschaftet, die dazu genutzt worden sind, um das Geld zu beschaffen, das die Grundlage …

Das war mir doch etwas zu kompliziert. Dagegen war das System von Hedgefonds und Aktienleerverkäufen geradezu einfach zu verstehen.

Das Signal meines Telefons holte mich wieder in die Wirklichkeit zurück und bewahrte mich vor einem Hirnkollaps. Meine Sekretärin wollte einen Anruf der geschädigten Bank durchstellen.

Am anderen Ende der Leitung meldete sich der Angestellte, der den ganzen Sachverhalt bemerkt hatte.

»Sie werden mir nicht glauben! Es ist auch völlig unmöglich!«, kam es laut aus der Freisprecheinrichtung. Der Zeitreisende sollte ruhig mithören.

»Ich habe auf laut gestellt. Herr Janssen sitzt mir gerade gegenüber«, wies ich auf diesen Sachverhalt hin. Wie ein Häufchen Elend hing mein Mandant nun auf dem Sitz.

»Das Geld ist weg! Einfach verschwunden!«, sagte der Banker.

»Wie? Verschwunden?«, wiederholte ich etwas fassungslos.

»Das Geld – die zweihunderttausend Euro – sind nicht mehr auf dem Konto. Es gibt aber keine Buchung. Es ist, als ob das Geld nie existiert hätte!«

Frerich Janssen rutschte vollends aus dem Besucherstuhl. »Mein Geld!«, entfuhr es ihm dabei.

»Das Geld ist also nicht mehr auf dem Konto?«, versicherte ich mich Richtung Telefon.

»Genauso ist es«, kam es zurück.

»Vielen Dank für Ihren Anruf«, beendete ich das kurze Gespräch und trennte die Verbindung.

Frerich Janssen hatte sich inzwischen wieder gerade hingesetzt.

»Können Sie dazu etwas sagen?«, fragte ich ihn. Ich selbst hatte einen Verdacht, wollte ihn aber von ihm bestätigt wissen.

»Ich kann mir das nur so erklären«, begann er. »Ich habe den Zeitpunkt der Überweisung verpasst, weil ich hier bei Ihnen sitze. Dadurch gab es das Geld für das Startkapital des Fonds nicht. Dieser konnte keine Zinsen abwerfen. Dadurch gab es kein Geld für die Einzahlungen in den Bausparvertrag, der dann auch nicht fällig werden konnte. Damit ist alles zusammengebrochen.«

Dies tat Frerich Janssen dann auch: zusammenbrechen.

Harm Meesters und ein weiterer hochgewachsener Mann kamen, ohne anzuklopfen ins Büro. Der Unbekannte griff sich den betrügerischen Zeitreisenden und führte ihn hinaus.

Harm setzte sich dafür auf den frei gewordenen Stuhl.

Ich schaute ihn fragend an.

»Kannst *du* mir das wenigstens erklären?«, wollte ich wissen und gab die Vermutung von Frerich Janssen wieder.

»Ich denke, dass er recht hat. Er ist ja nicht auf den Kopf gefallen. Die Problematik bei solchen Verstößen gegen die zeitliche Ordnung hat viel mit Ursache und Wirkung, mit Kausalität, zu tun. Werden die Kausalketten verändert, versuchen sie immer in den ursprünglichen Zustand zurückzukehren. Es muss immer mehr neue Energie aufgewendet werden, um die Abweichung aufrechtzuerhalten. Fällt diese Energie weg, so schwingt die Realität wie ein Gummiband auf den ursprünglichen Wert zurück. Und zwar auf den Zustand, der ohne die vorhergegangene Manipulation vorhanden gewesen wäre. Die Zeitlinie ist doch schon recht beharrlich und möchte eigentlich von sich aus nicht verändert werden. Das haben schon unsere ersten Experimente gezeigt.«

Ich war erschrocken.

»Ihr habt tatsächlich versucht, die Zeit zu verändern!«, brachte ich entsetzt hervor.

»Aber nur aus rein wissenschaftlichem Interesse. Wir wollten wissen, ob auch schon kleinste Änderungen – zum Beispiel aus Unachtsamkeit – Veränderungen bewirken.«

Mir kam sofort eine Folge der Zeichentrick-Fernsehserie *Die Simpsons* ins Gedächtnis. Der gelbe Homer Simpson reiste in die Vergangenheit und durch das Zertreten eines Insekts veränderte er seine jeweilige Zukunft auf drastische Weise. Das machte mir Angst!

»Wie stabil ist die Zeit?«, fragte ich deswegen.

»Sehr stabil. Aber nicht so stabil wie ein Stahlträger. Eher stabil wie ein zäher Kaugummi mit Memoryeffekt. Die Zeit versucht, immer wieder in den ursprünglichen Zustand zu gelangen. Das kann manchmal dauern, funktioniert aber eigentlich jedes Mal.«

»Man kann Adolf Hitler also nicht – quasi nachträglich – umbringen?« Ein besseres Beispiel fiel mir auf die Schnelle nicht ein.

»Doch, schon«, antwortete Harm. »Es ändert bloß nichts.«

Damit gab ich mich für heute zufrieden. Das war sowieso schon alles viel zu viel für mein armes atemporales Gehirn.

Dies bemerkte Harm wohl auch und verabschiedete sich.

Die Zeit – Theorie und Praxis

Wenn es die Zeit nicht gäbe, würde alles
auf einmal passieren.
Martin Suter, in »Die Zeit, die Zeit«

An einem der Abende in meiner Kanzlei versuchte Harm, mir die physikalischen Tatsachen über die Zeit und vor allem der gezielt gesteuerten Zeitreise näher zu bringen. Zeitreisen hatte es wohl immer schon gegeben. Doch diese waren meist nicht willentlich gesteuert und kontrolliert geschehen, sondern in allen Fällen ohne technische Hilfe und für den Zeitreisenden und seine Umgebung mit oft erschreckenden Konsequenzen.

Ausgrabungen in den ehemaligen Moorflächen hatten seltsame Funde ans Tageslicht gebracht. Im Moor wurden mumifizierte Körper von Menschen gefunden, bekleidet mit den Resten ungewöhnlicher Kleidung. In der Nähe fanden sich Bruchstücke von Schmuck und Geräten, die nicht einzuordnen gewesen waren. Das Moor gab eigentlich nichts wieder her. Doch durch den Torfabbau wurden Schichten freigelegt, die jahrhundertelang verdeckt gewesen waren.

Die meisten Hinweise wurden nicht entdeckt, sondern landeten fein geschreddert als Düngetorf in Kunststoffsäcken. Nur manchmal wurde ein Arbeiter in seiner riesigen Abbaumaschine zufällig auf etwas aufmerksam und verdiente sich ein paar Euro dazu, weil er den Fund meldete.

Seit 1990 gab es eine zentrale Telefonnummer für solche Funde. Eine wissenschaftliche Abteilung der Landesregierung bezahlte ein paar Angestellte, die sich darum kümmerten, dass die Fragmente direkt in ein Institut nach Oldenburg gebracht wurden.

Hier arbeitete Harm Meesters seit 2013 als studentische Hilfskraft und bekam dabei Dinge zu sehen, die es noch nicht gab, noch nicht geben konnte. Er zeigte mir das Bild eines Folienwebpads der Firma Samsung. Es würde vielleicht erst in zehn Jahren produziert werden. Gefunden wurde es aber 2013 und es sah aus, als hätte es mehrere Hundert Jahre im Torf gelegen. Es funktionierte auch nicht mehr, da der Akku natürlich schon lange erschöpft war und Korrosion die Elektronik zerstört hatte.

Auf meinen Hinweis, dass die Temporalkuppel erst ab 2029 Zeitreisen möglich machen würde, entgegnete er: »Es ist aber dennoch ein Hinweis auf Zeitreisen.«

Ich vermutete spaßeshalber, dass die Chinesen dahinterstecken würden. Doch dies verneinte er.

Er sprach auch von sogenannten »spontanen« Zeitreisen. Diese hätte es im Ammerländer Moorgebiet schon immer gegeben. Wohl schon seit dem frühen Mittelalter oder noch früher. Doch diese Phänomene seien noch nicht einmal ansatzweise richtig erforscht.

Im Ammerländer Moor verlief eine sogenannte *Temporale Aufrisslinie*. Die einzige, die bisher weltweit bekannt war. Entlang dieser Linie und nur hier konnten Zeitreisen stattfinden. Die Technik und die Energie der Kuppel machte das Reisen nur steuerbar, initiierte das Reisen, führte sie aber nicht durch. Das machte die Natur oder die Physik – je nach Betrachtungsweise.

Diese Aufrisslinie funktionierte ungefähr wie die Tektonik der Kontinentalplatten. Nur dass es verschiedene Zeiten waren, die hier zusammenstießen, und nicht Landflächen. Dabei wurde Energie frei. Das Moor konnte diese Energien zu fast einhundert Prozent absorbieren. Der harmlose Rest wurde als eine Art Wetterleuchten sichtbar. Diese Erscheinungen waren von Einheimischen schon immer als Irr- oder Sumpflichter beschrieben worden.

Blitzeinschläge waren im Moor auch keine Seltenheit. Und diese Energien hatten die Aufrisslinie geöffnet und zufallsgesteuert konfiguriert. Wanderer im Moor wurden dabei unkontrolliert durch die Zeit geschleudert, wenn sie in den Einflussbereich der temporalen Verwerfungen kamen, die diese Zeitereignisse umgaben.

Durch Zugabe von Energie an eben dieser Stelle konnten die Kanten der Aufrisslinie wie ein Reißverschluss gelöst und neu zusammengefügt werden. Genau das geschah später von Menschenhand gesteuert innerhalb der Kuppel.

Die entstehenden Verwerfungen waren dabei ein großes Problem, das es zu lösen galt. Eine weitere Fragestellung war die Dosierung der Energie, um dort in der Zeit zu landen, wo man auch hin wollte. Oder besser gesagt: wann.

»Wie weit reicht die Verwerfung in die Vergangenheit und in die Zukunft?«, wollte ich durch eine schlaue Frage zeigen, dass ich voll bei der Sache war. »Wie weit seid ihr in die beiden Richtungen vorgestoßen?«

Das interessierte mich wirklich.

»Wir sind gewollt bis ins Jahr 800 nach Christus gereist. Das heißt, dass es in den Datenbanken gesicherte Parameter dafür gibt. Für Reisen in die Zukunft gibt es nur Schätzungen und deswegen keine genauen Einstellungen. In der Anfangszeit gab es eine einzige Reise nach ›vorn‹, wie wir sagen. Doch das war zu einer Zeit, als wir noch keine Menschen transferierten. Ein Meerschweinchen war der Reisende und das konnte nicht wirklich viel erzählen. Es ist nach seiner Rückkehr allerdings ungewöhnlich alt geworden.«

Ich runzelte fragend die Stirn.

Harm beantwortete meine nonverbale Frage: »Es ist Ende 2024 im Laufe der ersten Testreihen verschickt worden. Damals war der Proband mit Namen *Homer* circa zwei Jahre alt. Er lebt auch im Jahr 2043 noch, was biologisch recht ungewöhnlich ist, denn das Meerschweinchen scheint nicht mehr zu altern.« Er machte eine kurze Pause. »Das ist auch der Grund, warum wir auf Anraten von Professor Kanofski keine weiteren Versuche in Richtung Zukunft unternommen haben.«

Wer war Professor Kanofski?

»Professor Kanofski ist der Inhaber des Lehrstuhls für Temporalethik. Übrigens der weltweit einzige Lehrstuhl dieses Wissensgebietes, und zwar an der Uni Oldenburg.«

Harm wurde nachdenklich.

»Ich glaube, du solltest ihn kennenlernen. Ich mache einen Termin.«

Abgesehen davon, dass mir nicht bekannt gewesen war, dass es so etwas wie diesen Lehrstuhl an der Universität gab, konnte ich mir unter Temporalethik überhaupt nichts vorstellen.

»Was macht so ein Temporalethiker?«, stellte ich also die Frage.

»Das erklärt er dir am besten selbst«, kam die Antwort.

Temporalethik

Vielleicht ist es ganz gut, dass wir nicht
in die Zukunft blicken können.
Douglas Coupland, in »Shampoo Planet«

Wenige Tage später bekam ich Besuch von Professor Kanofski. Er war ein stattlicher Mittfünfziger, der mit seinem groben Sakko und den Cordhosen ein wenig an den Sherlock Holmes in den Spielfilmen erinnerte. Allerdings mehr mit einem Habitus, den ich mir bei Sigmund Freud vorstellte.

Harm brachte ihn in mein Büro. »Darf ich vorstellen: Professor Doktor Doktor Kanofski.«

Artig gaben wir uns die Hand.

»Ich muss dann wieder los«, verabschiedete sich Harm. »Ich hole den Professor gegen zehn wieder ab.«

»Darf ich Ihnen etwas anbieten?«, eröffnete ich das Gespräch unverbindlich. »Einen Tee?«

»Gerne. Mit Kandis und Sahne, wenn es möglich ist.«

Das war natürlich möglich und so saßen wir uns mit den Teetassen gegenüber, aus denen ein betörender Duft dampfte.

»Sie wollen sicher wissen, was ich mit der Temporalkuppel zu tun habe.« Der Professor nippte genießerisch an dem Tee. »Ich war 2021 der Mitbegründer der Fakultät für Temporalwissenschaften.«

Das lag ein Jahr in der Zukunft, aber ich gewöhnte mich langsam an die grammatikalischen Verknotungen von gestern, heute und morgen.

»Wir waren schon seit 1990 mit den Vorbereitungen befasst«, fuhr er fort. »Vor allem Physiker und Mathematiker interessierten sich für die wissenschaftlichen Rätsel der Zeit, aber auch wir Philosophen. Ich habe übrigens in Philosophie und Sozialethik promoviert. Bei der Fakultätsgründung war eine Voraussetzung der Geldgeber, dass auch die ethischen Aspekte der Zeit erforscht werden sollten und nicht nur die rein physikalischen. Und so war ich mit im Boot und spezialisierte mich auf die Temporalethik.«

Er nahm einen tiefen Schluck vom schon etwas abgekühlten Tee.

»Ich bin sozusagen das personifizierte schlechte Gewissen der Zeitforschung. Ich muss immer zurate gezogen werden, bevor neue Testreihen gestartet werden. Ich komme nun aus dem Jahr 2043. Die Testreihen sind fast abgeschlossen und der endgültige Bericht wird kurzfristig vorgelegt werden.

Dann beginnt für das Zeitreisen eine neue Ära. Ich nenne sie die industrielle. Sprich: Die kommerzielle Nutzung dieser Technologie steht bevor. Davor haben wir ein wenig – nun ja: Respekt, wenn nicht sogar Angst. Es muss noch eine ganze Menge geregelt werden, bevor die ersten Touristen Napoleon oder andere Persönlichkeiten in der Vergangenheit besuchen können. Dem Wirtschaftsministerium liegen schon mehrere Dutzend Ideen für Firmengründungen vor. Selbst die Firma *apple* hat die Markenrechte an dem Begriff *iTime* einem italienischen Uhrenhersteller für viel Geld wieder abgekauft.

Das ist aber noch nichts gegen die Vielzahl von Anträgen von Historikern und anderen Wissenschaftlern, die alle in die Vergangenheit reisen wollen, um die Anschauungsobjekte ihrer Fachgebiete live zu sehen. Sie wollen mit diesen historischen Personen persönliche Interviews führen!

Es ist abzusehen, dass eine riesige Industrie rund um unsere Kuppel entstehen wird. Problematisch ist, dass es nur einen einzigen bekannten Ort auf der Erde gibt, von wo aus man in die Zeit reisen kann. Es wird hier oben im Ammerland ganz schön eng werden! Von Ruhe und Idylle kann dann keine Rede mehr sein.«

Es klopfte an der Tür und Harm steckte seinen Kopf ins Büro.

»Störe ich?«, war seine Frage.

»Nein, nein!«, erwiderte ich und blickte auf die Uhr. Es war wieder einmal spät geworden.

Professor Kanofski verabschiedete sich und machte sich mit Harm wieder auf den Weg in die Zukunft. *Zurück in Zukunft* kam mir in den Sinn und ich nahm mir vor, die drei Filme wieder einmal anzusehen.

Vielleicht konnte ich noch etwas aus ihnen lernen. Wer weiß?

Die Idylle – wie lange noch?

The Times They Are a-Changin'
Bob Dylan

Im November 2015 kam ich an einem Freitagabend nach Hause. Unser Hund Alf, ein wuscheliger Eurasier im besten Alter von drei Jahren, der immer eine Wolke von verlorenem Fell hinter sich herzog, begrüßte mich so stürmisch, dass wieder eine Menge seiner Oberwolle an meiner Anzughose haften blieb. Es war immer noch nichts dagegen erfunden worden!

Alf hatte seinen Namen natürlich nach dem Außerirdischen von Melmac erhalten, ohne jedoch Katzen als Leibspeise zu bevorzugen. Nach seinem stürmischen Verhalten zu urteilen musste ich viel länger als einen Arbeitstag von zu Hause fort gewesen sein.

Ich erinnere mich noch ganz genau, wie Sabine begann, das Internet nach Anzeigen für Hundewelpen zu durchsuchen. Sie meinte, dass wir unbedingt ein Haustier bräuchten. Ja, und ein Hund sollte es sein, keine Katze, keine Fische und auch keine Meerschweinchen. Wochenlang quälte sie die Suchmaschinen. Ein Eurasier wäre der ideale Hund, der zu uns beiden passen würde. Die Rasse hatte die richtige Größe, ein langes und kein kurzes Fell und den richtigen Charakter. Sie kontaktierte Züchter und fand einen Welpen. In Ostfriesland.

Wir fuhren also eines Samstagmorgens Richtung ostfriesische Küste und besuchten ein Ehepaar, das schon lange Zeit Eurasier züchtete. Es gab auch im 21. Jahrhundert noch spärlich besiedelte Gegenden in Deutschland. Mir war aber nicht klar gewesen, dass es nur gut eine Fahrstunde von Oldenburg wirklich einsam sein konnte. Hier sagten sich buchstäblich Fuchs und Hase Gute Nacht! Die Straßen, die wir passierten, wurden immer schmaler, waren zum Schluss nur noch einspurig. Wenn uns jetzt ein Mähdrescher entgegen kam, wurde es eng!

Schließlich mussten wir in einen Feldweg, der als Sackgasse ausgeschildert war, einbiegen. Die Straße war nicht einmal mehr gepflastert. Nach einigen Hundert Metern lag an der rechten Seite ein Hof. Hier sollten wir laut Navi richtig sein. Wenden konnten wir nicht, so stellten wir den Wagen auf dem Seitenstreifen ab. So ganz vertrauenserweckend war der nicht. Ich sah schon unser Auto wie in einem schlechten Film langsam in den Graben gleiten.

Wir gingen zum Tor und wurden auf der anderen Seite von einer Meute kleiner und großer Hunde begrüßt. Eine Frau kam durch das Rudel hindurch und öffnete uns. Die erwachsenen Vierbeiner wollten alle gleichzeitig gestreichelt werden, die Welpen und Junghunde waren etwas vorsichtiger. Einer saß sogar ein wenig abseits und beobachtete das Geschehen. Mit seinen großen dunklen Augen blickte er zu uns herüber. Ich sah Sabine an und uns beiden war klar, dass das da hinten *unser* Hund war!

Es stellte sich leider heraus, dass er schon an eine Familie aus Österreich vergeben war.

Die anderen Welpen waren ganz nett, aber keiner der kleinen Racker passte zu uns. So verabschiedeten wir uns von den Hunden und dem Züchterehepaar. Etwas traurig machten wir uns auf den Heimweg.

Doch nach zwei Wochen rief mich Sabine aufgeregt in der Kanzlei an. Die Österreicher hatten aus gesundheitlichen Gründen abgesagt und die Züchter fragten an, ob wir noch Interesse an dem Welpen hätten.

Hatten wir!

Also fuhren wir nachmittags wieder nach Ostfriesland. Alf – für diesen Namen hatten wir uns entschieden – schien schon auf uns gewartet zu haben und konnte es gar nicht erwarten, mit uns zu kommen. Dann wurde ihm übel und er ließ sich das Frühstück noch einmal durch den Kopf gehen – mittags hatte er zum Glück nicht auch noch etwas zu fressen bekommen. Zuhause angekommen inspizierte Alf die Wohnung und suchte sich in der Küche einen Liegeplatz neben der Eckbank aus: Er war bei uns angekommen.

Als ich nach dem Treffen mit dem Professor nach Hause kam, saß Sabine in ihrem Arbeitszimmer. Durch die offene Tür konnte ich sie am Schreibtisch sitzen sehen. Wir kannten uns schon sehr lange. Sie war zwei Jahre jünger als ich und gut einen Kopf kleiner. Während des Studiums – sie hatte VWL studiert – waren wir uns auf einigen Partys über den Weg gelaufen und hatten auch ein, zwei Cocktails zusammen getrunken. Doch dann verloren wir uns aus den Augen. Drei Jahre später trafen wir uns auf dem Oldenburger Stadtfest. Wir tranken ein paar Bier, gingen zu mir nach Hause, redeten fast die ganze Nacht hindurch und stellten fest, dass wir zueinander gehörten. Eigentlich hatten wir das immer schon gewusst, doch keiner hatte den ersten Schritt gemacht. Was für ein Glück, dass wir uns wieder getroffen hatten!

Zwei Jahre später heirateten wir.

»Hast du Hunger mitgebracht?«, war ihre Frage. »Wir können gleich gemeinsam etwas kochen«, kam sie meiner Antwort zuvor.

Klar hatte ich Hunger!

Kurze Zeit später standen wir zu zweit in der Küche und schnibbelten um die Wette Gemüse. Es sollte eine chinesische Reispfanne mit Huhn geben.

»Ich habe eine Idee für morgen. Lass uns mit Alf einen Spaziergang im Ammerländer Moor machen. Ich möchte mir das Gelände in Husbäke einmal anschauen.«

»Hast du dir endlich einen Ruck gegeben?«

Ich hatte immer gezögert, mir das Moorgebiet anzusehen. Ich sah es schon als Industriegebiet mit der Temporalkuppel in der Mitte, abgeschottet von der Außenwelt. Ja, ich hatte etwas Angst, was aus dem bald stillgelegten Torfabbaugebiet werden würde.

»Ich glaube, dass die Kuppel weniger umweltschädigend sein wird, als es der Torfabbau heute ist«, versuchte meine Frau, mich zu beruhigen.

Das hoffte ich insgeheim auch. Ich entkorkte eine Flasche leichten Weißweins und wir setzten uns an den Esstisch.

»Lass uns morgen dort spazieren gehen«, meinte Sabine. »Du wirst sehen, was dort heute passiert und dann kannst du es mit den Bildern der Zukunft vergleichen.«

Harm hatte mir ein paar Fotos von der Bauphase der Kuppel und nach ihrer Fertigstellung auf mein Webpad überspielt. Doch das war noch eine – wenn auch nicht mehr ferne – Zukunft für uns.

Am nächsten Morgen packten wir nach dem Frühstück unsere Sachen für den Spaziergang. Für das Hundelaufen hatten wir uns robuste Hosen und Jacken gekauft. Das Wichtigste aber war das richtige Schuhwerk. Ich bevorzugte halbhohe Stiefel, wie sie auch bei der Polizei oder dem Grenzschutz eingesetzt wurden. Gut zu schnüren und vor allem wasserdicht. Alf bekam sein Outdoorhalsband um und ich packte eine Flexileine und eine kurze Führleine ein.

Alf war schon ganz aufgeregt, wie immer vor Spaziergängen. Nachdem wir ihn in den Kofferraum unseres Autos geladen hatten, fuhren wir fast völlig lautlos los. Sabine saß hinter dem Lenkrad; ich war eher der Radfahrer. Sie liebte es, Auto zu fahren. Ebenso wie Alf, dem es nach einer Weile zu langweilig wurde, aus der Heckscheibe zu schauen, und sich mit einem zufriedenen Schnauben zusammenrollte.

Den Passat HyMotion mit wasserstoffbetriebenen Brennstoffzellen hatten wir uns gerade erst angeschafft. Wir hatten immer schon mit dieser doch noch recht neuen Technologie geliebäugelt, konnten uns aber erst nicht durchringen, den nicht gerade preiswerten Wagen zu kaufen. Er kostete immerhin dreißig Prozent mehr als seine Sprit verbrauchenden Geschwister. Die Umtauschprämie der Bundesregierung hatte den Ausschlag gegeben. Wer seinen Wagen, der nicht älter als fünf Jahre sein durfte, stilllegen ließ und ein Brennstoffzellenfahrzeug dafür kaufte, wurde mit einer Prämie von siebentausendfünfhundert Euro und lebenslanger Kfz-Steuer-Befreiung belohnt.

Schnell ließen wir Oldenburg hinter uns und fuhren über die Bundesstraße immer am Küstenkanal entlang. Die Sonne stand schon tief und an den Bäumen am Straßenrand konnten wir ablesen, dass ein recht starker Wind wehte. Doch das sollte uns nicht vom Spaziergang abhalten und schon gar nicht Alf, der so ein Wetter mehr liebte als die warmen Sommertage.

Wir mussten nur einmal links abbiegen und einer schmalen Straße ein paar Kilometer folgen, dann waren wir am Ziel: Vor uns erstreckte sich die nahezu unendlich erscheinende Weite des Moors. Hinter einem roten, schon etwas älteren Kangoo stellten wir unser Auto ab.

Wir schienen nicht die einzigen Spaziergänger an diesem Abend zu sein. Eine Frau, etwas älter als Sabine und ich, stand hinter ihrem Fahrzeug und sah uns an. Im Heck saßen mindestens zwei größere Hunde. Sie schien darauf zu warten, was wir machen würden. Sabine und ich stiegen aus und schauten zu ihr herüber. Alf kratzte an der Heckscheibe: Er wollte endlich laufen. Doch ihn einfach so herauszulassen hatten wir nicht vor, obwohl er sich mit allen anderen Hunden meist gut verstand.

Die Frau schien unsere Gedanken lesen zu können. »Ich lass meine Rasselbande raus und dann können Sie Ihren freilassen«, sagte sie bestimmt. »Das wird schon gut gehen!«, und öffnete einfach die Heckklappe ihres Autos. Nun konnten wir sehen, dass ebenfalls ein plüschiger Eurasier im Kofferraum saß. Neben ihm ein Border Collie und zwei kleinere Hunde. Auf das Kommando *Hopp* sprangen alle aus dem Auto.

»Nun lassen Sie schon Ihren Hund raus. Meine beißen nicht!«, meinte die Frau zuversichtlich.

Also öffnete auch ich die Heckklappe und flugs sprang Alf – ohne Kommando! – nach draußen und stürmte auf das seltsame Rudel zu. Doch die Frau sollte recht behalten. Die Hunde bellten nicht einmal. Ein wenig Beschnuppern und schon sprinteten die fünf über den Sandweg davon.

»Moin!«, begrüßte sie uns. »Die scheinen sich ja zu verstehen.«

Ich schaute wohl noch etwas zweifelnd aus.

»Keine Angst«, beruhigte sie uns, »hier kann nichts passieren. Ringsum nur Torfflächen, die Maisfelder sind abgeerntet und die Wildschweine haben sich auch wieder beruhigt.«

Wildschweine!

»Gibt es hier wirklich Wildschweine?«, fragte ich nun doch ein wenig besorgt.

»Eine ganze Menge. Die haben in den Maisfeldern ideale Versteckmöglichkeiten. Manchmal sind sie ganz schön aggressiv, aber nur, wenn die Frischlinge da sind. Ansonsten stehen hier nur die Rehe dumm auf den Wegen herum. Ach ja, und es gibt einen Fuchs. Den sieht man aber nur ganz selten.«

»Ist Ihnen hier im Moor schon einmal etwas Ungewöhnliches aufgefallen?«, forschte ich vorsichtig nach.

Sie schaute mich fragend an.

»Ich meine Wetterleuchten oder Ähnliches«, versuchte ich es.

»Ach so! Das gibt es hier regelmäßig. Ist aber nichts Besonderes.«

Harm und seine Mitarbeiter schienen also sehr vorsichtig zu sein und agierten recht unauffällig.

Sie fragte: »Waren Sie schon einmal hier im Moor? Wollen Sie mit auf die *Große Runde?* Das sind ungefähr zwei Stunden flottes Laufen. – Ich heiße übrigens Detta und Ammerländer Hundeleute duzen sich grundsätzlich.«

Die Frau schien uns sympathisch zu finden, und wir willigten ein. Ich stellte uns mit Vornamen vor. Mir gefiel diese unkomplizierte Art. Es war ein schöner Ausgleich zum Beruf.

»Prima! Da kommt das Rudel schon wieder zurück«, sagte Detta.

Ihre Hunde machten ein vorbildliches Sitz und wurden jeder mit einem Hundeleckerli belohnt. Auch Alf überraschte uns und machte brav Sitz – allerdings nicht bei uns, sondern bei Detta. Er hoffte ebenfalls auf eine Belohnung.

»Darf er?«, fragte Detta.

Ich nickte und Alf freute sich über einen Keks.

Wir machten uns auf den Weg. Das Hunderudel tobte vor uns her und wir mussten das eine oder andere Mal der heranstürmenden Meute ausweichen. Detta blieb dann kurz stehen und die Hunde machten immer einen weiten Bogen um sie.

Im Moor gab es viel zu sehen und zu entdecken. Die auf den ersten Blick karge und abwechslungsarme Landschaft barg eine ganze Menge Schönheit und Natur. Die noch bestehenden Hügel aus aufgeschüttetem Torf machten aus den Hunden wahre Gipfelstürmer.

Detta erzählte uns einiges über das Moor und wie der Torfabbau funktionierte, der in diesem Jahr beendet werden sollte. Aber noch standen die riesigen Abbaumaschinen auf der Fläche. Auch die Schienen für die Schmalspurbahn, mit der der Torf abtransportiert wurde, wanden sich noch über das Moor. In der Ferne drehte sich der Ausleger eines Baggers immer wieder von links nach rechts und zurück.

Endspurt nannte sie das hektische Treiben. Das Unternehmen wollte noch den letzten Rest kostbaren Rohstoffs abbauen. Es musste eigentlich mindestens ein Meter Torf verbleiben, doch an einigen Stellen lugte der gelbe Sand aus dem einheitlichen Braun hervor. Dort war zu tief gebaggert worden.

Die Firma hatte vom Umweltamt die Auflage bekommen, das Gebiet nach Beendigung des Abbaus wieder in seinen ursprünglichen Zustand zu versetzen.

Wir kamen gut voran und trafen auf halber Strecke einen der Moorarbeiter.

»Moin!«, begrüßte er uns, stoppte den Motor seiner Planierraupe und kletterte aus dem Führerhaus. Er schien Lust auf ein Gespräch zu haben. Dettas Hunde setzten sich und wir nahmen Alf an die Leine. Vorsichtshalber ...

»Moin!«, erwiderte Detta. »Ihr habt ja noch eine Menge zu tun.«

»Jo. Wi mutten de Scheenen afboen und de heele Drainage utgraven. Und dann weer ans dichtschmieten. De Schlote muten ook weer upfüllt warn. Bannich veel to dohn! Een Barg vull Arbeid.«[1]

Als Stadtoldenburger verstand ich nur knapp die Hälfte von dem, was der Mann in breitem Ammerländer Platt sagte, aber den Rest konnte ich mir zusammenreimen: Die Firmenmitarbeiter hatten einen knappen Zeitplan vorgegeben bekommen und mussten sich ranhalten, damit der Bau der Temporalkuppel beginnen konnte! Deswegen auch die vielen Aktivitäten an einem Sonnabend.

Detta machte noch ein wenig Small Talk mit dem Arbeiter. Der stieg zufrieden wieder in das Führerhaus seiner Raupe, winkte und tuckerte weiter.

»Er hat auch einen Hund zu Hause. Die Arbeiter sitzen den ganzen Tag meist allein auf ihren Maschinen und freuen sich über eine Pause und ein kurzes Gespräch. Ich kenne hier alle über die vielen Jahre hinweg, die ich hier schon mit den Hunden laufe«, erklärte Detta.

Wir verließen den Sandweg und liefen noch ein ganzes Stück auf dem ehemaligen Untergrund der Eisenbahnschienen. Detta zeigte uns ein paar Moorpflanzen wie den Sonnentau, die sich ihr Revier langsam wieder zurückeroberten. Überall wuchsen kleine und mittelgroße Birken.

»Die werden hier als Unkraut angesehen. Die wachsen schneller, als man schauen kann. Wenn Birken nicht mitsamt

---

1 »Ja. Wir müssen die Schienen abbauen und die gesamte Drainage ausgraben. Und dann wieder alles zuschütten. Die (Entwässerungs-) Gräben müssen auch wieder aufgefüllt werden. Ziemlich viel zu tun! Ein Berg voll Arbeit.«

der Wurzel entfernt werden, sprießen sie im nächsten Jahr gleich doppelt so schnell wieder aus.«

Nach einer großen Schleife gelangten wir wieder auf den Sandweg und waren bald bei unseren Fahrzeugen.

Alf gefiel das Rudelleben so sehr, dass er zu seinen Spielgefährten in den Kofferraum des Renaults springen wollte. Nur mit Mühe konnten wir ihn überreden, bei uns einzusteigen; nicht ohne ihm weitere Spaziergänge mit den neuen Freunden versprechen zu müssen. Alf war doch manchmal nicht anderes als ein kleiner Junge …

Nachdem alle Hunde in den richtigen Autos waren, fragte ich Detta, ob man denn schon wisse, was nach dem Ende des Torfabbaus aus dem Gebiet hier werde.

»Es gibt einige Landwirte, die ihr Milchvieh hier weiden lassen wollen«, antwortete sie. »Doch der Dorffunk meldet, dass eine auswärtige Firma das ganze Gelände gekauft habe. Was sie allerdings planen, weiß noch keiner. Eigentlich sollte sich nach der Planung der Gemeinde das Moor wieder erholen und die Flächen als Landschafts- oder Naturschutzgebiete ausgewiesen werden. Es gibt allerhand Tiere und seltene Pflanzen hier. Ganz hinten, wo wir heute nicht ganz hingekommen sind, treffen sich bald die Gänse und Kraniche. Sie sammeln sich dort für den großen Flug nach Süden. Dann kann man wieder die Schwärme über dem Moor fliegen sehen. Das müsst ihr euch unbedingt einmal ansehen.«

Ich hatte meine Bedenken, ob die Kraniche und Gänse noch Lust hatten, sich hier zu treffen, wenn die Temporalkuppel erst einmal in den dauerhaften Betrieb gegangen war. Ich konnte nicht abschätzen, wie groß der Eingriff in dieses ziemlich gebeutelte Stück Natur sein würde. Ich machte mir innerlich eine Notiz und wollte Harm bei sich nächstbester Gelegenheit fragen, wie er sich das vorstellte. Oder aus seiner Sicht: was damals geplant worden war und was dann daraus geworden ist.

Ich musste ihn unbedingt fragen! Das ließ mir ab diesem Zeitpunkt keine Ruhe mehr.

Bauplanung

Zeit geht jeden von uns an.

Yvonne Joosten, in
»Alles über die Zeit«

Es war inzwischen im Dezember 2018. Einige Monate nach dem Spaziergang traf ich mich wieder mit Harm. Draußen wurde es schon früh dunkel und die Menschen bereiteten sich auf Weihnachten vor. Harm wollte mir die Bauplanung vorstellen. Was ich als Anwalt und Notar damit zu schaffen hatte, war mir zu Beginn nicht klar. Doch auch das sollte sich ändern ...

Harm hatte eine Art 3-D-Projektor dabei und stellte ihn mitten auf meinem Besprechungstisch auf. Auf ein kurzes Handzeichen aktivierte sich das Gerät und zeigte die Moorfläche. Dreidimensional und in einer brillanten Auflösung. Bei den Aufnahmen musste das Wetter sehr schön gewesen sein. Der Kameramann – sofern es einen aus Fleisch und Blut gegeben hatte – stand ungefähr dort, wo wir unser Auto beim Spaziergang geparkt hatten.

Die Kamera schwenkte einmal von links nach rechts und zeigte das gesamte Areal. Es waren keine Bagger mehr zu sehen und die Torfhügel waren auch verschwunden. Die Moorarbeiter hatten ganze Arbeit geleistet und alles ordentlich hinterlassen.

»Die Bilder sind im Frühjahr 2021 aufgenommen worden«, beantwortete Harm meine unausgesprochene Frage. »Also in ungefähr drei Jahren.«

Ich hatte mich damals immer noch nicht richtig mit der *lingua temporale* angefreundet und musste immer überlegen, *wann* etwas geschehen war oder wird.

»Wir werden das Gebiet vermessen haben und dann alle Unterlagen für das Bauamt anfertigen.«

Ich wusste immer noch nicht, wie es die *Temporal GmbH* fertiggebracht hatte, dass so ein Bauvorhaben überhaupt genehmigt wurde. Auf meine Frage bekam ich keine umfassende Erklärung: nur etwas mit *höchsten Kreisen* und *nationalem Interesse*. Aus meiner Erfahrung hatte es keinen Sinn, weiter nachzuhaken. Bei Harm biss man in dieser Angelegenheit immer auf Granit.

»Wir werden den Sandweg als Verbindungsstraße beibehalten«, führte er aus. »Ist auch eine Auflage der hiesigen Feuerwehr, die bei Moorbränden diesen Weg benutzen muss. Die Temporalkuppel selbst wird südwestlich errichtet werden. Dort ist die temporale Verwerfung am stärksten. Wir bauen mitten in deren Zentrum.«

Der Sandweg verlief – wie ich selbst in natura gesehen hatte – Richtung Süden, und der Fokus der Projektion bewegte sich also nach rechts. Als wenn ein virtueller Kameramann die Ausführungen von Harm gehört hätte.

»Dort hinten«, sagte Harm, und wie von Geisterhand erschien erst ein wenig blass, dann aber immer materieller ein kuppelförmiges Gebäude.

»Super Trickaufnahme! George Lucas, Steven Spielberg und Roland Emmerich hätten das nicht besser realisieren können«.

Ich war begeistert.

»Das sind keine Trickaufnahmen«, verbesserte mich Harm. »Alles original. Wir haben Bilder aus verschiedenen Jahren zusammenschneiden lassen. Perspektive und Licht sind vom Computer berechnet worden. Das Erscheinen der Kuppel ist ein simpler Effekt in der Software. Unsere Architekten sind schließlich immer auch Künstler! Die Höhe der Kuppel beträgt übrigens hundert Meter.«

Das war fast so hoch wie eine der Windkraftanlagen, die man im Hintergrund erkennen konnte. Der Durchmesser an der Basis betrug damit zweihundert Meter! Ein imposantes Bauwerk.

Wenn ich nicht schon überzeugt gewesen wäre, dass ich in Kontakt zu Zeitreisenden stehen würde, so hätten mir spätestens diese Bilder Gewissheit gebracht. Ich war wirklich beeindruckt!

Doch halt! Ich durfte mich nicht durch die beeindruckenden Bilder blenden lassen.

»Was ist mit den Gänsen und Kranichen?«, fragte ich unvermittelt. Denn ich hatte ja von Detta erfahren, dass die sich ziemlich genau dort immer sammelten.

Doch Harm war auch hier vorbereitet. »Die werden sich eine neue Sammelstelle nur ein paar Hundert Meter östlich suchen und von dort aus gen Süden fliegen.«

Sollte ich mich mit dieser Auskunft zufriedengeben?, fragte ich mich. Was wäre, wenn die Kuppel das gesamte labile System des Moores vollends zerstören würde? Noch wusste ich nicht, wie und mit welchen Nebenwirkungen die Zeitreisen funktionierten.

Harm fasste nach, als wenn er meine Gedanken lesen könnte: »Wir haben ein Gutachten in Auftrag gegeben. Die Vögel passen sich schnell an die neuen Gegebenheiten an. Und – wenn es dich beruhigt – auch die anderen Tierarten. Wir stören das Ökosystem nur ganz kurz und dann pendelt sich alles wieder ein.«

Damit musste ich mich wohl zufriedengeben.

Aufklärung

Die Zeit ist eine Illusion.

Douglas Adams

Sabine und auch Frau Halbstedt hatte ich recht schnell einweihen müssen. Harm hatte das quasi genehmigt. Gisela Halbstedt schon deswegen, weil sie unabkömmlich für die Arbeit in meiner Kanzlei war und ich ihre fragenden Blicke nicht ertragen konnte. Sie war vollkommen vertrauenswürdig und ich wusste, dass sie absolutes Stillschweigen bewahren konnte. Das brachte ja schon die Arbeit als Rechtsanwalts- und Notarfachangestellte mit sich. Von ihr stammte auch die Idee mit dem »K« und dem »T«. Sie ging in ihrem Job richtig auf.

Auch vor meiner Frau konnte ich nichts wirklich geheimhalten. Ich hatte schon Probleme, die Geburtstags- oder Weihnachtsgeschenke zu verheimlichen. Vor Gericht konnte ich auf mein Pokerface umschalten. Doch wenn meine Frau als Anwalt der Gegenpartei oder gar als Richterin auftreten würde, wüsste ich nicht, ob ich dann nicht jeden Prozess verlieren würde …

Sabine und ich saßen also eines Abends bei einem Glas Rotwein im Wohnzimmer.

Ich begann mit: »Was würdest du denken, wenn ich dir sagen würde, dass es Zeitreisen gibt? Würdest du mich für verrückt erklären?«

Wir kannten uns ja schon lange und so schnell würde sie mich nicht für plemplem erklären. Nur war mir bei bestem Willen kein eleganterer Einstieg in das Gespräch eingefallen.

»Meinst du Zeitreisen im Stil von *Zurück in die Zukunft* mit spannenden Verwirrspielen und so?«

Wir hatten uns die Filme erst letzte Woche gemeinsam angesehen.

»Nein. Eher wissenschaftlich fundierte Zeitreisen. Besucher aus der Zukunft, die uns heute aufsuchen und Dinge wissen, die noch nicht geschehen sind.«

»Klingt ein wenig ...«, sie zögerte kurz, »... unglaubwürdig!«

»Und doch gibt es sie. Ich habe einen echten Zeitreisenden für heute Abend eingeladen. Er kann dir das alles ganz plausibel erklären. Du musst ihm nur eine Chance geben.«

Das war mein Joker, mein Ass im Ärmel. Harm hatte sofort zugestimmt. Er meinte, es wäre besser, wenn mein nächstes Umfeld von meiner Einbindung in das Zeitreiseprojekt Bescheid wüsste. Ich sollte vertrauensvolle Menschen um mich haben, denen ich meine Probleme und Erlebnisse anvertrauen konnte.

Schon klingelte es an der Tür. Alf stürmte zur Haustür und wartete, dass ihm jemand folgte. Er freute sich immer über Besuch.

Ich öffnete die Tür und begrüßte Harm. Alf schaute ihn an und hielt den Kopf etwas schräg. Er versuchte, den Besucher einzuordnen, und so ganz wollte es ihm nicht gelingen. Harm ließ ihn an seinen Händen schnüffeln und schon entspannte sich Alf ein wenig, aber nicht ganz. Er blieb misstrauisch, was ich von ihm nicht kannte.

»Das haben wir schon mehrfach beobachtet. Hunde reagieren immer etwas verstört auf uns Zeitreisende. Einigen Hunden wird nachgesagt, dass sie Gespenster sehen können. Ich denke, sie spüren nur die Auswirkungen von Zeitreisephänomenen.«

Ich bat ihn herein und wir gingen ins Wohnzimmer. Alf vorneweg, als wolle er seinem Frauchen von dem seltsamen Mann berichten.

Sabine hatte noch ein Rotweinglas auf den Tisch gestellt und gab Harm die Hand.

»Zeitreisende aus der Zukunft hatte ich mir immer anders vorgestellt. In metallisch glänzenden Anzügen und mit einer spacigen Armbanduhr«, begrüßte sie unseren Gast.

»Ich versuche, Klischees zu vermeiden«, antwortete Harm.

»Sie sind wirklich ein echter Zeitreisender? Aus welchem Jahr kommen Sie?«

»Darf ich ›du‹ sagen?«

»Gerne. Sabine.«

»Harm. Ich komme aus dem Jahr 2043. Sozusagen auf dem kürzesten Weg, wenn die Zeit auch nicht in Metern gemessen wird.«

»Setz dich. – Rotwein?«, fragte ich.

»Ja, bitte.«

Ich erzählte in knappen Worten, wie Harm und ich uns kennengelernt hatten und was er mir über die Zeitkuppel und das Zeitreisen berichtet hatte.

Sabine hörte aufmerksam zu und meinte, dass wir an einem spannenden Ort wohnen würden.

»Ich hätte nie gedacht, dass wir hier oben auf dem flachen Lande einmal Geschichte schreiben würden. Ist das Ammerland wirklich der einzige Ort, wo Zeitreisen möglich sind? Das klingt schon seltsam …«

Harm antwortete: »Uns ist wirklich nur dieser eine Ort bekannt. Aber es kann natürlich möglich sein, dass es auf der Welt noch andere solcher prägnanten Stellen gibt, die Menschheit sie aber noch nicht entdeckt hat. Oder vor Ort noch nicht die richtigen Schlüsse gezogen worden sind. Mit einem einzelnen Projektstandort haben wir aber schon genug zu tun. Dadurch gibt es aber eine gute Kontrolle vor einer missbräuchlichen Nutzung der Technologie.«

»Ich dachte, die Zeit lasse sich nicht manipulieren?«, warf ich ein.

»Nach unseren derzeitigen Erkenntnissen nicht. Doch was wissen wir schon …«

»Gibt es denn keine Veränderungen der Zeit? Ich habe da einmal einen SF-Roman gelesen ...«, meinte Sabine.

»Uns sind noch keine Zeitmanipulationen bekannt. Und wenn sie es wären, wären es für uns keine mehr.« Harm schien nachdenklich zu sein. »Die Theorie besagt, dass die Zeit sich nicht ändern lassen will, dass sie dagegen gewissermaßen ankämpft. Aber vielleicht ist es nur eine Frage der Vorgehensweise. Vielleicht benötigt man nur einen richtigen Impuls oder eine wohldosierte Menge an Energie. Das ist noch nicht alles bis zum letzten Quäntchen erforscht.«

»Ist es nicht gefährlich, mit der Zeit zu spielen, wenn noch nicht alles erforscht ist?«, sprach Sabine einen Gedanken aus, den auch ich schon länger gehabt hatte. »Was da nicht alles schiefgehen kann.«

»Wenn der Mensch immer gewartet hätte, bis alles erforscht worden ist, dann würden unsere Vorfahren noch die Vor- und Nachteile des Feuers und von gebratenem Fleisch in irgendeiner Felsenhöhle in Afrika ausdiskutieren.«

Sabine wollte keine Wissenschaftsethikkontroverse aufkommen lassen und lenkte ein: »Ich gebe dir ja recht. Ein wenig Risiko sollte man doch eingehen. Aber habt ihr wirklich keine Angst, dass etwas wirklich Einschneidendes geschehen könnte? Irgendetwas wie ›Ein Zeitreisender tritt auf einen Käfer und New York verschwindet von der Bildfläche‹ ...«

»Die Zeit ist dafür zu stabil. In diesem Bereich liegen uns genügend Daten vor. Es gibt einige wenige historische Fixpunkte in der Geschichte, die sich nicht ändern lassen. Beim besten Willen nicht. Das sind absolute Konstanten. Wir haben die meisten herausfinden können.«

»Welche sind das zum Beispiel?«

Sabine hatte wohl keinen Zweifel an der Echtheit von Zeitreisen. Meine Erzählung und Harms Anwesenheit hatten sie überzeugt. Im Gegenteil, sie war neugierig geworden, wie alles funktionierte.

»Das gehört zu den Fakten, die wir Zeitreisende euch Zeiteinheimischen nicht verraten dürfen. Wir haben Bedenken, dass eine Art Fatalismus – freiwilliger oder unfreiwilliger Natur – überhandnehmen könnte. Die innere Triebkraft der Menschen darf nicht nachlassen. Das Gefühl, sein Leben selbst bestimmen zu können, ist eine wichtige Voraussetzung für die Entwicklung des einzelnen Individuums wie auch der gesamten Menschheit. Könnt ihr euch vorstellen, was geschehen würde, wenn keiner mehr morgens aufstehen möchte, weil jeder der Meinung wäre, sowieso nichts ausrichten oder entscheiden zu können, weil alles schon vorbestimmt wäre? Das wäre für die menschliche Gesellschaft eine Katastrophe! Darum gehen wir damit auch noch nicht offensiv an die Medien.«

Die Zeitreisediskussion ging dann in entspannten Small Talk über. Harm war ein überaus charmanter Gast und wusste viele interessante Dinge zu erzählen. Er zog Sabine damit sofort in seinen Bann. Doch auch dieser Abend nahm ein Ende und er verabschiedete sich von uns.

Alf gab sich ihm gegenüber immer noch reserviert. Mit fremden Menschen hatte er es als Eurasier nicht so sehr am Hut. Er ignorierte sie wohlwollend. Doch mit Harm war das anders: Er mochte ihn wirklich nicht!

Dies änderte sich auch in der Folgezeit nicht, obwohl Harm abends nun öfter unser Gast war. Für Sabine hingegen wurde er ein guter Freund.

Der Baubeginn

Die Zeit ist die wertvollste Ware der Welt.
Gordon Gekko

Am 6. Juni 2021 wurde der erste Spatenstich zum Bau der Temporalkuppel vorgenommen. Es war ein schöner sonniger Tag und die Natur begann, sich auf den Sommer vorzubereiten.

Eine Wiese war zum Parkplatz umfunktioniert worden. Sabine und ich stellten unseren Wagen ab und ein Shuttlebus brachte uns mit weiteren Gästen auf die Baustelle. Ein kleines Dorf von Pagodenpavillons begrüßte die Besucher. Viele geladene Gäste aus der lokalen Wirtschaft und Politik hatten sich bereits versammelt, als wir aus dem Bus stiegen. Doch auch die einheimische Bevölkerung hatte es sich nicht nehmen lassen, dieses Spektakel zu besuchen.

Dem NaBu war erlaubt worden, einen Informationsstand aufzubauen. Die Aktivisten wollten hier immer noch eine Naturschutzfläche ausgewiesen haben. Der Protest hatte aber keine richtige Wirkung auf die Allgemeinheit. Die Vertreter der Betreiberfirma gaben sich naturnah und waren immer bereit, den Forderungen der Naturschützer zuzuhören und diese in ihr Konzept aufzunehmen. So gab es hier keine verhärteten Fronten.

Dem NaBu war solch eine Vorgehensweise suspekt, kannten sie doch keine Firma, die einfach immer das umzusetzen schien, was sie forderten. Der Sandweg war zum Beispiel geblieben und die Vögel hatten sich neue Ruheplätze gesucht. Es war versprochen worden, schonend zu bauen, und die Baustelle war dementsprechend so eingerichtet worden, dass sie auf dem ersten Blick nicht einmal richtig in Auge fiel.

Das Moor hatte sich in den letzten fünf Jahren nach dem Ende des Torfabbaus überraschend schnell verändert. Die Pflanzenwelt hatte sich erholt und die einst schwarz-braunen Flächen waren grünen Inseln gewichen. Die Natur eroberte sich die Kulturlandschaft zurück. Beobachtet und betreut wurde dieser Prozess durch die Universität Oldenburg und eine eigens dafür gegründete kleine Firma. Der Rückbau in all seinen Facetten war ein beliebtes Forschungsgebiet und Thema vieler Veröffentlichungen. Das Projekt galt weltweit als mustergültig und Delegationen vieler Nationen gaben sich ein regelmäßiges Stelldichein. Doch auch dieser *Wissenschaftstourismus* war ganz unauffällig.

Der NaBu-Stand war die Anlaufstelle der Bewohner der umliegenden Dörfer. Der amtierende Landrat stand dort, entspannt ins Gespräch mit *seinen* Bürgern vertieft. Auch Detta entdeckten wir dort. Sie unterhielt sich mit der Bürgermeisterin der Gemeinde. Ich winkte kurz und beide erwiderten meinen Gruß. Mittlerweile kannten Sabine und ich viele Menschen in dieser Gegend.

Ich erinnerte mich an die erste Informationsveranstaltung im Dorf. Die Marketingleute der *Temporal GmbH* hatten auf solchen Versammlungen bestanden. Die Bevölkerung sollte frühzeitig informiert und in die Planungen einbezogen werden. Es war eine meiner Aufgaben gewesen, zwei Firmenvertreter auf einer regelrechten Tournee über die Dörfer zu begleiten. Wobei mich anfangs überraschte, dass das Projekt nicht ganz beim richtigen Namen genannt wurde. Von Zeitexperimenten war nicht die Rede, es wurde allgemein nur von einem wissenschaftlichen Institut gesprochen. Der Bau wurde zwar immer Temporalkuppel genannt, aber seine Zweckbestimmung war nach außen hin eine andere. Es sollte rund um das Themengebiet Moor die einheimische Fauna und Flora erforscht werden. Seltene Pflanzen- und Tierarten sollten geschützt und ihr Erhalt für die Zukunft gewährleistet werden. In der Kuppel sollte der genetische Pool für die Nachwelt konserviert werden: deshalb auch die Bezeichnung *Temporalkuppel*.

Harm meinte, dass die Allgemeinheit noch nicht reif für das echte Wissen um Zeitreisen wäre.

Für mich war das bedenklich, doch nach einer Diskussion mit Harm wurde ich davon überzeugt, dass solch eine *Notlüge* besser für die Bevölkerung wäre. Später – wann das auch immer sein würde – konnte man die Wahrheit verbreiten.

Und die Biologen hätten ja wirklich ein weites Betätigungsfeld hier, hatte mich Harm damals beruhigt.

Auf jedes Argument besorgter Anwohner gab es eine Antwort, auf jede Anfrage von Naturschutzverbänden ein schlüssiges Konzept. Alles war bestens vorbereitet. Die Treffen mit den Betroffenen waren besser vorbereitet als jeder amerikanische Präsidentschaftswahlkampf.

Nach einem festgelegten Drehbuch liefen diese Veranstaltungen immer gleich ab: Begrüßung, Präsentation des Projekts, Darstellung aller Vorteile und Vorwegnahme der Bedenken. Die beiden Mitarbeiter der Firma ließen dann Diskussionsbeiträge zu. Aber auf alle kritischen Fragen gab es immer eine zufriedenstellende Antwort. Sie waren bestens vorbereitet und selbst die obskursten Einwände konnten sie ausräumen. Alles wurde immer sauber mit entsprechenden Gutachten oder Ausarbeitungen belegt.

Letztendlich wurde die Stimmung immer wohlwollender und irgendwann einmal sah auch der letzte Bedenkenträger ein, dass Bau und Betrieb der Anlage für die Region, die Natur und die Anwohner nur Vorteile zu bieten hatte.

Ich war erstaunt, wie reibungslos dieses Projekt funktionierte.

Harm war schon auf der Baustelle und begrüßte uns auf seine immer wieder liebevolle Art. Sabine war seine Zuvorkommenheit in letzter Zeit schon fast ein wenig zu viel. Harm war so fehlerfrei und immer so entspannt. Das hatte Sabine ein wenig misstrauisch gemacht. Er war so ohne Ecken und Kanten, dass es ihr ›wehtat‹, wie sie mir anvertraut hatte. Doch sie ließ sich nichts anmerken und umarmte ihn kurz.

Es hatte einmal einen Vorfall gegeben, als Harm seine Contenance verlor, und Sabine und ich uns sehr erschrocken hatten. Wir waren zu dritt in der Oldenburger Innenstadt in einer Pizzeria zum Essen verabredet. Sabine und ich suchten dieses Lokal gerne auf, da es immer eine preiswerte und dabei gute Tageskarte gab. Der Service war ebenfalls sehr zuvorkommend. Diesmal hatten wir Harm eingeladen, uns zu begleiten. Wir hatten die Getränke bereits bestellt und waren in die Speisekarte vertieft und schlugen uns gut gelaunt Gerichte vor. Sabine hatte sich schon für eine Pizza entschieden, Harm und ich studierten noch das Angebot an Fleischgerichten.

Die Bedienung mit den Getränken trat an den Tisch und stellte das erste Bier für mich auf den Tisch. Dabei wurde aber das Gleichgewicht der auf dem Tablett gestellten anderen Gläser gestört und diese kippten um. Genau auf Harms Hose, die nun von einem Gemisch von Bier und Cola durchtränkt wurde. Erschrocken sprang er auf und sein Gesicht verzerrte sich zu einem Ausdruck, den ich so noch nicht bei Harm gesehen hatte.

Blanker Hass sprühte aus seinen Augen. »Trottel!«, brüllte er die Bedienung an. Er beschimpfte sie mit weiteren unflätigen Ausdrücken. Ich sah die Bedienung an und war noch erschrockener, denn sie schien in diesem Moment Todesängste durchzustehen. Tränen standen in den weit geöffneten Augen und sie schien keine Luft mehr zu bekommen. Im nächsten Augenblick entspannte sie sich und ein Blick auf Harm zeigte, dass auch er wieder ganz ruhig war.

Wir wollten nicht länger bleiben und fuhren nach Hause. Harm verabschiedete sich vor der Tür von uns. Er konnte froh sein, dass es Sommer war. Mit der nassen Hose hätte er sich sicher eine Erkältung zugezogen.

Als wir in unserer Wohnung waren, fiel Sabines Maske. Sie war sehr aufgebracht, weil Harm so ausfallend gewesen war. »Ich habe ihn in diesem Moment nicht wieder erkannt. Er war ein … ein richtiges Monster!«, sagte sie damals.

»Wollt ihr etwas trinken?«, fragte Harm und versetzte mich wieder in die Gegenwart.

Sabine nahm einen Sekt und ich entschied mich für ein alkoholfreies Bier.

»Liebe Gäste«, erscholl es aus den Lautsprechern. »Herzlich willkommen zur Grundsteinlegung der Temporalkuppel.« Ein aus dem Fernsehen bekannter Moderator sollte durch die heutige Veranstaltung führen. Harm hatte ihn nach seinen aktuellen Sympathiewerten ausgewählt.

Ein einleitendes Referat des niedersächsischen Wissenschaftsministers zeigte noch einmal für alle die Relevanz und die Chancen dieses Bauprojektes gerade hier im Ammerland auf, rhetorisch geschickt und unterhaltsam. Ein idealer Einstieg.

Nun kam der bekannte Reigen von Grußworten – vom Landrat, der Bürgermeisterin und weiteren Politikern. Als Letzter erhielt ein Professor Doktor Wassili Petrovitsch das Wort.

Harm, der immer noch neben uns stand, raunte mir zu: »Den musst du auch unbedingt kennenlernen. Er ist der Entdecker der nach ihm benannten Petrovitsch-Raum-Zeit-Relation. Das war der wahre Durchbruch für die Zeitreisetechnologie.«

Ich hatte von diesem Begriff noch nichts gehört und schaute wohl auch dementsprechend etwas verwirrt.

»Er lehrt und forscht an der L'Université de Bordeaux und ist der führende Kopf für die theoretischen Grundlagen und ihre Umsetzung in praktische Anwendungen rund um die Zeit. Ein Genie, eine absolute Koryphäe!«

Doch in seiner Rede erwähnte der Professor nichts von den Experimenten um die Zeit, sondern wünschte allen Wissenschaftlern viel Erfolg in diesem neuen weltweit einzigartigen Institut.

»Er wird am Montag eine Gastvorlesung über seine Theorie an der Uni geben. Ich werde auf alle Fälle hingehen. Du musst unbedingt mit dabei sein.«

Solch eine Begeisterung kannte ich von Harm gar nicht. Der Professor musste wirklich außergewöhnlich sein und so sagte ich zu.

Dann begaben sich alle an die eigentliche Baustelle. Landrat, Bürgermeisterin, Minister und der Professor bekamen gelbe Helme aufgesetzt und Schaufeln in die Hand gedrückt und grinsten gemeinsam in die Linsen der vielen Kameras. Ein historischer Moment!

Während ich dem Treiben zusah, wurde ich von einem seltsamen Kribbeln im Nacken überrascht und sah mich um. Ich schaute in die Sonne und musste blinzeln. Hinter einem der Baucontainer glaubte ich, eine dunkel gekleidete Frau zu sehen. Ich blinzelte noch einmal und sie war verschwunden. Doch ich war mir sicher, dass sie vor einem Moment noch dort gestanden und mir gewunken hatte, so als sollte ich zu ihr kommen, als wollte sie mir etwas Wichtiges mitteilen. Das Kribbeln ließ nach und ich redete mir ein, dass dort keine Person gewesen war.

Sabine sah mich an und fragte: »Was ist? Du siehst aus, als ob du ein Gespenst gesehen hättest?«

Vielleicht hatte ich das ja, doch ich antwortete: »Alles in Ordnung. Ich habe nur direkt in die Sonne geschaut und nun tränen mir die Augen. Lass uns zur Bühne gehen.«

Dort gab es noch eine kleine Podiumsdiskussion, anschließend Suppe und die obligatorischen Häppchen.

Nach und nach verließen die Besucher die Baustelle und auch Sabine und ich bestiegen den Shuttlebus und kehrten zum Parkplatz zurück.

Sabine war den ganzen Rückweg zu unserer Wohnung sehr wortkarg. Etwas schien sie zu bedrücken. Als Alf uns stürmisch zu Hause begrüßte, meinte sie zu mir: »Harm wird mir immer unheimlicher. Ich weiß nicht, warum, doch er macht mir Angst. Immer weiß er eine Antwort, immer hat er gute Laune. Wenn er in der Nähe ist, bekomme ich mittlerweile eine Gänsehaut – und ich meine das nicht im erotischen Sinne!«

Nun konnte sie schon wieder lächeln.

Ich war vorsichtig mit solchen Empfindungen bei mir, doch ich wusste, dass Sabine ein sehr feines Gespür für Menschen hatte. Und dann dachte ich an das Kribbeln und die seltsame Erscheinung, die ich zu sehen geglaubt hatte.

Ein wenig nachdenklich machte mich das schon.

Zeittheorien

> Zeit ist linear, stabil und immer beharrend.
> Manchmal aber auch nicht ...
> *Prof. Dr. Wassili Petrovitsch*

Harm war sichtlich aufgeregt, als wir uns vor dem Hörsaal trafen.

»Freu dich auf den Vortrag. Der Professor ist ein brillanter Redner!«

Wir suchten uns zwei Sitze ungefähr in der Mitte des Saales. Nicht alle Plätze waren besetzt, doch die Vorlesung war dennoch gut besucht. Der Dekan des Fachbereiches stellte den Professor als *Erfinder der modernen Zeittheorie* vor. Es gab einen stürmischen Applaus. In Wissenschaftskreisen schien er ein wahrer Popstar zu sein. Ich machte mir eher Gedanken, ob ich seinen Ausführungen überhaupt würde folgen können.

»Vielen Dank! Vielen Dank!«, begann er seine Rede in einen sehr guten Deutsch mit leichtem russischem Akzent, der ihn sofort sympathisch machte.

»Ich möchte Ihnen heute die freundlicherweise nach mir benannte Petrovitsch-Raum-Zeit-Relation näherbringen.

Doch vorab müssen wir uns über die Zeit an sich Gedanken machen. Was ist überhaupt Zeit?«

Er machte eine längere Pause. Alle Zuhörer schienen die Luft anzuhalten. Niemand hustete oder räusperte sich. Die Zeit schien sprichwörtlich einen Moment stillzustehen.

»Zeit vergeht nicht, sie schreitet voran. Zeit ist nicht passiv, Zeit ist aktiv! Mit jeder Sekunde vergeht nicht ein Zeitraum, sondern es entsteht etwas Neues. Wir Menschen haben aber den Nachteil, dass wir von der Natur keine geeigneten Organe mitgeliefert bekommen haben, um diese Vorgänge zu realisieren. Wir können sehen, hören, schmecken, riechen, fühlen und uns zielgerichtet im Raum bewegen. Aber wir können die Zeit nicht objektiv messen. Der Mensch hat in seiner Geschichte den Raum erobert. Kolumbus reiste über das Meer; Alexander, Cäsar und Napoleon eroberten ferne, für sie damals fremde Länder.

Der Mensch hat sich den Raum untertan gemacht. Entfernungen und Strecken wurden in Handspanne, Fuß oder Elle gemessen. Der Mensch nahm seine Körperteile zur Hilfe, um Längen und dadurch auch den Raum begreiflich zu machen. Damit waren auch Volumen und Masse zu bestimmen.

Den Raum konnte der Mensch mit seinem eigenen Körper erforschen und begreifen. Auch das Wort *begreifen* – im Sinne von etwas anfassen – zeugt von dieser Möglichkeit. Ein Mensch, der etwas anfassen kann, begreift dieses Objekt auch.

Doch Zeit kann der Mensch nicht anfassen und damit auch nicht begreifen. Erst die fortgeschrittene Wissenschaft hat einen Zeitraum wie die Sekunde exakt beschrieben. Der Mensch benötigt immer Hilfsmittel, um Zeit zu verstehen. Einmal vergeht Zeit schneller, bisweilen zieht sich Zeit in die Länge. Ob man sich auf etwas freut oder etwas langweilig findet, beeinflusst die Wahrnehmung der Zeit. Erst ein Blick auf die Uhr macht einen Zeitraum empirisch messbar. Gefühle, Drogen, Alkohol verändern das Zeitempfinden des Menschen. Einen Zeitraum von zum Beispiel 53,5 Sekunden kann kein Mensch exakt bestimmen.

Wie gesagt: Dem Menschen fehlen Organe, Zellen, Hormone und Enzyme, um Zeit zu messen, zu begreifen und zu verarbeiten.

Dennoch wird der Mensch von der Zeit beherrscht, ja, von ihr getrieben. Urkulturen bestimmten die Jahreszeiten und damit die Zeitpunkte für Aussaat und Ernte nach dem Sonnenstand. Dieses Wissen bedeutete Macht. Nur Hohepriester hatten diese Kenntnisse und hielten deshalb geheim, wie Zeit zu bestimmen war. Strecken, Flächen und Raum konnte jeder einfache Mensch für sich erfahren und berechnen, doch die Zeit barg immer ein Geheimnis. Später waren Uhren das Privileg einiger weniger, die sich diese teuren Instrumente leisten konnten. Sie hatten einen Vorteil. Das einfache Volk versuchte, mit Bauernregeln und abergläubischen Ritualen die Zeit zu verstehen oder gar zu beeinflussen. Das war überlebenswichtig, denn ein unvorhergesehener Wintereinbruch konnte das Leben der ganzen Familie kosten.

An diesen Beispielen sehen Sie, dass die Zeit immer nur – wenn auch immer genauer – gemessen, nie aber wirklich verstanden wurde.

Es hieß immer, die Zeit könne man nicht beeinflussen. Im Gegensatz zum Raum. Der Raum ist begreifbar und damit auch manipulierbar. Denn nur wenn ich etwas wirklich verstehe, kann ich etwas verändern. Die Zeit haben die Menschen nie wirklich verstanden. Sie nahmen Zeit nur hin.

Doch die Zeit ist wie der Raum beeinflussbar. Man muss die Zeit nur wirklich richtig begreifen.«

Wieder machte der Professor eine Pause. Die Stille lag schwer über dem Hörsaal. Sie war fast nicht mehr zu ertragen. Selbst mein Herz versuchte, lautlos zu schlagen. Jeder wartete auf die nächsten Worte des Redners.

Endlich hatte Petrovitsch Mitleid mit uns armen Menschen und fuhr fort: »Und der Mensch hat die Möglichkeit, Zeit zu begreifen und damit zu beherrschen! Das menschliche Gehirn ist dazu in der Lage! Meinen Mitarbeitern und mir ist es gelungen, ein mathematisches Modell der Zeit zu erstellen und dies in Relation zum Raum zu bringen. Die Zeit darf nicht isoliert betrachtet werden. Das war für uns eine wichtige Erkenntnis. Denn Raum und Zeit bilden zwar keine wirkliche Einheit, aber sie beeinflussen sich und sind damit aufeinander angewiesen.

Ohne Raum keine Zeit, ohne Zeit kein Raum.

Die Zeit ist für sich linear, stabil und beharrend, aber sie vergeht nicht, sondern strebt der Zukunft entgegen. Dabei versucht die Zeit immer, ein Gleichgewicht zu erhalten und in diesen Gleichgewichtszustand zurückzukehren, sollte sie einmal aus dem Tritt kommen.

Jeder Punkt in der Zeit hat aber auch entsprechende Koordinaten im Raum. Ein Ereignis in der Zeit findet immer und immer wieder an genau diesen festen Koordinaten statt. Jedes historische Ereignis belegt dies!

Und genau dies ist die Petrovitsch-Raum-Zeit-Relation!

Ich möchte Sie nicht mit den Formeln langweilen. Wir können jedes stattgefundene Ereignis der Menschheitsgeschichte mit dieser Relation exakt bestimmen. Jedes Geschehen der Vergangenheit wird mit diesen unverrückbaren Koordinaten beschreibbar.

Und auch umgekehrt funktioniert es: Kennt man die genauen Koordinaten, so kennt man das Ereignis. Ich habe in diesem Bruchteil der Sekunde – als ich meinen Finger erhoben habe – einen Datensatz generiert, eine Sekunde später einen weiteren und so fort. Vor einer halben Stunde hatte ich ebenfalls so einen Koordinatensatz generiert. Könnte ich diesen Datensatz wiederherstellen, hätte ich ihn also in einem Computer gespeichert, und riefe ich ihn wieder auf, so wäre ich in der Vergangenheit.«

»Bedeutet das, dass Zeitreisen möglich sind?«, platzte ein Zwischenrufer dazwischen.

Der Professor schaute den jungen Mann an, der die Ruhe gestört hatte und sagte: »Genau. Aber nur in der Theorie. Denn niemand hat sich bis dato die Mühe gemacht, die Koordinaten der Weltgeschichte exakt zu protokollieren.«

Gelächter erscholl im Raum.

»Würden wir die genauen Koordinaten zum Beispiel von Napoleons Tod kennen und diese in unsere theoretische Zeitmaschine einspeisen, dann würden wir uns genau am 5. Mai 1821 auf St. Helena wiederfinden.«

Gemurmel wurde im Saal laut. Jeder hatte sofort eine Zeit und einen Ort, den es zu besuchen galt. Diese Vorstellung war für alle faszinierend.

»Doch das ist alles nur in der Theorie denkbar. Ungeheure Rechenleistung und viel Energie wären notwendig, mehr als wir heute zur Verfügung haben.«

Eine erneute Zwischenfrage: »Könnte man auch in die Zukunft reisen?«

»Da die Zukunft noch nicht geschrieben worden ist, gibt es noch keine festgelegten Koordinatensätze. Theoretisch wären solche Reisen natürlich auch möglich. Doch es wären eher gefährliche Blindflüge, da man auf Extrapolationen, auf Schätzungen angewiesen wäre. Das wäre alles nicht exakt genug. Vielleicht würden Sie zu einem zukünftigen Punkt in einem Vulkan landen oder auf dem Mond oder sonst wo.

Wir beschäftigen uns erst einmal mit dem Bekannteren, der Vergangenheit. Dort gibt es genügend zu erforschen.

Wir beschäftigen uns ebenfalls mit Abweichungen der Relation. Was geschieht, wenn die Zeit verändert wird. Aber auch das ist erst einmal nur in der Theorie möglich. Das sind jedoch wichtige Fragestellungen.«

»Glauben Sie, dass Zeitreisen einmal Wirklichkeit werden? Und wann?«, fragte eine junge Frau.

»Hätten wir dann nicht schon Besuch aus der Zukunft bekommen?«, antwortete der Professor. »Hat jemand von Ihnen schon Besuch aus der Zukunft bekommen?«

Kurzes Gelächter.

Wieder legte er eine kurze Pause ein.

Keiner meldete sich.

Hätte ich den Finger heben sollen? Natürlich nicht!

»Hat sich damit Ihre Frage beantwortet?«

Der Professor schaute einmal in die Runde.

Nach diesen Worten ging er nun dazu über, die Mathematik der Theorie zu erklären. Trotz heftiger Bemühungen konnte ich diesen nicht folgen und ein Blick in den Raum sagte mir, dass ich nicht der Einzige war, der abgeschaltet hatte. Meine Gedanken drifteten wieder zu den Geheimnissen, die um die Temporalkuppel und deren eigentlichen Sinn gemacht wurden. Auch der Professor hatte einer möglichen Zeitreise direkt widersprochen, obwohl er doch in die ganze Sache involviert war. Schließlich riss mich aber der Abschluss des Vortrages aus diesen Gedanken.

»Dann bedanke ich mich für Ihre Anwesenheit und Ihre ungeteilte Aufmerksamkeit. Kommen Sie gut wieder nach Hause und verirren Sie sich nicht in Raum und Zeit!«

Es gab ein kurzes Gelächter und dann tosenden Applaus und viele klopften auf den Tisch vor sich. Die Vorlesung schien viele der Zuhörer begeistert zu haben.

Harm ging die Stufen des Auditoriums hinunter zu Petrovitsch und ich folgte ihm. Die beiden schienen sich sehr gut zu kennen und ich wurde dem Professor vorgestellt. Ein leicht übergewichtiger Student mit weichen Gesichtszügen und zwei seltsam unauffällig gekleidete Männer gesellten sich dazu. Sie hatten eine verblüffende Ähnlichkeit mit Harms damaligem Begleiter, die meinen ersten T-Mandanten, Frerich Janssen, abgeholt hatten.

Der junge Mann wurde mir als Charles Chevalier vorgestellt und war wohl die rechte Hand des Professors. Wie Petrovitsch ausführte, ein sehr talentierter und wichtiger Mitarbeiter. Charles gab mir einen schlaffen feuchten Händedruck. Die beiden anderen Männer grüßten nicht, sondern schauten betont gelangweilt aus den Fenstern.

Mittlerweile waren wir allein im Hörsaal. Die beiden vermeintlichen Sicherheitsmänner, die sich immer noch nicht vorgestellt hatten, zogen sich dezent weiter in den Hintergrund zurück, ließen uns aber nicht aus den Augen. Jetzt erkannte ich den einen wirklich als den Mann, der den Bausparbetrüger abgeholt hatte.

Unter ihren Blicken kam ich mir wie unter einer Lupe oder hinter einem Röntgenschirm vor. Sie waren mir auf Anhieb unsympathisch. Doch das war wohl das gut gepflegte Image ihrer Profession.

Harm meinte, dass wir nun offen sprechen könnten. Der Professor und sein Assistent wüssten, dass es Zeitreisen geben werde, denn sie hätten ja schon Besuch aus der Zukunft bekommen. Dabei lächelte er, als hätte er eine Anekdote erzählt.

»In gut drei Jahren wird die Kuppel fertiggestellt sein, und kurze Zeit später werden erste Testreihen laufen«, erläuterte

Harm. »Wassili und Charles werden die ersten erfolgreichen Versuche mit der Anlage durchführen.«

Ich vergaß immer wieder, dass Harm die Zukunft genau kannte. Zumindest die Geschehnisse der nächsten zwanzig Jahre.

Ich wandte mich an den Professor. »Was wird geschehen, wenn Sie einen tödlichen Unfall haben werden?«

»Das wird nicht geschehen, denn Harm kommt uns ja immer wieder besuchen.«

»Damit kennen Sie doch Ihre eigene Zukunft. Könnten Sie die Zeit nicht verändern?«, bohrte ich nach.

»Ich kenne meine Zukunft ja nicht genau.«

»Aber Sie wissen, dass Sie in der Kuppel arbeiten und Zeitreisen möglich machen werden.«

»Das sind zu grobe Informationen. Wie ich gerade schon ausführte, ist die Zeit in sich beharrend. Es kann also nicht wirklich etwas passieren.«

Die Antwort überzeugte mich nicht wirklich. Und ich musste später erleben, dass mein Gefühl mich nicht im Stich gelassen hatte.

Die beiden immer noch stummen Bodyguards eskortierten den Professor und Charles nach draußen in ein bereitstehendes Fahrzeug. In gut zwei Stunden würde der Flieger von Bremen zurück nach Bordeaux gehen. Wir verabschiedeten uns kurz voneinander. Dann rauschte das Auto Richtung Autobahn davon.

»Interessante Persönlichkeit«, sagte ich zu Harm.

»Meinst du den Professor oder seinen Assistenten?«

»Beide!«

»Da gebe ich dir vollkommen recht«, bestätigte er mich. Harm stieg in sein Auto und ich schwang mich auf mein Fahrrad.

Kurze Zeit später war ich wieder zu Hause und war froh, als ich die Tür unserer Wohnung hinter mir schließen konnte. Viele Gedanken flogen unsortiert durch meinen Kopf und ich hatte ein seltsames Gefühl, das ich nicht genau beschreiben konnte.

Ein erster Zeitunfall

Die Zeit wartet auf niemanden.

Jasper Fforde

Dass es irgendwann einmal zu einem Unfall oder einer Fehlfunktion kommen musste, war von allen Beteiligten immer wieder diskutiert worden. Doch was geschehen würde, war nicht vorherzusehen. Es sollte letztendlich kein technischer Defekt sein, sondern eine menschliche Tragödie.

Eines Abends im Spätsommer des Jahres 2022 betrat Harm mein Büro. Ich sah ihm sofort an, dass etwas geschehen war. Normalerweise hatte er – soweit ich ihn kannte – immer gute Laune. Doch heute war es nicht so.

»Wir haben ein Problem«, sagte er. »Ein Problem, dass wir nie haben wollten. Wir haben es so auch nicht vorausgesehen. Du musst uns helfen!«

»Ich helfe euch gern. Um was geht es?«, antwortete ich.

»2030 haben wir Enno Moldenhauer als Trainee für Zeitreisen eingestellt. Er hat alle Tests mit Bravour bestanden und sollte eine Testreihe mit einigen Sprüngen ins Jahr 2022 durchführen. Er ist aber nicht zurückgekommen.«

»Wisst ihr, was genau vorgefallen ist?«, fragte ich.

»Wir haben natürlich ein Rettungsteam geschickt, das aber keine Spur von ihm finden konnte.«

Es gab also Rettungsteams, dachte ich bei mir. Waren das auch solche Typen wie die Bodyguards von Petrovitsch? Schnell verwarf ich diesen Gedanken. Es schien, als ob er sich von alleine verflüchtigen wollte. Kurz war ich verwirrt, gewann meine Fassung aber schnell wieder.

Ich vermochte mir nicht vorstellen, was ausgerechnet ich in dieser Angelegenheit unternehmen sollte oder wie ich helfen könnte, und schaute Harm fragend an.

»Du musst ihn finden. Er muss in deiner Zeit sein. Vielleicht ist ihm etwas zugestoßen.« Harm klang verzweifelt: »Wir können hier doch nicht einfach mal zur Polizei gehen.«

Nein, das konnten die Zeitreisenden bestimmt nicht. Niemand würde ihnen auch nur ansatzweise Glauben schenken. Mit der

Wahrheit würden wir auch nicht weit kommen. Also hieß es, eine schlüssige Geschichte zu erfinden und auf die Suche zu gehen. Alles musste sich natürlich im legalen Rahmen abspielen. Ich wollte schließlich meine Zulassung nicht verlieren.

Ich machte also Enno Moldenhauer zu einem Neffen, der mich aus dem fernen Australien besucht hatte und nach einem Ausflug zur Nordseeküste nicht mehr zurückgekommen war. Seine Eltern seien ausgewandert und dies war sein erster Besuch in Deutschland.

Gisela Halbstedt bekam den Auftrag, sich vorsichtig bei Krankenhäusern und Behörden zu erkundigen. Ich konnte mir sicher sein, dass sie mit sehr viel Fingerspitzengefühl tätig wurde.

Am Nachmittag kam sie zu mir ins Büro.

»Ich habe eine Spur«, erklärte sie. »Ich habe im Krankenhaus angerufen. Dort ist vor einer Woche ein Mann aufgenommen worden, der nicht identifiziert werden konnte.«

»Das ging aber schnell«, lobte ich meine Sekretärin. »Wie haben Sie das nur wieder hinbekommen?«

»Die Mitarbeiterin im Krankenhaus war froh, einen Hinweis bekommen zu haben. Sie war schon ganz verzweifelt, denn sie konnte ihre Rechnung an niemanden loswerden. Keine Krankenkasse und kein Sozialamt konnte etwas mit der Person anfangen.«

»Wo ist er denn jetzt untergekommen?«, fragte ich.

»Das ist das Problem: Er ist auf eine geschlossene Station in die Karl-Jaspers-Klinik nach Wehnen eingewiesen worden. Er ist wohl hochgradig verwirrt, aber nicht aggressiv.«

Ich fragte nicht, wie Frau Halbstedt an diese Informationen gelangt war. Solch vertrauliche Daten durften überhaupt nicht weitergegeben werden. Die Mitarbeiterin im Krankenhaus musste schon ziemlich verzweifelt gewesen sein ...

Doch was machte ich jetzt? Einfach in Wehnen am Eingangstor zu klingeln, »Guten Tag« zu sagen und »Ich möchte gerne Herrn Moldenhauer abholen«, würde wahrscheinlich nicht funktionieren. Einen Menschen aus einer geschlossenen Abteilung zu entführen, kam auch nicht infrage. Ich sollte ihn besuchen, doch es war besser, wenn eine ihm bekannte Person mit anwesend wäre. Also musste ich den nächsten Besuch von Harm abwarten, um dies mit ihm zu besprechen.

»Vielen Dank, Frau Halbstedt. Wirklich gut gemacht!«, lobte ich meine Sekretärin erneut.

Am Tag darauf hatte ich die nächste Verabredung mit Harm. Er war immer noch bedrückt. Die Sache nahm ihn sichtlich mit.

»Ich habe gute Nachrichten!«, begrüßte ich ihn deshalb. »Wir wissen wahrscheinlich, wo Moldenhauer sich aufhält.«

Harm wirkte sofort erleichtert. Er schien sich als Verantwortlicher der Zeitkuppel wirklich große Sorgen um seinen Mitarbeiter zu machen.

»Wo ist er?«, fragte er.

»Das ist das Problem. Er ist in eine geschlossene Abteilung eingewiesen worden.«

»Geschlossene Abteilung? Wie kommt er denn dort hin?«

»Er ist in einem Krankenhaus aufgenommen und dann überwiesen worden.«

»Können wir zu ihm?«

»Können schon, aber wie bekommen wir ihn von dort wieder heraus? Ich habe keinen wirklich guten ausführbaren Plan. Aber wir sollten ihn besuchen, um festzustellen, wie es ihm geht.«

»Wir vermuten einen Zusammenhang mit der Zeitreise selbst. Einige Zeitreisende berichteten von Schwindelgefühlen und Orientierungslosigkeit nach dem Erreichen der Zielzeit. Sie beschrieben es wie eine Mischung aus Jetlag und einer leichten Seekrankheit. Doch diese Verwirrung legte sich immer schnell und die Missionen konnten erfolgreich durchgeführt werden. Wahrscheinlich hat sich Moldenhauer nicht von der Ankunft in eurer Zeit erholen können und der Effekt war bei ihm viel stärker.«

Am nächsten Tag hatten wir für 14 Uhr einen Besuchstermin vereinbaren können. Ich erzählte meine Geschichte und hatte Erfolg. Denn auch die Verantwortlichen in der Klinik schienen froh zu sein, dass sich jemand gefunden hatte, der den Patienten kannte und ihn besuchen wollte.

Harm konnte seine Unruhe nur schwer verbergen. Für ihn schien die Situation nicht einfach zu sein.

Ein Pfleger begrüßte uns und brachte Harm und mich in einen Besuchsraum. Alles war mir etwas unheimlich, denn wir passierten Schleusen und Türen, die hinter uns immer gleich wieder abgeschlossen wurden. Ich hatte schon Mandanten im Gefängnis besucht, doch dort hatte ich mich wohler gefühlt. Das Ganze wurde mir immer unheimlicher. Nach einem Seitenblick auf Harm stellte ich fest, dass auch er sehr angespannt war.

Ich weiß nicht, was ich von Enno Moldenhauer erwartet hatte. Einen irren Blick oder Ähnliches, doch er überraschte mich. Er machte einen sehr gefassten Eindruck, doch ich konnte ihm ansehen, dass er nicht in diese Zeit passte. Er wirkte auf mich wie ein Fremdkörper in dieser Umgebung. Fast schien es, dass das mir vertraute Raum-Zeit-Gefüge ihn hier und jetzt nicht dulden wollte. Ich schaute Harm an und dieser schien einen ähnlichen Eindruck gewonnen zu haben. Er neigte den Kopf zur Seite, um Enno Moldenhauer besser betrachten zu können.

Moldenhauer kam in Begleitung eines weiteren Pflegers und eines Arztes, der sich als Doktor Bersenbrück vorstellte.

»Ich bin der behandelnde Psychiater von Enno Moldenhauer. Wir sind froh, dass wir durch Sie überhaupt seinen Namen kennen. Aber immer noch konnten wir nichts über ihn in Erfahrung bringen. Vielleicht können Sie uns da weiter helfen?«

Die Frage klang irgendwie seltsam, ein wenig wie eine Drohung. Vor allem aber war sie voll Misstrauen gestellt worden. Harm und ich mussten vorsichtig sein, was wir sagten.

Enno Moldenhauer schaute uns die ganze Zeit an, ließ seinen Blick von seinem Arzt über mich und Harm schweifen. Doch er schien seinen Chef nicht zu erkennen.

Harm sagte: »Ich bin ein langjähriger Freund seiner Eltern und Herr Grießau ist sein Onkel.« Er sprach Enno Moldenhauer an: »Erkennst du mich?«

Dieser blinzelte – als ob er sein Gegenüber nicht klar erkennen könne – und antwortete: »Ich kenne euch beide nicht. Ich kann mich an nichts erinnern. Erst seit ihr mich gefunden habt, ist mir mein Name mitgeteilt worden. Doch er sagt mir auch nichts. Es ist, als ob ich den ganzen Tag träume, auch wenn ich wach bin.«

»Bekommt er Medikamente?«, fragte Harm den Arzt.

»Das war bisher nicht notwendig. Er ist ruhig und nett zu allen Menschen hier.«

»Warum ist er denn in der Geschlossenen?«

»Das ist zu seiner eigenen Sicherheit. Er kommt mit der Umwelt nicht zurecht. Er kennt keine Autos, keine Ampeln. Er reagiert – nun, ich möchte sagen – seltsam auf alle Umwelteinflüsse. Es ist so, als wenn er gar nicht hier und jetzt lebt.«

Harm sprach Enno wieder an: »Können wir dir noch etwas Gutes tun? Fehlt dir etwas?«

»Nein. Mir geht es gut!«, war die kurze Antwort und ich glaubte ihm, dass er rundum glücklich und zufrieden war.

»Wir sollten den Patienten nicht länger belasten«, meinte der Arzt. »Für heute ist der Besuch lang genug.«

Wie verabschiedeten uns. Ein Pfleger schloss von außen die Tür auf und klemmte sich Enno unter den Arm. Der zweite Pfleger blickte den Arzt an und ging dann auf ein Nicken in die andere Richtung des Flures. Der Arzt wollte noch mit uns sprechen.

»Ich weiß nicht, was ich mit ihm machen soll. Er ist physisch kerngesund – fast schon zu gesund. Seine Vitalwerte sind vorbildlich. Doch ich kann ihn nicht entlassen. Er würde sich draußen nicht zurechtfinden. Das erste Auto würde ihn überfahren. Er benötigt eine sehr intensive Betreuung.«

»Haben Sie den Eindruck, dass es mit seiner Orientierungslosigkeit besser geworden ist?«, fragte Harm.

»Ich denke schon. Doch die Fortschritte erscheinen minimal«, antwortete der Arzt.

»Wann, denken Sie, könnten wir ihn mitnehmen?«, wagte Harm einen Vorstoß.

»Ich denke, nicht so bald. Ich möchte ihn noch weiter beobachten. Er ist ein höchst interessanter Fall. Auch meine Kollegen hatten noch nie mit solch einer Amnesie zu tun. In der Literatur gibt es keine Präzedenzfälle!«

Wir mussten verhindern, dass Enno zu einem Versuchskaninchen wurde!

»Wann dürfen wir ihn wieder besuchen?«, fragte Harm.

»So alle drei Tage halte ich für positiv für den Patienten«, lautete die Antwort.

Wir verabschiedeten uns und gingen zu meinem Auto. Kaum saßen wir, fragte Harm: »Ist es dir aufgefallen?«

»Was?«

»Diese Unschärfe um Enno. So als ob ihn eure Zeit abstoßen möchte.«

Er hatte also einen ähnlichen Eindruck wie ich gewonnen. »Was ist das? Wie kommt das? Wird es schlimmer?«, sprudelte es aus mir heraus.

»Es gibt eine Theorie, aber der Beweis konnte weder im Labor noch in der Praxis erbracht werden. Die Annahme besagt, dass es Menschen oder Dinge geben könnte, die – wenn sie in der Zeit zurückkreisen – quasi abgestoßen werden. Die Zeit oder besser: die Raum-Zeit-Relation wehrt sich wie der menschliche Körper gegen einen Virus oder einen Fremdkörper. Der humane Organismus versucht eine Bedrohung entweder zu absorbieren oder alternativ einzukapseln, damit sie keinen Schaden anrichten kann.

Die Raumzeit kapselt Enno ein und stellt ihn damit ruhig. Es ist sein Glück, dass er in diese Klinik eingewiesen worden ist. So kann er sich nicht frei bewegen und hat wenig Einfluss auf die Umwelt. Je mehr er macht und aktiv unternimmt, umso mehr greift die Raumzeit ein. Er hat wenige Möglichkeiten und so schreitet dieses Phänomen nur langsam voran. Wird er aktiver, geht es schneller.«

Das klang, als ob die – wie sagte er? – *Raum-Zeit-Relation* ein lebendiges Wesen sei.

»Was geschieht dann?«

»Er verschwindet in einer Art Stasis und verliert den Kontakt mit dem Jetzt.«

»Stirbt er?«

»Irgendwann sicher, aber er hat noch eine Weile zu leben. Er ist bei bester Gesundheit. Du hast gehört, was der Arzt gesagt hat. Ein Hoch auf das Gesundheitswesen in meiner Zeit. Aber im Ernst: Er wird im günstigsten Fall in seine eigene Zeit zurück verbracht. So sagt es die Theorie …«

»Dann wäre ja alles in Ordnung!«

»Wir wissen aber nicht, wie lange es dauert. Dafür gibt es keine Hypothese. Ich habe die Befürchtung, wenn er nicht aktiver wird, kann es Jahre dauern.«

»Was schlägst du vor?«

»Wir beschleunigen die Sache. Wir besuchen ihn regelmäßig. Wir konfrontieren ihn mit Zeitungen und sehen fern mit ihm. Aber am schnellsten wirkt meiner Ansicht nach ein überaus aktiver Kontakt mit der Umwelt.«

Und so besuchten wir Enno. Zuerst alle drei Tage, dann jeden zweiten Tag und schließlich jeden Tag. Nach kurzer Zeit hatten wir das Vertrauen von Ärzten und Pflegern gewonnen und durften Enno auf Ausflüge mitnehmen. Wir besuchten alle Ortschaften und Städte in der Umgebung, gingen Kaffee trinken in Oldenburg und spazierten um das Zwischenahner Meer. Enno wurde immer munterer und nahm wieder aktiv an seiner Umgebung teil. Er sprach mit Menschen, streichelte Alf, der sich freute, immer mitgenommen zu werden.

Doch Enno wurde nicht nur aktiver, sondern auch seine Aura wurde immer intensiver. So hatten wir das Feld genannt. Draußen im Sonnenlicht fiel die Hülle, die ihn mit immer grelleren Schein umgab, nicht weiter auf und auch im Licht heller Lampen sah man sie nur, wenn man genau hinschaute. Im Dunkeln hingegen wurde der Glanz immer auffälliger. Die Ärzte machten Videoaufnahmen von ihm und prüften, ob er radioaktiv verstrahlt sei. Was für eine absurde Idee!

Nach einer weiteren Woche wollten wir Enno auf Kaffee und Kuchen im Strandkaffee in Bad Zwischenahn abholen, doch Harm verzögerte unsere Abfahrt.

»Heute sollte es geschehen.«

»Was soll passieren?«, fragte ich.

»Wir haben Enno die ganze Zeit unter Beobachtung gehabt und wir haben eine Formel entwickelt.«

»Eine Formel?«

»Eine Formel, die berechnet, wann Enno hier verschwinden wird. Die Berechnungen besagen, dass es heute Nachmittag geschehen wird. Es ist besser, wenn er in der Klinik auf Nimmerwiedersehen verschwindet, als wenn wir ihn abholen und ihn nicht wieder zurückbringen können. Warten wir also bis heute Abend und fahren dann. Lass dir einen Vorwand einfallen. Vielleicht einen Unfall.«

So warteten wir ein paar Stunden ab und fuhren dann erst los.

In der Klinik erwartete uns schon ein völlig konsternierter Doktor Bersenbrück.

»Er ist weg. Spurlos verschwunden. Einfach so«, stammelte er. »Im einen Augenblick war er noch in seinem Zimmer, im nächsten Moment nicht mehr. Die Videoüberwachung haben wir mehrmals überprüft. Er hat sich einfach ...«, hier stockte er merklich, »... aufgelöst! Einfach so. Ich kann das nicht verstehen.«

Offensichtlich hatte der Arzt die Grenzen seiner inneren Ruhe überschritten, aber wir konnten ihm auch nicht helfen, sie wiederzufinden, weil wir selbst so tun mussten, als ob uns das Verschwinden entsetzen würde. Ich entdeckte in dieser Situation ungeahnte schauspielerische Fähigkeiten.

»Er kann doch nicht einfach verschwunden sein. Wie ist das nur möglich? Ich dachte, hier kommt niemand ohne ordnungsgemäße Entlassung raus!«

Ich tat empört.

Ein scharfer Blick von Harm und ich beruhigte mich zur Erleichterung von Doktor Bersenbrück wieder.

»Das ist uns noch nie passiert! Ich muss die Polizei benachrichtigen.«

Sollte er nur. Auch die würde Enno Moldenhauer nicht wieder finden. Zumindest nicht hier und jetzt.

Harm konnte mir bei unserem nächsten Treffen eine gute Nachricht überbringen. Enno war tatsächlich in seiner Zeit materialisiert und nicht nur physisch, sondern auch psychisch wieder ganz der Alte. Er konnte sich nur vage an seinen Aufenthalt in meiner Zeit erinnern. Alf und der Kuchen im Strandcafé von Bad Zwischenahn waren ihm aber im Gedächtnis geblieben.

Die Berechnungen für seine Rückkehr waren sehr genau gewesen. Er sollte nun in seiner Zeit erforschen, was – und vor allem wer – nicht in die Vergangenheit geschickt werden durfte. Solch ein Vorfall sollte sich nicht wiederholen. Das Phänomen fand nach Aussage von Harm als *Temporalamnesie* oder auch *Moldenhauersche Amnesie* Eingang in die wissenschaftliche Literatur.

Baubesprechung

> Zeit bringt Geschichte abrupt zum Stillstand; Zeit ist die Geschwindigkeit, mit der die Vergangenheit gelöscht wird.
> *David Mitchell, »Der Wolkenatlas«*

Nach der feierlichen Grundsteinlegung sollte bald die erste Baubesprechung folgen. Harm lud auch mich dazu ein. Ich war ja schließlich der offizielle Rechtsbeistand der *Temporal GmbH.*

Die Besprechung fand in einem der nicht eben kleinen Bürocontainer auf dem Gelände statt. »Baubüro« stand auf dem Schild neben der Tür. Das Bauwerk umfasste drei Etagen und hatte die Ausdehnung eines Handballfeldes. Ich wusste, dass viele Angestellte hier ihre Büros bezogen hatten. Es gab sogar eine Wegweisertafel. Der Sitzungsraum lag im zweiten Stock. Ich musste also Treppe steigen. Oben angekommen wies ein Pfeil auf einen Raum im hinteren Teil. Ich öffnete die Tür, ohne anzuklopfen. Alle Köpfe wandten sich mir zu. Ich war bei Weitem nicht zu spät, aber dennoch hatte ich ein ungutes Gefühl. Das war ich gar nicht gewohnt. Besprechungen waren doch Teil meines Berufes, und ich hatte schon mit wirklich bösartigen Staatsanwälten zu tun gehabt!

Vielleicht lag es an der Zusammensetzung des Meetings. Nein, ich merkte, es lag nur an einem einzigen Teilnehmer: Harm war der offizielle Auftraggeber des Projekts und bot mir mit einer freundlichen Geste den Platz neben sich an.

Er nannte der Runde meinen Namen und meine Funktion.

Professor Doktor Wassili Petrovitsch und sein ständiger Begleiter Charles Chevalier waren mir bereits bekannt.

Harm stellte mir die weiteren Anwesenden vor: »Christian B. Hoffmann. Chef der Sicherheit.« Er betonte das »B« besonders und ich fragte mich, warum es einen eigenen Sicherheitschef geben sollte. Hoffmann schaute mich so an, dass ich mich schon wieder wie bei einer radiologischen Durchleuchtung fühlte. Er schien mich von oben bis unten zu scannen. An eine dermaßen unangenehme Situation seit meiner Jugend konnte ich mich nicht erinnern. Damals beim ersten Tanzkurs hatten die Mädchen die Jungs mit einem ähnlichen Blick taxiert.

Doch dieser Blick war unheimlicher, er drang tief in mich ein. Ich war sicher, dass ich vor diesem Menschen nichts geheim halten könnte. Lügen wären zwecklos. Er würde es sofort wissen. Er stülpte mein Innerstes nach außen und wieder zurück, nachdem er alles in Sekundenbruchteilen analysiert hatte. Dabei verzog er keine Miene. Seine Körpersprache war neutral, dennoch wirkte er selbstbewusst, nein: absolut überlegen.

Ob die anderen Anwesenden eine ähnliche Prozedur durchlaufen und Ähnliches verspürt hatten?

Harm ging die Runde weiter durch.

»Die Herren Kubicki, Schäfer und Klein, Sonderingenieure für Bau, Energieversorgung und Infrastruktur. Herr Kutscher ist Vertreter des hiesigen Energieversorgers. Alex, Doktorin der Informatik und zuständig für die Rechnersysteme.« Alex nannte er als Einzige nur beim Vornamen.

Außer Harm waren die Anwesenden wie ich in der heutigen Zeit verwurzelt. Beim Sicherheitschef Hoffmann war ich mir aber nicht so sicher …

Harm übergab das Wort an die Ingenieure. Sie stellten anhand von großen geplotteten Plänen das Bauvorhaben vor. Für die Fundamente mussten mehrere Hundert spezielle Pfähle in den Grund gerammt werden. Dafür wurde ein Zeitraum von zwei Monaten veranschlagt. Eine Alternative wäre das Auskoffern, Auffüllen und Verdichten des gesamten Grundes gewesen, was sich aber aus Umweltschutzgründen verbot.

Außerdem würden die Pfeiler als eine Art Dämpfer für die Kuppel wirken, unterbrach Harm den Vortrag des Bauingenieurs.

Wussten die Ingenieure überhaupt, was sie eigentlich errichten sollten?

Ich glaubte, sie wussten es nicht. Sie waren der festen Überzeugung, dass sie eine biologische Forschungsstation planten und bauten.

Das Meeting war als erste Gesamtsitzung der Projektgruppe auf drei Stunden angesetzt. Alle Beteiligten sollten ins Bild gesetzt werden und das große Ganze erkennen, bevor sie sich an die Details der Bauausführung machten.

Nach eineinhalb Stunden gab es eine Pause, um das »Hirn freizumachen« – wie Harm ausführte – und um zu lüften …

Ich wollte mir etwas die Beine vertreten und Harm wollte gleich nachkommen.

Unten angekommen bog ich um die Ecke und stieß mit einer Frau zusammen. Aber mit einem Schock, der meinen ganzen Körper durchdrang und mich kurz bewegungsunfähig machte, realisierte ich, dass es nicht nur irgendeine Frau war, sondern die Frau, die ich beim ersten Spatenstich zu sehen geglaubt hatte.

Sie schaute mich an und sagte: »Sie müssen vorsichtig sein.«

Im nächsten Moment war sie verschwunden!

Ich war völlig überrascht. Vom Zusammenstoß und von ihrem Verschwinden. Sie hatte sich nicht einfach aufgelöst wie beim Beamen à la Star Trek, sondern war im einen Augenblick da gewesen und im nächsten nicht mehr. Ich glaubte nicht, dass ich an Halluzinationen litt. Es schwebte auch noch ein leichter Geruch ihres Parfüms in der Luft.

»Hier steckst du«, störte Harm meine Gedanken. Ich erschrak und schaute ihn fassungslos an.

»Hast du ein Gespenst gesehen?«, fragte er. »Komm mit nach vorne, die Wege sind hier noch nicht alle befestigt.«

Ich folgte ihm – immer noch nicht im Klaren darüber, ob ich die Frau wirklich gesehen hatte. Sie hatte dieselbe Kleidung wie bei der ersten Erscheinung getragen. Eine dunkle Hose und ein Kapuzenshirt. Sie schien mich zu kennen.

Nein, zweimal war ich nicht einem Trugschluss aufgesessen. Die Frau musste es wirklich geben. Doch mit welcher Technik oder welchem Trick schaffte sie es, einfach zu verschwinden. Und ich hatte sie diesmal beim Zusammenstoß auch gespürt. Sie war kein Geist!

»Was bist du nachdenklich heute?«, unterbrach Harm wieder meine Gedanken.

»Ach! Nichts. Ich denke nur über das wirklich große Projekt hier ...« – ich machte eine ausladende Geste – »... nach. Ganz schön gewaltig und was nicht alles schief gehen könnte.«

»Keine Angst«, beruhigte mich Harm. »Wie haben die besten Planer im Team. Auch die Baufirmen sind handverlesen. Es wird alles funktionieren.«

Dabei zwinkerte er mir zu.

Klar. Er wusste ja, dass das Bauprojekt funktionieren würde. Er kannte das Ergebnis. Wenn irgendetwas schief gehen würde, könnte er nicht hier neben mir stehen!

»So. Die Pause ist zu Ende. Weiter geht's!«, übernahm Harm das Kommando.

Wir begaben uns wieder nach oben und sahen uns weitere Pläne an.

Kutscher – der Vertreter des Energieversorgers – versprach, dass bis Ende 2022 die Leitungen bis zum Baugelände verlegt wären. Die Kuppel wäre dann an ein eigenes Umspannwerk angebunden, und zwar als einziger Verbraucher. Eine zweite und damit redundante Anbindung an ein anderes Umspannwerk könnte ungefähr ein halbes Jahr später realisiert werden. Früh genug vor der Inbetriebnahme Mitte 2024.

»Das hört sich ja alles bestens an«, meinte Harm fast euphorisch. »Wir treffen uns in zwei Monaten wieder in gleicher Besetzung. Inzwischen werden die Teilprojektgruppen ihre Arbeit aufgenommen haben. Ich wünsche einen schönen Feierabend!«

Nach und nach verließen alle bis auf Harm und mich den Raum. Ich hatte noch ein paar Fragen an ihn.

»Ist es nicht aufwendig, Professor Petrovitsch und seinen Assistenten immer einfliegen zu lassen?«

»Petrovitsch wird ab nächsten Monat nach Oldenburg umziehen und hier weiter forschen. Er kann sich dann ganz auf die technische Umsetzung seiner Theorien konzentrieren. Er bekommt eine ganze Abteilung fähiger Ingenieure, die für ihn arbeiten werden. Nach der Fertigstellung des Baus wird er mit seinen Labors in die Kuppel umziehen und ungestört und abgeschirmt alles fertigstellen können.«

»Was ist mit Hoffmann?«, wechselte ich das Thema.

»Was soll mit ihm sein?«

»Kommt er aus der Zukunft?«

Wieder lächelte Harm. »Durchschaut. Ich kann nichts vor dir geheim halten. Ja, er kommt wirklich aus meiner Zeit. Er und seine Mannschaft werden das gesamte Projekt begleiten. Zwei von seinen Jungs hast du ja bereits an der Uni kennengelernt.«

Nun, kennengelernt war übertrieben und unter »Projektbegleitung« stellte ich mir etwas anderes vor.

»Er übernimmt den Werksschutz und ist für die allgemeine Sicherheit und den Personenschutz zuständig«, führte Harm aus. »Sobald der Bau beginnt, werden er und seine Männer hier in Wohncontainer einziehen.«

»Kommen alle seine Leute aus der Zukunft?«, fragte ich.

Harm schien überrascht über diese Frage. »Den hiesigen Sicherheitsfirmen und auch der Polizei können wir nicht vertrauen.«

Eine kleine Privatarmee, die nur ihm weisungsgebunden war. Irgendwie bekam ich schon wieder ein mulmiges Gefühl dabei.

»Warum betreibt ihr hier den ganzen Aufwand mit den vielen Projektgruppen, den teuren Topfirmen und den Spitzeningenieuren? Ihr wisst doch, dass alles funktionieren wird. Die Kuppel wird errichtet werden und ihr werdet in der Zeit reisen können«, wollte ich wissen.

»Ich hatte dir ja schon gesagt, dass die Zeit zwar linear, stabil und beharrend ist, aber dennoch gibt es Verwerfungen. Es gibt immer die Möglichkeit einer Verletzung der zeitlichen Kontinuität. Auch wir überblicken das noch nicht zur Gänze, können es nicht vorhersagen, und an eine Beeinflussung in unserem Sinn wagen wir noch nicht einmal zu denken. Es gibt Anomalien oder Auffälligkeiten in der Zeit – man könnte es, wenn man den menschlichen Körper als Vorbild nähme, Entzündungen oder Narben nennen. An einigen Stellen scheint der Zeitstrahl – wie soll ich es sagen? – dünner zu sein. Als ob er verletzt worden wäre. Vielleicht passt der Vergleich mit einem gedehnten Gummiband besser. An anderen Stellen ist er dicker, als wenn die Zeit sich gegen etwas gewehrt und deswegen Narbengewebe ausgebildet hätte.

Das sind alles nur bildhafte Darstellungen für etwas, was wir als Menschen mit unseren Sinnen nicht erfassen können. Diese empfindlichen Stellen bereisen wir auch nicht. Wir befürchten, dass doch etwas verändert werden könnte und wir die Auswirkungen dann nicht unter Kontrolle haben.«

Viel schlauer war ich durch seine Aussagen auch nicht geworden. Ich ärgerte mich immer wieder, dass Harm zwar sehr redselig war, aber seine Informationen dennoch immer nur in kleinen Portionen an mich abgab. Tat er dies, um mich nicht zu belasten oder gar zu überlasten? Oder war es ein Wesenszug von ihm?

Projekte

> Zeit ist eine große menschliche Syntheseleistung, mit deren Hilfe Positionen im Nacheinander des physikalischen Naturgeschehens, des Gesellschaftsgeschehens und des individuellen Lebenslaufs in Beziehung gebracht werden können.
> *Norbert Elias (1897–1999)*

Am nächsten Tag fand eine Projektsitzung statt. Diesmal trafen sich alle wissenschaftlichen Leiter der Teilprojekte. Große »Nerd-Sitzung«, nannte Harm das. Dabei war das von ihm – wie er immer wieder betonte – ganz und gar nicht abfällig gemeint. Es schwang immer auch die Bewunderung für die Leistungen der Teams mit. Diese Teamsitzungen kümmerten sich mehr um die »Innenausstattung« der Kuppel. Netzwerke, Computer, Speicher, Aufzeichnungssysteme und Sterilisationsschleusen waren die Themen. Ich hatte schnell begriffen, dass viele neue, eigens entwickelte Technologien verbaut wurden. Mir war vorher nicht bewusst, auf welchen Gebieten geforscht und entwickelt wurde. Vieles hörte ich zum ersten Mal, einiges kam mir sogar vor, als wenn es aus einem Science-Fiction-Film stammen würde.

Harm Meesters hatte viele kreative Köpfe um sich geschart. Querdenker, introvertierte Forscher und extrovertierte Ingenieure fanden sich ein, um bei diesem gigantischen Projekt mitzumachen. Harm musste viel Geld zur Verfügung haben, um all die Mitarbeiter und deren teure »Spielzeuge« finanzieren zu können.

Ich wusste anfangs nicht, warum ich eingebunden worden war. Doch das sollte sich schnell ändern. Es gab eine nahezu unüberschaubare Anzahl von Verträgen, die ausgehandelt, aufgesetzt und unterschrieben werden mussten. Mit jedem Forscher und jeder beteiligten Einrichtung musste eine verbindliche Abmachung getroffen werden, die ich alle verwalten und nachhalten durfte. Ein ganzes Netzwerk hatte Harm aufgebaut. Wir mieteten Räume und Laborflächen an, nutzten die Infrastruktur mehrerer Universitäten nicht nur in Deutschland, sondern im gesamten europäischen Ausland. Wir brachten Server in externen Rechenzentren unter und bauten gewaltige Netzwerkspeicher in fast der gesamten Welt auf. Alles nur, um die Zeit und ihre Geheimnisse zu erforschen!

Alex – einen Nachnamen nahm sie für sich nicht in Anspruch – war einer dieser brillanten Geister, die Harm mit seinem Projekt förderte. Alex war dreißig Jahre alt und recht zierlich gebaut. Was sie mit ihrem Outfit zu kaschieren wusste. Ihre liebsten Kleidungsstücke waren weite schwarze Armeehosen und Schlabberpullover mit Rollkragen. Ihre blonde Mähne schien sie nicht zähmen zu können. Alex war ein Genie, ein weiblicher Geek. Sie dachte in Bits und Bytes und lebte in einer Art ständiger Vernetzung in ihrem eigenen Cyberspace. Alex war immer online und kommunizierte ständig gleichzeitig über mehrere Kanäle mit ihrem Team, das über die ganze Welt verteilt war.

Ich wusste von russischen, israelischen, kanadischen und norwegischen Mitgliedern. Ich hatte Verträge und Stillschweigeabkommen mit allen abgeschlossen. Eine Woche lang war ich unterwegs in Instituten, universitären Einrichtungen und privaten Wohnungen. Letztere waren meist so vollgestopft mit technischem Equipment, dass sie sofort als Kulissen in entsprechenden Filmen dienen konnten. Ich hatte eine Spezies Mensch kennengelernt, von der ich dachte, dass es sie nicht wirklich geben würde. Sie alle vereinte eines: ihre Leidenschaft für die Technik und das Verschieben von Grenzen der Computernutzung. Die heutige Gesellschaft war von Informationstechnologie durchdrungen. Fernseher waren schon lange mit Filmservern vernetzt, Kühlschränke bestellten Milch im Internet. Wohnungen stellten sich intelligent auf die Lebensweise ihrer Bewohner ein und regulierten Wärme, Luftfeuchtigkeit und Licht nach den Bedürfnissen der Menschen.

Doch diese Forscher wollten noch mehr. Sie wollten die Technologie verstehen, nicht nur anwenden. Sie wollten die Technik beherrschen und nicht von ihr beherrscht werden.

Räumliche Distanzen und politische Ansichten spielten keine Rolle, denn sie mussten sich niemals physisch treffen. Videokonferenzen waren schon das intimste Sozialverhalten, das sich die Gruppe leistete. Gewaltige Mengen an Computercode schwirrten über gesicherte Verbindungen von einem Ende der Welt zur anderen.

Alex referierte über TYROS, das erste funktionierende virtuelle Betriebssystem. Mit TYROS sollten die Anlagen der Temporalkuppel und die tatsächlichen Zeitreisen gesteuert, dokumentiert und ausgewertet werden.

Der Ansatz dieser Computerspezialisten war dabei nicht hardwareorientiert. Die Geräte – Alex nannte sie etwas abwertend »Blech« – waren ohne Bedeutung. Es zählte nur das Programm, das all die Schaltkreise intelligent nutzte. In der heutigen Zeit waren die meisten Menschen nur noch Anwender der Computertechnologie. Nur noch wenige Menschen wussten, wie die Geräte im Inneren funktionierten. Die Benutzung war dank ausgeklügelter Benutzeroberflächen immer einfacher und intuitiver geworden. Man musste nicht mehr wissen, welche Treiber verwendet wurden, und wie man Programme installierte.

Die Computertechnik hatte das Leben aller Menschen derart durchdrungen, dass nur noch der Ausfall der Geräte auffiel.

»Wir haben aktuell ein Patchlevel von 5.0.24«, erklärte Alex. »Wir bereiten aber schon ein neues Release 5.1 vor. Damit sind alle erkannten Fehler behoben und es wird eine bessere Performance erreicht. Die Tests liefen sehr zufriedenstellend. Er hat seine Freiheit in der Cloud wahrlich genossen!«

Für sie war TYROS männlich. Wie ich verstanden hatte, benutzte TYROS alle zur Verfügung stehende Hardware, die er finden konnte. Mit einer Verbindung ins Internet standen ihm damit gewaltige Ressourcen zur Verfügung. Er verwendete nicht nur die brachliegenden Kapazitäten von Computern, sondern auch die nicht genutzten Bereiche von intelligenten Geräten wie Waschmaschinen, Wärmepumpen und Haustechnikanlagen. Kurz: Alles, was vernetzt war und sich »langweilte«, konnte von TYROS für seine Aufgaben verwendet werden.

Ich hatte einmal die Frage gestellt, ob TYROS nicht eine Art Virus darstelle und das Ganze damit irgendwie illegal wäre. Alex meinte, dass niemand zu Schaden käme und keine persönlichen Daten ausgespäht würden. TYROS interessiere sich nicht für Passwörter und Kontodaten. Der Endanwender würde den Eingriff nicht bemerken. Es war eine so neue Technologie, dass es noch kein Gesetz gab, das TYROS regulieren konnte.

»Außerdem«, so Alex weiter, »werden wir TYROS einfach genügend eigene Kapazitäten lokal zur Verfügung stellen, die er intelligent nutzen kann. Das Netz steht nur für eventuelle, nicht vorhersehbare Spitzenlasten zur Verfügung.«

Was mich immer etwas misstrauisch machte, war, dass sie von TYROS wie von einer Person sprach. Sofort machten sich Bilder von rebellierenden Robotern und Computern in meinem Kopf breit.

»Aber TYROS ist völlig harmlos«, beruhigte mich Alex, ohne meine inneren Zweifel wirklich zu kennen.

»Solange man ihn nicht ärgert«, fügte ich stumm hinzu.

Die Moorleiche

Sed fugit interea, fugit irreparabile tempus.
(Aber inzwischen entflieht die Zeit, entflieht unwiederbringlich.)

Vergil

Auf dem Nachhauseweg von der Baustelle machte ich noch einen Zwischenstopp auf dem Wochenmarkt. Bei Sabine und mir sollte es heute Spargel geben. Klassisch mit Kartoffeln, Schinken und Sauce hollandaise. Wir hielten uns noch an die jahreszeitlichen Gegebenheiten. Grünkohl gab es nach dem ersten Frost und Spargel von April bis zum 24. Juni. Auch wenn die Händler mittlerweile jedes nur erdenkliche Gemüse das ganze Jahr anboten, blieben wir eisern. Es war Spargelzeit und damit gab es Spargel!

Alf begrüßte mich zu Hause überschwänglich, denn er roch den Schinken in der Einkaufstasche. Sabine gab mir einen Kuss, nahm mir die Einkäufe ab und begann schon mit den Vorbereitungen. Spargelschälen war ihre Aufgabe, ich verletzte mich meist mit dem Sparschäler. Also kümmerte ich mich um Soße und Kartoffeln. Die waren nicht so gefährlich …

Alf ließ uns nicht aus den Augen. Es könnte ja etwas Essbares herunterfallen. War dies der Fall, so hatte er den Ehrgeiz, dass es nicht den Boden berühren durfte. Er war einfach schnell.

Doch irgendetwas schien ihn heute abzulenken. Immer wieder trottete er zur Eingangstür, schnüffelte kurz daran und kam wieder zu uns zurück. Das war so gar nicht seine Art, wenn wir in der Küche mit Lebensmitteln hantierten.

Wieder einmal musste er nach vorne. Diesmal kam er nicht sofort zurück. Sabine und ich sahen uns an. Auch ihr war sein ungewöhnliches Verhalten aufgefallen.

»Ich schau mal nach Alf«, sagte ich zu ihr. »Pass du bitte auf die Soße auf.«

Alf saß vor der Eingangstür. Den Kopf hielt er schräg, als könne er durch sie hindurchsehen. Hörbar sog er die Luft durch die Nase ein und neigte den Kopf zur anderen Seite.

»Sollen wir mal draußen nachsehen?«, fragte ich den Hund, wohlweislich keine Antwort erwartend. Wäre ja auch eine schöne Überraschung, wenn er antworten würde.

Ich öffnete die Tür und in diesem Moment erschien wieder die schwarzgekleidete Frau. Alf schaute zu ihr hoch. Er sah sie also auch! Ich litt nicht an Halluzinationen!

Ich wollte nach Sabine rufen, doch die Frau sagte hastig: »Inventarnummer 5933.«

Und verschwand – wieder einmal.

Ich schaute nach links und rechts. Es war – wie zu erwarten – niemand zu sehen. Auch Alf schien ratlos zu sein.

Wir gingen wieder zurück in die Küche.

»Die Soße ist noch in Ordnung«, begrüßte uns Sabine. Sie schaute uns an. »Habt ihr beide ein Gespenst gesehen?«

Harm hatte mich das heute Nachmittag auch gefragt. Ich antwortete: »So etwas in der Art. Sagt dir die Inventarnummer 5933 etwas?«

Sabine hob die Augenbrauen. »Inventarnummer 5933. Nö. Was soll damit sein?«

»Ich habe wirklich eine Art Gespenst gesehen. Gerade bereits zum dritten Mal und diesmal hat sie *Inventarnummer 5933* gesagt«, antwortete ich.

»Du hast *was* gesehen?«, war die gar nicht so überraschende Replik.

»Eine Frau.«

»So. Eine Frau und sie ist ein Gespenst und redet mit dir.«

»Ja. Gerade eben vor der Tür. Ich habe sie zum ersten Mal bei der Grundsteinlegung der Kuppel gesehen. Ganz kurz nur, dann war sie wieder verschwunden. Ich dachte, das hätte ich mir nur eingebildet. Aber in der Pause auf der Baustelle bin ich ihr in die Arme gelaufen, bis sie wieder verschwand. Sie sagte, dass ich vorsichtig sein solle. Und gerade eben sagte sie *Inventarnummer 5933*, bevor sie wieder spurlos verschwand. Alf hat sie auch gesehen. Er scheint sie schon vorher gespürt zu haben. Durch die Eingangstür hindurch. Wir sind beide sehr verwirrt.« Ich nahm mal an, dass diese Aussage auch für Alf sprechen würde.

»Kann das etwas mit den Zeitreisenden zu tun haben?«, brachte Sabine es auf den Punkt. »Hast du schon einmal gesehen, wie Harm in unserer Zeit erschienen ist oder in seine Zeit zurückkehrte?«

Hatte ich noch nicht!

»Aber warum bleibt sie dann nicht hier und gibt mir Rätsel auf. Inventarnummer 5933. Was soll das? Das ergibt keinen Sinn! Du scheinst mir aber zu glauben, dass es diese Frau gibt.« Was mich ungemein beruhigte.

»Ich trau dir zwar eine Menge zu, aber dass du eine solche gruselige Geschichte erfindest, um mir Angst zu machen, glaube ich nicht. Es wird was mit den Zeitreisen zu tun haben. Frag doch Harm nach dieser Person.«

Ich hatte ihm bisher noch nicht davon erzählt und etwas hinderte mich, es zu tun. Also sagte ich: »Ich glaube nicht, dass ich Harm davon erzählen sollte. Immerhin sagte die Frau zu mir, dass ich aufpassen sollte. Wovor oder vor wem auch immer.«

»Hast du kein Vertrauen mehr zu Harm?«, fragte mich Sabine.

Ich erzählte ihr von meinem leichten Ärger, dass er mir nicht immer alle Informationen von sich aus gab. Sabine meinte dazu, dass dieser Umstand aber kein objektiver Grund sei, ihm zu misstrauen, worauf ich erwiderte, dass es eben ein Bauchgefühl sei.

»Ach! Du hörst auf einmal auf dein Bauchgefühl. Mir wirfst du doch immer vor, dass ich zu emotional reagiere. Du rechnest immer alles durch und lässt nur die Fakten entscheiden. Und nun hast du ein Bauchgefühl. Dass ich das noch erleben durfte!«, frotzelte Sabine.

»Lass uns essen. Wir können dann weiterreden«, schlug sie vor.

Beim Essen kam Sabine auf die Idee, nach der ominösen Inventarnummer zu googeln. Google wüsste ja schließlich fast alles und das Internet würde nichts vergessen.

Wir gaben also »Inventarnummer 5933« in das Webpad ein und starteten die Suche. Google brachte an erster Stelle eine Werbung für aufklebbare Inventarnummern, aber dann fiel uns sofort ein Eintrag ins Auge: der Mann von Husbäke! Es war ein Link zu einem Wikipediaartikel über eine Moorleiche, die 1936 bei Torfabbauarbeiten gefunden worden war. Ein junger Mann, der schnell im Moor versunken sein musste. Sein Körper und seine Kleidung waren sehr gut erhalten. Die Wissenschaftler datierten den Fund auf Basis der C_{14}-Methode auf einen Zeitraum zwischen 75 und 215 nach Christus.

Der Körper hatte die Inventarnummer »OL 5933« bekommen und bildete mit weiteren Moorleichen einen Teil der auch heute noch bestehenden Dauerausstellung des *Landesmuseums für Natur und Mensch* in Oldenburg.

Diese Moorleiche hatte ich selbst schon mit eigenen Augen gesehen!

Als Kind war ich mit meinen Eltern sonntags des Öfteren im Museum gewesen. Es gab auch heute noch immer verschiedene Ausstellungen. Doch die Dauerausstellung und gerade das Moor hatten mich damals besonders fasziniert. Wie nannte sie sich auch noch?

Wir riefen die Seiten des Museums auf dem Webpad auf und klickten auf »Dauerausstellungen«. Genau: »Weder See noch Land – Moor – eine verlorene Landschaft« hatte die Ausstellung als Thema.

Es waren auch Bilder der Moorinstallation zu sehen. Ich erinnerte mich gerne an die vielen Besuche im Museum. Als Kind musste ich erst begreifen, dass die Leiche in einem gläsernen Kasten, der ein wenig einem Sarg glich, keine Puppe, sondern ein Mensch war, der wirklich einmal hier gelebt hatte. Ich fand den Anblick anfangs sehr gruselig, später dann immer faszinierender.

Doch was hatte es mit dieser Leiche auf sich? Sie war vor fast zweitausend Jahren im Moor versunken. Und zwar ziemlich genau an der Stelle, wo die Temporalkuppel jetzt erbaut wurde.

Gab es da einen Zusammenhang?

Harm hatte davon gesprochen, dass Reisen nur bis ins Jahr 800 durchgeführt worden waren. Die Moorleiche war aber sechshundert bis siebenhundert Jahre früher dort versunken. Also konnte es kein Zeitreisender aus einer gezielten Zeitreise sein. Vielleicht war es einer der Menschen, die ohne technische Hilfe gereist sind. Oder es war gar kein Zeitreisender,

sondern ein echter Bewohner seiner Zeit. Das Moor stellte damals eine natürliche Grenze zwischen zwei besiedelten Bereichen dar. Ein Einheimischer, ein junger Mann, der sich in ein Mädchen auf der anderen Seite des Moores verliebt hatte. Er nahm den gefährlichen Weg auf sich, um sie heimlich zu besuchen. Oder es war ein Jäger oder Sammler, der bei der Nahrungssuche von den bekannten Wegen abgekommen war, weil ihn Nebel oder die Dunkelheit überrascht hatten.

Sabine und ich rätselten den gesamten Abend darüber, doch alles waren nur Vermutungen.

Am nächsten Morgen wollte ich die Post aus dem Briefkasten holen. Es kam zwar immer weniger Post in gedruckter Form, doch der Gang zum Briefkasten war als morgendliches Ritual geblieben.

Es war Sonnabend. Sabine und ich hatten uns für das Wochenende nichts Besonderes vorgenommen. Wir wollten einmal ein wenig Ruhe haben, mit dem Hund spazieren gehen und etwas Schönes kochen.

Im Postkasten fiel mir der kleine Umschlag ohne Adressaufkleber sofort auf. Jemand musste ihn direkt eingeworfen haben.

Auf dem Weg zur Küche öffnete ich den Brief. Er enthielt nur eine Standardspeicherkarte. Keine Beschriftung, kein Anschreiben, nichts!

»Schau mal, was ich bei uns im Briefkasten gefunden habe.« Ich zeigte Sabine den Speicher.

»Wer hat uns da seine langweiligen Urlaubsbilder geschickt?«, fragte sie mit einem Lächeln.

»Es steht leider nichts dabei. Komplett anonym.«

»Wirf es weg. Wer weiß, was da für ekeliges Zeug drauf ist. Und bestimmt Viren oder Trojaner oder Schlimmeres.«

Doch ich hatte eine Ahnung, eine Idee. »Ich sehe mir an, was drauf ist«, meinte ich also, griff nach dem Webpad und legte den Chip ein. Der Virenscanner zuckte kurz auf und gab grünes Licht für die Inhalte.

Die Speicherkarte enthielt dreizehn Video- und Audiodateien. Sie waren datiert von August bis November 2029. Das lag sieben Jahre in der Zukunft.

Mich konnte allerdings seit der ersten Begegnung mit Harm nur noch wenig überraschen, was zeitliche Phänomene anbelangte.

Ich öffnete die erste, »älteste« Datei, und eine Stimme sagte überdeutlich akzentuiert: »Test 2029, Bindestrich 12, Sprungziel 1800.«

Ein Bild erschien auf dem Display. Das war doch der Assistent von Professor Petrovitsch, Charles Chevalier, älter, als ich ihn noch vor Kurzem gesehen hatte, und schlanker geworden. Er steckte in einem grauen Overall, der etwas zu weit geschnitten war, machte darin aber eine wirklich gute Figur. Die Damenwelt musste ihm sprichwörtlich zu Füssen liegen.

Er blickte in die Kamera und nannte einige weitere Daten, die sich für mich nach Koordinaten anhörten. Mit einem verschmitzten Lächeln im Gesicht drehte er sich um und ging auf ein Tor zu, das sich vor ihm öffnete. Zwischen den Zargen spann sich eine Art Glitzern oder Leuchten. Ich vermutete, dass dies die Plasmasterilisationsschleuse war, von der in den Projektsitzungen gesprochen worden war. Damit sollten die Kleidung, alle mitgenommenen Gegenstände und auch die Haut des Reisenden porentief gesäubert werden, sodass keine Keime und Viren aus der Startzeit in die Zielzeit und umgekehrt übertragen werden konnten.

Die Kamera folgte ihm auf dem Fuße. Er durchschritt die Schleuse und zeigte mit dem Finger auf die Öffnung. Die Kamera schwenkte und ich sah, wie sich die Türen langsam wieder schlossen. Im unteren Bereich des Bildes erschienen nun Kurven. Ich erkannte Vitalparameter. Einige der Linien stiegen an. Charles Chevalier war wohl ein wenig aufgeregt.

Ich tippte auf »Pause« und atmete aus.

Ich begann zu begreifen, dass ich im Film gerade die letzten Momente vor einer Zeitreise gesehen hatte. Harm hatte mir schon viel von den Reisen berichtet, aber auch die Ankunft der Zeitreisenden in meiner Zeit blieb immer im Verborgenen. Ich hatte mir noch nie so richtig Gedanken darüber gemacht.

Ich ließ den Film wieder anlaufen. Die Kamera richtete sich wieder auf Charles Chevalier und zoomte zurück. Nun war er ganz zu sehen. Neben ihm stand ein etwa einen Meter großes, schlankes Fass. Er stellte sich auf eine gelbe Markierung daneben und klinkte einen Gurt, den er um die Hüfte trug, mit einem Karabinerhaken an einer Lasche an dem Fass fest und sagte laut: »Bin bereit. Es kann losgehen!« und hielt dann die Luft an.

Die Kamera zeigte im nächsten Bild eine andere Umgebung. Der Zeitreisende stand auf einer ebenen Fläche inmitten einer Lichtung. Ringsum standen dicht an dicht Laubbäume im satten Grün und die Tonne ...

Sie schien die Reise mitgemacht zu haben. Er blickte auf ein Display am oberen Ende des Fasses und las Daten ab.

»Ankunft erfolgreich. Geplante Zielzeit 11. Juni 1800«, sprach er in die Kamera.

Die Videoaufnahme stellte das Versuchsprotokoll dar. Eine Art fliegendes Objektiv hielt alles fest. Die Qualität von Bild und Ton war außerordentlich, besser als alles, was ich bisher auf meinem Webpad gesehen und gehört hatte.

»Ich begebe mich zum Kontrollpunkt«, sagte er, löste den Gurt vom Fass und setzte sich in Bewegung. Brav folgte ihm das Aufzeichnungsgerät.

Er zog ein Gerät aus der Tasche, blickte kurz auf eine Anzeige und lief weiter. Nach einigen Minuten trat Charles aus dem Wald, der wohl eher als Wäldchen zu bezeichnen war. Die Kamera schwenkte wieder und eine karge Landschaft war zu sehen, die sich bis zum Horizont ausbreitete. In weiter Ferne schien ein Gebäude zu stehen. Doch es zeichnete sich nur winzig klein ab. Charles ging ein paar Schritte nach links und kniete sich in das dürre Gras. Er tastete über den Boden, als ob er etwas zu suchte. Auf einmal schob sich der Boden zur Seite und eine einfache Digitalanzeige wurde sichtbar. Zufrieden schaute er in die Kamera und sagte: »Zielzeit bestätigt. 11. Juni 1800, 11:45 Uhr.« Er stand auf und das Gras schob sich wieder vor das Display.

Mit wenigen Schritten folgte er den fast nicht mehr sichtbaren Spuren vom Hinweg und erreichte kurze Zeit später die Lichtung, von der aus er gestartet war.

Charles dreht sich einmal im Kreis und ging dann zum Fass und befestigte seinen Gurt. Mit einem Daumendruck öffnete sich eine kleine Klappe. Dann wurde wohl ein Irisscan vorgenommen.

»Charles Chevalier, Boje siebzehn Strich drei. Rückkehr 2029«, sprach er die Tonne an und war im gleichen Augenblick wieder im Raum mit der gelben Markierung.

»Es hat alles funktioniert. Ich war in der gewünschten Zeit. Die Referenzuhr hat ebenfalls den 11. Juni 1800 angezeigt«, sagte er.

Seine Anspannung schien verflogen zu sein, denn er sprach nicht mehr im gepressten, fast militärisch verkürzten Stil, den er vorher benutzt hatte, sondern formulierte wieder ganze Sätze.

»Willkommen zu Hause!«, begrüßte ihn eine Stimme aus dem Off. »Bitte umziehen. Nachbesprechung ist in dreißig Minuten in Raum eins Punkt dreiundzwanzig.«

Charles ging auf das Tor zu, das sich vor ihm schnell öffnete. Die Kamera flog durch die Öffnung voran und zeigte eine spartanisch eingerichtete Umkleidekabine. Der Fokus schwenkte zurück auf den Zeitreisenden. Das Tor schloss sich wieder und er begann, den Reißverschluss seines Overalls zu öffnen.

Er machte eine Wischbewegung in der Luft. Das Bild wurde kurz dunkel und zeigte dann einen Besprechungsraum mit vielleicht zehn Personen, die um einen Konferenztisch saßen. Die meisten arbeiteten an einem Webpad oder dirigierten Daten auf einer virtuellen Desktopoberfläche hin und her. Als Charles den Raum betrat, klopften alle kurz einen Applaus auf den Tisch.

Die Person, die ihn begrüßte, kannte ich. Professor Petrovitsch schüttelte ihm die Hand und bat ihn, Platz zu nehmen.

»Gab es irgendwelche besonderen Vorkommnisse?«, war seine erste Frage. Alle – auch Charles – schüttelten mit dem Kopf.

»Wie genau waren wir diesmal?«

Einer der Anwesenden schaute auf sein Display und las Daten vor: »Zeitliche Abweichung zehn Minuten und 47 Sekunden. Räumliche Abweichung kleiner hundert Millimeter.«

»Sehr schön, sehr schön!« Der Professor schien sich sichtlich zu freuen. »Die räumliche Steuerung haben wir also gut im Griff. Die zeitliche wird immer besser! Beim nächsten Sprung möchte ich weniger als zehn Minuten Abweichung bei der Zielzeit haben.«

Immer noch lächelte der Professor vergnügt vor sich hin, während einige andere im Plenum die Augenbrauen hoben.

»Prima!«, fuhr der Professor fort. »Feierabend für heute.« Er wandte sich an Charles. »Bitte überspiele mir das Protokoll, damit ich es mir noch einmal anschauen kann. Ich gebe es dann für die Projektdokumentation frei.«

Das Bild wurde wieder dunkel und auch nach ein paar Sekunden Wartezeit tat sich nichts.

Die Videosequenz war zu Ende.

Ich atmete noch einmal tief aus. In nur wenigen Minuten war ich Zeuge einer kompletten Zeitreise gewesen. Die Bilder hatten mich stark beeindruckt!

In diesem Moment klingelte es an der Tür und ich schreckte aus meinen Gedanken.

»Ich mach auf!«, rief ich in die Küche und ging zur Tür.

Mit dem Besuch, der dort vor der Tür stand, hatte ich in diesem Moment nicht gerechnet. Harm begrüßte mich lächelnd. Ich schaute ihn überrascht an.

»Wer ist es?«, fragte Sabine aus dem Hintergrund.

Ich räusperte mich und antwortete: »Harm.«

Sabine kam in den Flur. »Willst du ihn nicht hereinbitten?«

Ich trat einen Schritt zur Seite und Harm betrat die Wohnung.

»Das passt doch prima!«, meinte Sabine. »Harm, möchtest du mit uns frühstücken? Der Tee ist gerade fertig!«

»Nein, danke. Ich muss kurz mit Hans-Peter sprechen. Können wir in dein Arbeitszimmer gehen?«

Er schob mich in Richtung der verschlossenen Tür des Büros. Sabine schaute mich fragend an und ich zuckte kurz mit den Schultern. Ich wusste auch nicht, was er wollte.

Harm schloss die Tür hinter sich und kam gleich zur Sache, ohne dass wir uns setzten.

»Du hast etwas, was du nicht haben dürftest. Einen Datenträger, der dir zugeschickt worden ist. Gib ihn mir bitte. Es sind streng geheime Forschungsprotokolle, die nicht in die falschen Hände fallen dürfen.

Versteh mich bitte nicht falsch. Ich vertraue dir, aber dennoch muss ich darauf bestehen, den Chip zu bekommen.«

Ich hatte das Webpad noch in der Hand, zog die Karte heraus und gab sie Harm in die ausgestreckte Hand, ohne weiter zu überlegen oder Fragen zu stellen.

»Du hast keine 1:1-Kopien angefertigt oder die Daten selbst irgendwohin kopiert?«, fragte er.

Ich schüttelte kurz den Kopf.

»Wie gesagt, ich vertraue dir. Und nun will ich euer Frühstück und euer freies Wochenende nicht weiter stören.«

Er drehte sich um, öffnete die Tür und blieb kurz stehen. Mit einem Lächeln sagte er »Bis nächste Woche!« und begab sich zur Ausgangstür, die nach ihm ins Schloss fiel.

Ich ging zu Sabine in die Küche.

»Was war das denn?«, fragte sie mich. »Was wollte er denn so Geheimnisvolles?«

»Er wollte den Chip wieder haben«, sagte ich. »Ich habe ihm den Speicher ausgehändigt.«

»Woher wusste er so schnell davon?«, sprach Sabine die Frage aus, die auch ich mir stellte.

»Ich weiß nicht. – Lass uns erst einmal frühstücken«, meinte ich nachdenklich und griff nach einem Brötchen. »Ich hätte jetzt gerne einen Tee.«

Ich erzählte Sabine, was ich Fantastisches in dem Video gesehen hatte. Warum war mir dieser Datenträger zugespielt worden und warum hatte Harm ihn so vehement und nachdrücklich von mir eingefordert?

Nach dem Frühstück wollten wir einkaufen. Alf hatte seinen Spaziergang mit uns schon gemacht und einen schönen Kauknochen bekommen. Damit war er beschäftigt.

Bei Harms überraschendem Besuch hatte er nicht wie sonst reagiert, fiel mir in diesem Moment auf. Hatte er sich an den Zeitreisenden etwa gewöhnt?

Wir parkten vor dem Supermarkt und nahmen uns einen Einkaufswagen. Sabine und mir war das Einkaufen vor Ort immer noch wichtig. Während mehr und mehr Menschen ihre Waren online orderten und nach Hause liefern ließen, wollten wir das Obst und Gemüse vor dem Kauf ansehen können. Fertiggerichte waren auch nicht unsere Welt. Aus guten Rohstoffen ein Essen zuzubereiten, gefiel uns besser.

Am Gemüsestand vorbei ging es zuerst an die Käse- und Frischfleischtheke. Ein kurzer Plausch mit der Verkäuferin musste immer sein. Sie erfüllte uns auch ausgefallene Wünsche und besorgte schon mal einen kräftigen französischen Käse, der sich normalerweise nicht im Angebot befand. Die Qualität reichte an den Wochenmarkt heran.

Ich schob den Einkaufswagen um die Ecke und fuhr fast eine Kundin an. Ich schaute auf und erkannte sie! Das war doch wieder die geheimnisvolle Unbekannte. Diesmal sah sie auch Sabine.

»In fünfzehn Minuten. Im Auto«, sagte sie.

Diesmal machte sie einen Schritt nach vorne um das Regal herum, und als ich nachsah, war sie wieder einmal spurlos verschwunden.

»War sie das?«, fragte Sabine. »Hübsche Person.«

Worauf Frauen immer achteten!

»Das wird mir aber wirklich langsam unheimlich. Erst der Chip, dann Harm, der ihn wiederhaben wollte, und nun deine unbekannte Freundin. Du musst zugeben, dass das schon alles ein wenig merkwürdig ist.«

Ich konnte ihr nur zustimmen. So langsam taten sich in mir mehr Fragen auf, als ich Antworten parat hatte.

»Lass uns zur Kasse gehen und dann sehen, ob sie wirklich noch einmal auftaucht.«

Wir schoben den Wagen durch die RFID-Schleuse an der Kasse und ließen den Betrag für die Einkäufe abbuchen. Kassenpersonal gab es schon lange nicht mehr. Alle Produkte hatten einen Chip aufgeklebt, der automatisch im Kassenbereich ausgelesen wurde. Damit sparte man sich ein Umpacken auf das Förderband der Kasse und das Wiedereinräumen in den Einkaufswagen.

Beim Auto angekommen verstauten wir unsere Waren im Kofferraum, setzten uns hinein und warteten.

Rennen gegen die Zeit

Es ist der Gebrauch des Substantives
»Zeit«, der uns hinters Licht führt.
Ludwig Wittgenstein (1889–1951)

Wir erschraken beide, als vom Rücksitz ein »Losfahren! Schnell!« kam. Sabine und ich drehten uns um und sahen die Unbekannte.

»So fahren Sie doch!«, drängte sie.

Ohne mich zu besinnen oder weitere Fragen zu stellen, startete ich das Auto und fuhr los.

»Wohin soll es denn gehen?«, fragte ich.

»Egal. Wir müssen nur in Bewegung bleiben. Am besten schneller als fünfzig Stundenkilometer«, kam als Antwort zurück.

Ich hatte keine Zeit, über die ungewöhnliche Situation nachzudenken, und lenkte den Wagen Richtung Autobahn. Ich drehte den Rückspiegel so, dass ich die Frau beobachten konnte. Ich hatte zum ersten Mal die Möglichkeit, sie länger anzusehen.

Ihr Alter schätzte ich auf Mitte bis Ende zwanzig. Sie hatte blondes halblanges Haar und vermutlich die Größe von Sabine. Und ich konnte nun auch Sabines »hübsche Person« nachvollziehen.

Sie schien sich langsam zu entspannen. Alles in allem wirkte sie erschöpft, wie nach einer anstrengenden Verfolgungsjagd.

Sie durchbrach das angespannte Schweigen. »Darf ich mich endlich einmal vorstellen? Wir hatten noch nie richtig Zeit dafür. Josepha Visser ist mein Name.«

»Ich nehme an, dass Sie uns aber schon kennen«, vermutete ich.

»Ja. Ziemlich genau. Wer kennt Sie in meiner Zeit nicht.«

In meiner Zeit wiederholte ich innerlich. Meine Vermutung traf also zu. Sie war eine Zeitreisende.

»Bin ich in Ihrer Zeit also eine Berühmtheit? Was habe ich denn angestellt, um zu dieser Ehre zu kommen? Hoffentlich nichts Schlimmes!«, versuchte ich das Gespräch in Gang zu halten. »Aus welcher Zeit kommen Sie denn?« Das klang doch schon sehr souverän!

»2043, um mit der Beantwortung Ihrer zweiten Frage zu beginnen. Und um Ihre erste Frage zu beantworten: Sie werden nicht mit dem Begriff der Temporalkuppel in Verbindung gebracht«, erklärte sie fast etwas schnippisch. »Aber mit Harm Meesters, und damit sind Sie in meiner Zeit schon eine sehr bekannte Person. Mehr darf ich aber nicht sagen.«

Wir erreichten die Autobahn und fuhren Richtung Küste. Die Strecke war nur wenig befahren und schnurgerade, was mir das gleichzeitige Denken, Reden und Lenken einfacher machte.

Tausend Gedanken schwirrten durch meinen Kopf. Also hieß es zunächst einmal sortieren und dann die richtigen Fragen stellen.

»Was soll das Ganze?«, fragte ich, was nicht wirklich ein Ausbund an Eloquenz darstellte. Aber etwas Intelligenteres wollte zu diesem Zeitpunkt meinen Mund nicht verlassen. »Sie tauchen aus dem Nichts auf und verschwinden immer wieder!« Klang nicht gut, entsprach aber der Wahrheit.

»Was wollen Sie von uns?« Noch so eine Frage.

»Ich möchte Ihnen noch einmal die Daten übergeben, die Harm Meesters Ihnen wieder abgenommen hat. Wir haben aber nicht viel Zeit«, sagte sie.

»Dann war die Speicherkarte von Ihnen?«, fragte ich, obwohl ich die Antwort bereits wusste.

»Den Chip habe ich Ihnen in den Briefkasten gesteckt. Richtig. Meesters hat dann aber überraschend schnell reagiert. Ihre Wohnung wird abgehört. Das hatte ich mir zwar schon gedacht, aber nun habe ich die Bestätigung.«

Unsere Wohnung verwanzt! Ich war empört. Wo waren wir denn? Und Harm sollte das veranlasst haben? Auch Sabine war ganz und gar nicht begeistert über diese Enthüllung.

»Der Datenträger enthält brisantes Material. Hier, kopieren Sie es bitte.«

Sabine nahm den Chip, öffnete das Handschuhfach und steckte den Speicher in den dafür vorgesehenen Schlitz. Auf dem Display des Navis erschien ein Auswahlmenü. Ich wählte *kopieren* und wurde aufgefordert, den Vorgang mit meinem

Daumenabdruck zu bestätigen. Daraufhin wurden die Daten verschlüsselt über eine abgesicherte Verbindung in die DATEV-Cloud übertragen. Als Rechtsanwalt und Notar hatte ich hier ein sicheres Plätzchen, um meine sensiblen Daten, wie zum Beispiel Prozessakten, abzulegen. Das Hochladen dauerte nur wenige Sekunden. Sabine gab der Visser auf dem Rücksitz den Chip zurück. Im Rückspiegel konnte ich beobachten, dass sie ihn wieder einsteckte.

»Warum müssen wir uns während der Fahrt in einem Auto unterhalten? Das geht doch sicherlich auch bequemer?«, fragte ich.

»Ihr Auto ist bestimmt auch markiert, aber wenn wir in Bewegung bleiben, ist es nicht so einfach, uns zu folgen. Ich denke, es wird zehn bis fünfzehn Minuten dauern, bis sie hier sind.«

»Die sind aber gleich vorbei«, wagte ich zu behaupten, obwohl ich nicht auf die Uhr geschaut hatte.

Doch ich bekam schon keine Antwort mehr. Josepha Visser hatte uns schon wieder verlassen. Meine Worte gingen ins Leere. Sabine schaute mich an und ich lenkte den Wagen auf den nächsten Parkplatz.

»Das gefällt mir nicht«, sagte Sabine.

Mir gefiel das auch nicht. Wo waren wir da hineingeraten?

Es klopfte an der Scheibe. Erschrocken schaute ich auf. Am Wagen stand Hoffmann, der Sicherheitchef. Erst Harm, dann Hoffmann, und das alles an einem Wochenende.

Ich ließ die Scheibe heruntergleiten.

»Was gibt es?«, fuhr ich ihn an. »Bin ich zu schnell gefahren?«

Er schaute mich missbilligend an. »Haben Sie eine Frau gesehen?«, fragte er.

»Ja. Sitzt auf dem Beifahrersitz.«

»Nicht Ihre Frau! Ich meine, eine Fremde.«

Es fiel mir überraschend schwer, ihn anzulügen. Ich wollte ihm die Wahrheit sagen, doch Sabine befreite mich aus der Klemme: »Wir waren nur einkaufen und wollten dann den Wagen ein bisschen bewegen. Doch nun müssen wir schnell nach Hause. Unser Hund wartet!«

Schweiß stand mir auf der Stirn.

Hoffmann konnte sich mit Sabines Antwort nicht zufriedengeben. Dennoch machte er einen Schritt zurück und wünschte uns eine »Gute Fahrt«.

Ich fuhr die Seitenscheibe wieder hoch und stammelte ein »Danke« in Richtung Sabine. »Ich hätte ihn nicht anlügen können. Es ist, als ob mich meine Mutter angesehen hätte. Vor der konnte ich auch nichts geheim halten.«

»Das gefällt mir nicht«, sagte Sabine noch einmal. »Ganz und gar nicht! Und ein bisschen Angst habe ich auch gerade!«

Ich fuhr wieder an. »Bloß nach Hause«, dachte ich und wusste, dass Sabine mit mir darin übereinstimmte.

Wir sprachen in der Wohnung nicht über die fremde Zeitreisende, die in das uns von Harm vermittelte Bild der Zeitreisenden so gar nicht passen wollte. Sabine und ich benötigten dafür keine Absprache. Vielleicht wurden wir wirklich ausspioniert?

Zum Abend hin machten wir noch einen Gang mit Alf. Er schien zu spüren, dass etwas Entscheidendes geschehen war, das uns bewegte. Ein paar Hundert Meter von der Wohnung entfernt wagte ich endlich, zu sprechen.

»Sie sind hinter dieser Frau – Josepha Visser – her. Aber warum? Und was ist noch auf dem Chip drauf?«, begann ich das Gespräch.

»Warum, weiß ich nicht«, antwortete Sabine, »und auch nicht, was der Chip noch enthält. Das können wie aber ändern, indem wir dort nachschauen.«

»Aber wir werden in der Wohnung abgehört. Für die Kanzlei gilt das sicher ebenfalls, und der Wagen kann angepeilt werden. Vielleicht werden wir in diesem Moment auch belauscht.«

»Wir dürfen jetzt nicht paranoid werden«, beruhigte mich Sabine. »Es ist alles möglich, aber wir sollten uns nicht ins Bockshorn jagen lassen. Eines ist klar. Harm gibt uns nicht alle Informationen, obwohl er uns eine Menge erzählt hat. Vielleicht entspricht auch nicht alles der Wahrheit. Wir dürfen uns dennoch nicht verrückt machen lassen. Und zuerst müssen wir sehen, was auf dem Speicher ist.«

Sabine hatte recht! Vermutungen halfen uns nicht weiter. Eines aber war sicher: Harm konnten wir nicht mehr ganz trauen!

»Wir müssen vorsichtig sein«, sagte Sabine. Das hatte die Zeitreisende auch schon gesagt. Prima! Dann waren wir uns ja alle einig! »Wir fahren morgen mit Alf an den Hundestrand nach Wilhelmshaven. Es wird sich sicher eine Gelegenheit finden, die Daten zu sichten.«

Das war Sabine. Ein pragmatischer Vorschlag von ihr zur rechten Zeit hatte uns schon viele Male geholfen!

»Wir nehmen das Pad aus der Kanzlei mit. Das ist sicherer als das von Zuhause aus«, unterstützte ich ihre konsequente Vorgehensweise. »Es hat ein in die Hardware integriertes Sicherheitszertifikat und ist abhörsicher.« Hoffentlich galt diese Annahme nicht nur für unsere Gegenwart ...

»Was hältst du davon, wenn wir Frank fragen, ob wir sein Ferienhaus nutzen können. Wir hätten eine Art Basis«, schlug ich noch vor.

Sabine hielt das für eine gute Idee. Frank war ihr Bruder und besaß in der Nähe des Strandes ein kleines Häuschen, das wir schon des Öfteren benutzt hatten. Es stand meist leer, doch Frank wollte sich von der Immobilie nicht trennen. Er sagte immer, sein Herz hinge an dem alten Haus, und wenn er auf der Veranda säße und die salzige Luft einatme, wäre er im Paradies.

So rief ich Frank an und es war natürlich kein Problem, das Haus für den nächsten Tag zu bekommen.

Alf zog uns sanft wieder Richtung Wohnung. Er hatte Sehnsucht nach seinem Körbchen, schließlich war es schon spät.

Ein Stück Wahrheit?

Wenn man über die Zeit nachdenkt,
kann man manches über die Menschen
und auch über sich selbst lernen.
Norbert Elias, britischer Soziologe
deutscher Herkunft

Am nächsten Morgen standen wir früh auf. Alf bemerkte wie immer sofort, dass etwas Besonderes anlag und hoffte, dass er mit von der Partie sein durfte. Als wir ihm sein Halsband anlegten, war er zufrieden, kroch in sein Körbchen und wartete auf das endgültige Startzeichen.

Wir fuhren an der Kanzlei vorbei und ich tat so, als ob ich nur kurz nach dem Rechten schauen wollte. Das Webpad packte ich in eine der wenigen juristischen Fachzeitschriften, die immer noch in Papierform veröffentlicht wurde. Vorher hatte ich einen Download der Dateien aus der DATEV-Cloud angestoßen. Das Pad war nur auf mich persönlich zugelassen. Niemand sonst sollte auf die verschlüsselten Daten zugreifen können. Und obwohl ich nicht wissen konnte, welche Technologien Harm zur Verfügung standen, hatte ich ein sicheres Gefühl.

Auf der Fahrt nach Wilhelmshaven entspannte ich mich ein wenig. Sabine fuhr den Passat und ich durfte die Musik auswählen. Ihr Bruder Frank hatte uns schlaftrunken die Tür aufgemacht und die Schlüssel gegeben. Wahrscheinlich hatte er wieder einmal die Nacht zum Tag gemacht. Er war ein Profi, was die Oldenburger Piste nach Einbruch der Dunkelheit anging. Als jüngerer Bruder von Sabine nahm er das einfach für sich in Anspruch.

Die Fahrt verlief ereignislos. Es war Ende Mai, die Sonne zeigte sich von ihrer besten Seite und strahlte munter auf uns herab, ohne uns den Schweiß auf die Stirn zu treiben. Es war eine gute Idee, nach Wilhelmshaven zu fahren. Wir freuten uns, und Alf hatte im Kofferraum richtig gute Laune.

Wir erreichten das Ferienhaus. Ich stieg aus und öffnete das Tor. Sabine parkte den Wagen und wir brachten unser kleines Gepäck in die Wohnung. Nachdem Alf alle Ecken begutachtet und alle Möbel ausgiebig beschnüffelt hatte, machten wir uns auf den Weg zum Hundestrand. Erfahrungsgemäß war sonntagmorgens noch nicht allzu viel los. Der Run würde erst am späten Vormittag und dann nach dem Kaffee beginnen.

Es war natürlich Ebbe. Dieses Glück mit den Gezeiten hatten wir immer. Wenn wir es nicht besser gewusst hätten, so würden wir glatt abstreiten, dass es das Meer überhaupt gäbe.

Alf nutzte die Chance und tobte durch den Schlick, und als er uns erreichte, sah er aus, wie mit Schokolade übergossen. So konnten wir ihn nicht mit ins Haus nehmen und er genoss die kalte Stranddusche. Durch die warme Maisonne würde das Fell schnell wieder trocken sein.

Wieder beim Ferienhaus angekommen, setzten wir uns auf die überdachte Terrasse und ploppten zwei alkoholfreie Bier auf. Ich hatte das Webpad mit nach draußen genommen und startete das zweite Video.

Das Szenario war ähnlich wie beim ersten Film. Charles Chevalier startete wieder zu einer Zeitreise und erreichte seine Zielzeit. Es war das Jahr 1700, wie der Blick auf die Referenzzeit zeigte. Diesmal wurde die nachfolgende Besprechung nur kurz mitgefilmt.

Die nächsten Filme dokumentierten Reisen in die Jahre 1600 bis 900. Immer brav in Hundertjahresschritten. Die zeitliche Zielgenauigkeit schien mit jeder Reise besser zu werden. Bei der Rückkehr aus dem Jahr 900 gab es nur noch Differenzen im Sekundennachkommabereich. Charles schien sehr zufrieden zu sein und auch der Professor war stolz auf die erreichte Genauigkeit.

Er strahlte in die Kamera, klopfte Charles auf die Schulter und sagte: »Wir haben endlich die Technik im Griff und nicht mehr sie uns. Das ist ein großer Tag für das Projekt. Wir starten die nächste Phase und bleiben etwas länger in der Vergangenheit. Morgen geht's ins Jahr 800 und du bleibst für ein paar Stunden dort und erkundest die Umgebung. Während dieser Zeit sollte es in der Umgebung keine Menschen geben. Die Landschaft ist so karg, dass es keine Besiedlung gibt. Ab morgen wirst du mit Gepäck reisen. Ein paar Messgeräte und ein wenig Proviant werden wir zusammenstellen. Ruh dich aus und leg dich ein wenig hin. Gute Arbeit!«

Damit endete das Video.

Sabine und ich sahen uns an.

»Die gingen sehr systematisch vor«, meinte ich.

»Die werden systematisch vorgehen«, verbesserte Sabine mich. »Arbeiten halt mit wissenschaftlicher Methodik. Das dürfte dich nicht sonderlich verwundern.«

»Aber ich habe immer noch keinen Schimmer, was wir mit diesen Aufnahmen sollen.«

»Sehen wir uns das nächste Video an«, entschied ich und klickte auf Datei Nummer elf.

Wieder sahen wir das Innere der Kuppel und den Start in die Vergangenheit. Charles verkürzte nun die Sequenzen, denn sie glichen sich immer mehr.

Als er in der Vergangenheit angekommen war, ließ er die Kamera durchgehend laufen. Wir sahen, dass er den Wald verließ und die Referenzzeit ablas.

Wie war dieses Gerät überhaupt dort hingekommen?, fragte ich mich beiläufig.

Erstmalig hatte Charles einen längeren Aufenthalt in der Zielzeit. Er umrundete den Wald und ließ die Kamera einige Panoramaschwenks durchführen. Die Landschaft war wunderschön in ihrer Kargheit. Es schien Spätsommer zu sein. Das Sonnenlicht hatte eine leicht andere Farbe als heute, denn es gab ja noch keine industrielle Umweltverschmutzung. Man konnte nicht einmal unbewohnte Gebäude sehen. Die Menschen wohnten hier schon seit langer Zeit nicht mehr, hatten sich andere Orte gesucht. Die Gegend musste zu dieser Zeit menschenleer sein.

Als die Sonne langsam tiefer sank, machte sich Charles auf den Rückweg.

Auch dieses Video war nicht wirklich spannend zu nennen. Obwohl die Tatsache, dass es eine Zeitreise dokumentierte, natürlich immer noch aufregend genug war.

Es war Mittagszeit und Sabine, Alf und ich machten uns zum Italiener um die Ecke auf. Dort konnte man schon draußen das gute Wetter genießen und er hatte einen schönen Rotwein. Ein Glas gönnten wir uns. Nach dem Tiramisu als Nachtisch gingen wir wieder zurück zum Haus. Das nächste Video wartete.

Die Startsequenz war nur noch bruchstückhaft aufgenommen worden. Man sah Charles kurz mit seinem Rucksack.

Wir erwarteten wieder das kurze Schwarz der Reise und dann das helle Bild der Ankunft. Wir sahen aber die Lichtung nur einen Sekundenbruchteil lang und dann wurde das Bild schon wieder schwarz.

Irgendetwas schien schief gegangen zu sein. Wie schief, konnten wir uns in diesem Moment noch nicht vorstellen. Und die Konsequenzen, die daraus folgen würden, auch nicht.

Immer noch blieb der Schirm schwarz, doch wir hörten eine Stimme. Es war die Stimme von Charles.

In der Vergangenheit

> Jede Zeit ist eine Sphinx, die sich in
> den Abgrund stürzt, sobald man ihr Rät-
> sel gelöst hat.
> *Heinrich Heine (1797–1856)*

Irgendetwas ist schief gegangen. Schrecklich schief. Ich schaue mich um. Mein Schädel dröhnt wie eine Kirchenglocke und ich habe Probleme, etwas exakt zu fokussieren. Ich bin mit Sicherheit nicht dort, wo ich sein sollte. Räumlich gesehen. Das ist klar. Doch was ist mit der zeitlichen Komponente? Bin ich in der richtigen Zeit? Ich müsste im Jahr 800 nach Christus sein, doch ich kann die Zeit nicht überprüfen. Das Messgerät am Handgelenk zeigt nichts an und ohne das Referenzzeitgerät weiß ich nicht, wann ich bin.

Ich stehe auf. Das Schwindelgefühl schlägt um in Übelkeit. Doch diese hält nur kurz an, der Brummschädel ist nun zu einem dumpfen Kopfschmerz mutiert. Ich drehe mich einmal um meine Achse. Panik steigt auf. Ich sehe keine Boje. Die Boje hätte neben mir stehen müssen. Ohne die Boje komme ich hier nicht mehr weg. Wo ist die verdammte Boje?

Ich zwinge mich, ruhig zu atmen und die aufsteigende Angst nicht zu einer handfesten Panik werden zu lassen. Gar nicht so einfach mit schmerzendem Schädel. Langsam beruhige ich mich etwas, doch ein Gedanke setzt sich fest: Etwas ist verdammt schief gegangen!

Was wusste ich? Die Boje ist nicht bei mir. Ich bin nicht am richtigen Platz. Bin ich in der richtigen Zeit? Da ich nicht an der richtigen Stelle bin, gab es auch keine Referenzzeit.

Dazu bin ich von der Boje getrennt worden. Das Verbindungsseil sieht sauber abgeschnitten aus, als ob es von einer scharfen Klinge durchtrennt worden ist. Aber ich benötige die Boje, um wieder in meine Zeit zurückzukommen. Die mobile Kamera ist ebenfalls nicht mehr vorhanden. Die automatische Protokollierung ist damit nicht mehr gegeben. Also muss ich meinen Bericht in das Pad sprechen. Ich aktiviere die Audiofunktion.

Über die eingebaute Aufnahmeeinheit kann ich Bilder und Videosequenzen speichern. Ich muss nur die Optik in die Richtung halten.

Ich habe auch noch den Rucksack, damit etwas Wasser und Proviant und ein paar Dinge, die mir später noch von Nutzen sein könnten.

Die Landschaft ist ähnlich der vom angepeilten Ort und auch die Jahreszeit scheint zu passen. Spätsommer. In der Nähe sehe ich eine symmetrische Anordnung von Pflanzen. Das muss Getreide sein! Mir wird erst jetzt bewusst, was das bedeutet: Getreideanbau zeigt, dass Menschen in der Nähe wohnen mussten! Es muss sich eine Siedlung oder mindestens ein Hof in der Umgebung befinden! Das wäre zwar nicht die Rettung, aber eine gute Möglichkeit, an wichtige Informationen zu gelangen. Ich hoffe, dass ich mich immer noch in einem Landstrich befinde, der von einem germanischen Volk bewohnt wird.

Ich lege für mich die Marschrichtung fest, Ziel: Getreidefeld. Ich habe es erreicht. Das Laufen macht mir zu schaffen, denn mit jedem Schritt dröhnt der Schmerz in meinem Kopf.

Das Getreide sieht ungewohnt aus. Es könnte sich um eine Art Gerste handeln. Aber auch das hilft mir bei der Zeitbestimmung nicht weiter. Es bestätigt mich aber darin, dass ich zumindest räumlich abgedriftet bin. In der angepeilten Ammerländer Ebene halten sich solche Getreidesorten nicht.

Das Feld ist geschätzt fünfzig auf hundert Meter groß. Ich habe das Feld nun umrundet. Durch das Fernglas kann ich in der Ferne Häuser erkennen. Es gibt also eine Siedlung. Ich mache Fotos. Bild 1: ländliche Siedlung. Das ist mein neues Ziel. Habe geschätzte fünfzehn Minuten zum Ziel gebraucht.

Trotz der Trockenheit sind tiefe Hufabdrucke zu sehen. Wahrscheinlich von Rindern. Am Rand des Weges zeichnen sich Spuren von Schuhen oder Sandalen ab.

Ich nähere mich jetzt den Häusern. Das Dorf besteht aus vielleicht zwei Dutzend großen Bauten von jeweils gut zwanzig Meter Länge. Der Weg steigt ein wenig an, sodass das Dorf wie auf einer Insel aus der Umgebung ragt. Das muss ein Wurtendorf sein! Richtig, diese Dörfer liegen erhöht und sind von Wällen umgeben. Ein kleiner Hügel setzt sich links und rechts von einem schmalen Eingang fort. Ich muss mich also mehr Richtung Meer befinden, sonst würde diese Bauform keinen Sinn haben. Die Luft hat einen leicht salzigen Geschmack. Das Meer kann nicht weit entfernt sein.

Kann ich es riskieren, einfach hineinzumarschieren und »Guten Tag« zu sagen? Es gibt Vorschriften, die das verbieten. Doch die Situation, in der ich jetzt bin, ist anders als alles, was wir geübt haben. Die Protokolle haben das nicht voraussehen können. Die Kurse sind immer von der Prämisse der Vermeidung von Kontakten und einer jederzeit möglichen schnellen Rückreisemöglichkeit ausgegangen.

Die Entscheidung wird mir abgenommen. Ein Hund steht bellend vor mir.

Ich kenne mich ein wenig mit Hunden aus, denn meine Eltern haben immer Hunde gehabt. Ich erinnere mich, was mein Vater mir beigebracht hat. Nicht direkt ansehen und keine hastigen Bewegungen. Vor allem nicht nach vorne. Nicht von oben berühren, immer von unten.

Ich werde aus meinen Gedanken herausgerissen und höre »Wunna!« und einen Schnalzlaut.

Eine energische weibliche Stimme ruft den Hund ab. Er stellt das Gebell ein und trollt sich. Überrascht schaue ich auf und sehe in strahlend blaue Augen. Einen solchen Anblick habe ich nicht erwartet. Eine junge Frau steht vor mir und schaut mich mit einem Lächeln an. Ich feiere nächstes Jahr meinen dreißigsten Geburtstag – habe dies trotz meiner aussichtslos scheinenden Lage auch immer noch fest vor – und kann diesem Lächeln nur schwerlich widerstehen. Solch einen Empfang habe ich mir nicht vorstellen können. Ich bin davon ausgegangen, dass ich als Fremder nicht eben freundlich begrüßt werden würde.

Sie nickt mir zu und beginnt zu reden. Ich verstehe kein einziges Wort. Sie scheint dies zu bemerken, zeigt auf sich und sagt: »Malinde.« Ich wiederhole die Geste und antworte: »Charles.« Das klappt ja ganz gut und ist einfacher, als ich es mir gedacht habe!

»Charles«, wiederholt sie – mit einem zauberhaft gerolltem »R«.

Wie geht es nun weiter?

Doch auch hier wird mir die Entscheidung abgenommen. Sie dreht sich um und macht eine auffordernde Handbewegung. Ich folge dieser offensichtlichen Einladung und gehe durch das Tor.

Langsam beginnt die Dämmerung, sich über das Dorf zu senken. Ich muss also am Spätnachmittag angekommen sein. Aber in welcher Zeit?

Ich folge ihr zu einem der Gebäude. Malinde öffnet ein schweres Holztor an der schmalen Seite des Gebäudes. Ein strenger Geruch, eine Mischung aus Rauch und Mist fällt uns entgegen. Mann, was für ein Aroma! Besser durch den Mund atmen.

Wir stehen in einer Stallung. Links und rechts vom Gang sind Boxen angeordnet. Ich sehe Pferde, Schweine und ein paar recht kleine Kühe.

Wunna – das ist wohl der Name des Hundes; dem Namen nach vermute ich, dass sie eine Hündin ist – ist mit hineingeschlüpft und überholt uns. Diesmal klang ihr Bellen viel freundlicher.

Ich zähle insgesamt acht einzeln abgetrennte Boxen an jeder Seite. Drei dieser Ställe sind leer. Dort lagern Heu und Stroh. Wir betreten nach fünfzehn Schritten eine Art Diele. Hier hängt ein großer Topf über einem offenen Feuer. Daher der Geruch nach Rauch. Ich versuche einen Atemzug durch die Nase. Schon besser. Es riecht hier mehr nach Lagerfeuer denn nach Vieh. Im Topf scheint ein deftiger Eintopf gekocht zu werden. Durch die Tür hinter dem Feuer kommt uns ein bärtiger Mann entgegen. Er schaut die junge Frau fragend an, dann mich, dann wieder die Frau. Er stellt eine Frage, die die

Frau sogleich beantwortet. Ich verstehe die Worte »Mercator«
und »Charles« – wieder mit einem wunderbaren »R« ausgesprochen.

Mercator?

Kaufmann!

Sie hält mich für einen Kaufmann. Malinde hat das lateini-
sche Lehnwort benutzt, um mich dem älteren Mann vorzu-
stellen.

Soll ich die Rolle des Kaufmanns spielen? Die Wahrheit
würde hier eh keiner verstehen. Missverständnisse ohne Zahl
wären die Folge, wenn ich den Menschen hier begreiflich machen würde, woher – und vor allem *von wann* – ich komme.
Vielleicht warten die Menschen hier gerade auf einen Händler
und ich werde mit diesem verwechselt.

Zwischen Malinde und dem Mann – ich vermute das Fami-
lienoberhaupt und damit wohl ihren Vater – entsteht eine
kurze lebhafte Diskussion. Dies hat zur Folge, dass er auf
mich zukommt und mich begrüßt, indem er mich mit einer
unglaublichen Kraft an seine Brust drückt.

Mir bleibt kurz die Luft weg und er lässt von mir ab. Er
zeigt auf sich und sagt: »Wiborg!«

»Charles, mein Name«, sage ich. »Vielen Dank für die herz-
liche Begrüßung.«

Der Mann schaut mich an. Er versteht natürlich kein Wort.
Mit Händen und Füßen mache ich ihm pantomimisch noch
einmal klar, dass ich mich freue.

Er scheint das zu verstehen und deutet einladend auf die
Tür. Ich reagiere ihm wohl nicht schnell genug. Er packt mich
an der Schulter und verleiht damit seiner Einladung Nach-
druck. Der Raum hinter der Tür ist dunkel und wird von einem großen Tisch beherrscht, um den an drei Seiten Bänke
ohne Lehnen stehen. An der Stirnseite steht ein mächtiger
Stuhl, fast schon ein hölzerner Thron. Wiborg steuert ihn an
und setzt sich. Wieder macht er die einladende Geste: Ich soll
neben ihm Platz nehmen.

Malinde verschwindet in einem Nebenraum und kommt mit
einem Stapel Schüsseln und Löffeln zurück. Sie deckt den
Tisch ein. Eine Frau in Wiborgs Alter und mit den Gesichtszügen einer älteren Malinde kommt aus der Diele herein. Ihr

folgen eine weitere Frau in ihrem Alter, ein älterer Mann und zwei Kinder – ein Junge und ein Mädchen. Das Kind ist vielleicht zehn Jahre alt, der Junge etwas älter.

Wiborg stellt mich vor. Ich verstehe »Uta«. Das muss seine Frau sein und damit Malindes Mutter. Der Mann heißt Volker, die andere Frau Tanka. Der Junge heißt Owe, das Mädchen Siv. Das müssen seine Kinder sein, die Geschwister von Malinde. Ich schaue die Neuankömmlinge an und nenne ihre Namen. Ich zeige jeweils auch auf mich und sage mit einem kurzen Kopfnicken »Charles«.

Wiborg zeigt auf mich und nennt mich noch einmal »Mercator«. Alle nicken verstehend und verteilen sich auf den Bänken um den Tisch. Volker und Tanka gehen hinaus und kommen mit dem Topf zurück, den sie mitten auf den Tisch stellen. Nun weiß ich, warum der Tisch so groß sein muss ...

Die Mahlzeit beginnt schweigend, aber nach den ersten Bissen entsteht ein babylonisches Gewirr aus Gesprächen. Alle haben etwas zu erzählen und das gleichzeitig. Ich schnappe das eine oder andere Wort auf, das es so oder ähnlich in den mir bekannten Sprachen Deutsch, Englisch und Französisch und dem nicht mehr ganz so präsenten Latein gibt. Für ein Gespräch langt das nicht.

Ich grinse also vor mich hin und versuche den Eintopf. Heiß ist der. Eine Menge Gemüse schwimmt in einer fettigen Brühe. Das Essen ist für mich etwas zu fad, aber genießbar. Ich merke erst jetzt, dass ich Hunger habe, und versuche schnell zu essen, ohne mir den Mund zu verbrühen.

Wiborg benutzt ein Messer, um das Brot zu zerteilen. Ich habe meinen Rucksack hinter mir gegen die Wand gestellt und hole aus einer Seitentasche mein Schweizer Armeemesser heraus. Schnell ist die große Klinge ausgeklappt und auch ich schneide das Fleisch in bissengroße Stücke. Wiborg schaut mir interessiert auf die Finger. Er hebt die Augenbrauen und starrt auf das Messer.

Ich habe nicht nachgedacht! Das Multifunktionsmesser ist auffällig. So etwas gibt es in dieser Zeit nicht. Doch nun ist es zu spät. Alle schauen das Messer an. Die Gespräche sind verstummt. Ich hebe das Messer, damit es alle gut sehen können. Die große Klinge wird wieder eingeklappt und dafür die Feile ausgeklappt. Ich tue so, als ob ich mir die Fingernägel feilen würde. Ein Raunen ertönt. Dann klappe ich alle Werkzeuge und Klingen auf. Das Messer sieht nun aus wie ein roter Metalligel.

Owe steht auf und kommt zu mir. Er bedeutet mir, ob er das Messer anfassen dürfe. Ich klappe alles ein und reiche es ihm. Er dreht das Messer nach allen Seiten, hat aber keine Idee, wie die Klinge zu öffnen ist. Ich zeige es ihm. Stolz und erstaunt zeigt er seinem Vater, was er in der Hand hält. Dieser schaut sich alles genau an und nickt mir anerkennend zu.

»Mercator!«

Nun scheint er die Bestätigung gefunden zu haben, dass ich wahrhaftig ein Kaufmann mit seltenen und seltsamen Waren bin. Der Junge gibt mir das Messer zurück und die Gespräche branden wieder auf.

Ich werde langsam müde. Der Kopfschmerz ist fast abgeklungen und ich kann wieder etwas klarer denken. Ein Stechen in der Schläfe macht sich aber doch hin und wieder bemerkbar.

Wo soll ich heute Nacht schlafen? Draußen im Freien? Einen Schlafsack habe ich nicht im Gepäck und ein Gästezimmer gibt es in diesem Langhaus bestimmt nicht.

Malinde scheint mir meine Müdigkeit anzusehen und legt die beiden Hände an die Wange. Schon zu dieser Zeit das Zeichen für »Schlafen«! Ein Kulturhistoriker würde hier begeistert seine Studien betreiben.

Malinde wechselt ein paar Worte mit ihrem Vater. Ich verstehe etwas wie *Dyngja*. Er nickt, sie nimmt mich an der Hand und das muntere Geplaudere am Tisch wird nur kurz für einen Gruß unterbrochen. Wir verlassen das Langhaus. Es ist noch dunkler geworden. Ein halber Mond beherrscht den Himmel. Sterne blitzen ungefiltert. Für einen Stadtmenschen aus der Zukunft ein ungewohnter Anblick. Er fasziniert mich. Keine Spur von optischer Umweltverschmutzung. So etwas Schönes habe ich selten gesehen. Das Licht ist dadurch noch ausreichend, um den Weg zu erkennen. Wir nähern uns einer kleinen flachen Hütte.

»Dyngja«, sagt Malinde und öffnet eine Tür. Drinnen ist es deutlich finsterer und meine Augen gewöhnen sich nur langsam an die Lichtverhältnisse. Meiner Begleiterin scheint das Licht, das zur Tür hereinfällt, auszureichen. Ich stoße gegen eine Art Holzrahmen und unterdrücke nur schwer einen Fluch. Malinde zieht mich in die hintere Ecke.

Meine Augen gewöhnen sich an das schummrige Licht und machen eine Art Bettlager aus.

»Släfan!«

Es ist fast ein Befehl. Sie schüttelt eine Decke aus und bedeutet mir, mich hinzulegen. Das Bett besteht aus Stroh. Sie legt mir die schwere Decke – oder war es ein Kuhfell? – über und sagt: »Naht!«, dreht sich um und schließt die Tür hinter sich.

Dunkelheit umgibt mich. Ich kann die Situation immer noch nicht ganz realisieren. Wo bin ich und wann? Wieso sind die Menschen so gastfreundlich und bieten mir Speis, Trank und ein Nachtlager an?

Ich vermute, dass ich bei einem germanischen Stamm aufgenommen worden bin. Wenn man das so sagen darf. Die Worte *Naht* und *släfan – schlafen* – habe ich verstehen können, dazu hat sich das eine oder andere Wort bekannt angehört. Ich war also noch in Europa und mit Glück innerhalb der Grenzen des modernen Deutschlands und in der Nähe des Meeres, hoffentlich der Nordsee und nicht der Ostsee.

Aber die zentrale Frage, die sich mir stellt, ist immer noch: Wann?

Schlafen kann ich bei aller Erschöpfung noch nicht. Zu viele Gedanken schwirren in meinem Kopf herum. Langsam begreife ich meine Situation. Mein logisches Denken beginnt allmählich, wieder zu funktionieren und das Stechen im Kopf ist nun fast verschwunden.

Ich taste im Dunkeln nach meinem Rucksack, finde ihn und öffne den Verschluss. Nach einigem Gewühle ertaste ich, was ich suche. Ich ziehe die Taschenlampe aus dem Beutel und betätige den Schalter. Die Lampe erzeugt ein warmes Licht. Erstmals kann ich mich im Raum umsehen. Der Holzrahmen, an dem ich mich wohl gestoßen habe, gehört zu einem Webstuhl. Daneben steht ein einfaches Spinnrad. In der Ecke stapelt sich Schafswolle, die einen fettigen, aber nicht unangenehmen Duft verbreitet. In einer anderen Ecke sind Obst und Gemüse gelagert. Ich bin in der Nähstube und Vorratskammer des Hauses untergebracht worden. Das Strohbett zeigt, dass es gleichzeitig auch eine Art Gästezimmer ist. Ich ziehe mein Webpad aus dem Rucksack und mache ein paar Fotos.

Wie soll es nun weitergehen?

Ich muss meine räumlichen und zeitlichen Koordinaten bestimmen. Auf dem Webpad habe ich ein paar Nachschlagewerke und diverse Fachinformationsdienste installiert, um sie auch offline nutzen zu können. Das GPS funktioniert natürlich nicht. Ich prüfe das dennoch nach. Keine Satelliten zu finden. Irgendwie beruhigt mich das mehr, als es mich erschüttert. Was würde es bedeuten, wenn ich einen Satelliten orten würde …

Ich suche nach *Dyngja* und bekomme einen Treffer. »Frauengemach« heißt das und … »Dunghaufen«. Dafür riecht es hier aber angenehm. Ach so. Das Dach war mit getrocknetem Dung eingedeckt. Eigentlich soll das Haus nur von Frauen betreten werden, die Kleidung herstellen und hier unter sich bleiben konnten. Aber ich habe mich ja nicht aufgedrängt, sondern bin hier einquartiert worden.

Das nächste Wort, das ich suche, ist *Wurt*.

Das Pad liefert mir eine Vielzahl von Antworten, die ich immer weiter eingrenze, bis ich einen Eintrag zum Wurtendorf Feddersen-Wierde bekomme. Mit wachsendem Interesse lese ich, was mir mein Pad geliefert hat. Das Dorf hat an der Nordseeküste gelegen. Das passt. Die salzige Seeluft spricht dafür. Es hat auf einer Wurt gelegen. Passt auch. Auch die Bauform der Häuser scheint übereinzustimmen. Es deutet einiges darauf hin, dass ich hier gelandet bin. Doch dann kommt der Schock. Das Dorf ist nur bis zum fünften Jahrhundert besiedelt gewesen und dann aufgegeben worden. Die erste Besiedlung ist auf das erste Jahrhundert nach Christus datiert. Das würde bedeuten, dass ich nicht im Jahr 800 angekommen bin, sondern mindestens sechshundert, wenn nicht sogar achthundert Jahre früher!

Ich lasse mich nach hinten fallen und starre an die Decke. Soweit ist noch kein Mensch in der Zeit zurückgereist. Ich bin wie Kolumbus, nur nicht räumlich, sondern zeitlich. Ein kleiner Schritt nur, aber mit großen Konsequenzen!

Das Referenzzeitgerät ist zwar zu Beginn des Projektes in das Jahr 1 zurückgeschickt worden, doch das ist eine Art Roboter gewesen, der sich selbstständig im Boden versteckt hat. Kein Mensch hat ihn begleitet. Es sind robusteste Materialien und eine einfache Technologie verwendet worden, die die Jahrhunderte überstehen konnten. Versehen mit einer Energiequelle, die mindestens dreitausend Jahre halten soll. Doch das Referenzzeitgerät ist nicht in meiner unmittelbaren Nähe, ich hätte es sonst orten müssen. Es besaß einen Sender, der eine Anpeilung über das Pad möglich macht.

Ich setze mich wieder auf. Was macht es schon für einen Unterschied, in welchem Zeitalter ich gelandet bin?

Es macht keinen, stelle ich für mich fest. Es ist völlig ohne Belang, ob ich im Jahr 1 nach Christus oder im Jahr 500 hier angekommen bin. Das Ergebnis ist immer das gleiche: Ich bin von meiner heimatlichen Zeit abgeschnitten. Die räumliche Entfernung spielt in diesem Fall auch nur eine geringe Rolle. Ein Blick in die auf dem Pad angezeigte Karte zeigt mir, dass ich nur rund hundert Kilometer von meinem Zielort entfernt bin, wenn die Annahme stimmt, dass ich in Feddersen-Wierde bin. Hundert Kilometer traue ich mir zu Fuß durchaus zu, ich bin durch die Vorbereitungen für die Zeitreisen ganz gut trainiert. Die zeitliche Abweichung ist das Entscheidende. Die Zeit kann ich zu Fuß bestimmt nicht überwinden!

Ich deaktiviere das Webpad, denn ich habe genügend frustrierende Informationen bekommen. Auch die Taschenlampe schalte ich aus. Obwohl die Akkutechnologie des Jahres 2029 wahre Ausdauerrekorde zu vermelden hat, möchte ich Energie sparen. Wer weiß, wie lange es dauern würde, bis ich wieder eine passende Steckdose fände.

Ich schlüpfe aus meinem Overall und gehe zum ersten Mal, seit ich denken kann, ungewaschen und ohne Zähneputzen ins Bett. Unwillkürlich muss ich lächeln. Als wenn das meine einzigen Sorgen wären.

Ich stoppte die Wiedergabe und schaute Sabine an. Langsam konnten wir uns von der Erzählung lösen und kamen wieder im Hier und Jetzt an. Ich war sprachlos, konnte nichts sagen. Und Sabine ging es ähnlich.

Wir schauten beide auf das Pad. Es zeigte noch das letzte Bild. Hell durch ein Blitzlicht ausgeleuchtet, war dort ein Webstuhl zu sehen. Doch dieser stand nicht als Ausstellungsstück im Museumsdorf Cloppenburg, sondern war das reale Abbild eines Arbeitsgerätes, das wahrscheinlich vor zweitausend Jahren in Benutzung gewesen war.

»Schalt wieder an«, bat Sabine. »Ich möchte wissen, wie es weitergeht!«

Ich drückte also auf *Play*.

Ein nasser Waschlappen weckt mich auf. Ich öffne die Augen. Doch es ist kein Waschlappen, sondern die feuchte Zunge eines Hundes. Wunna schleckt mich ab!

Malinde steht etwas schüchtern in der Tür. Von draußen fällt fahles Licht in den Raum.

»Opstaan!«, fordert sie mich auf.

»Ich komme gleich«, antworte ich und schiebe den Hund vorsichtig beiseite.

Wunna schlängelt sich durch die Tür, die Malinde von außen schließt. Ich sprühe mir etwas Deo unter die Achseln. Eine Dose habe ich immer im Rucksack. Man kann ja nie wissen, wen man so trifft.

Ich schlüpfe in meinen Overall und fühle mich ungewaschen ziemlich unwohl, nehme dennoch meinen Rucksack und verlasse die Hütte.

Vor der Tür wartet Malinde. Es ist noch früher Morgen. Im schönsten Rot geht gerade die Sonne auf.

Pantomimisch versuche ich, ihr zu zeigen, dass ich mich waschen möchte. Ich schöpfe virtuelles Wasser und schütte es über mein Gesicht. Ein wenig verwundert schaut sie mich an.

Sie führt mich zu einem Bottich mit Wasser. Es gibt also doch eine Waschgelegenheit. Ein rohes Stück Seife liegt dort. Das muss hier und heute ein wahrer Luxusgegenstand sein. Ich nehme unter den skeptischen Blicken von Malinde eine schnelle Katzenwäsche vor und fühle mich gleich viel wohler in meiner Haut, wobei eine heiße Dusche jetzt genau das Richtige wäre.

Ich folge der jungen Frau ins Haupthaus. Dort ist schon die ganze Familie um den Tisch versammelt. Der Hausherr besteht wieder darauf, dass ich neben ihm Platz nehme. Vor mir steht eine Holzschüssel. Daneben liegt ein grober Löffel. Die Schüssel ist randvoll mit einem Brei gefüllt. Mit gutem Appetit und lautem Schmatzen schlürfen alle ihr Frühstück. Ich probiere vorsichtig. Doch welche Überraschung! Der Brei schmeckt gar nicht so übel. Es fehlt vielleicht etwas Zucker. Der Brei besteht wohl aus Weizen und Milch, und schon nach einigen Löffeln bemerke ich, dass er sehr nahrhaft sein muss. Schnell bin ich gesättigt. Doch brav mache ich die Schüssel leer. Ich möchte meine Gastgeber doch nicht enttäuschen. Nach dem Frühstück wird schnell abgeräumt und alle verabschieden sich, um ihrem Tagwerk nachzugehen.

Malinde nimmt mich unter ihre Fittiche. Wir gehen in den Stall des Langhauses und sie zeigt mir, wie man den Kühen ein Tau umbindet und diese dann hinter sich herzieht. Sie sollen auf die Weide. Es ist kein langer Weg und die Sonne vertreibt schnell die Kühle der Nacht. Wunna tollt um uns herum, was die Kühe nicht weiter stört. Nach gut einer halben Stunde sind wir an der einfach eingezäunten Viehweide. Dort stehen schon einige Kühe und kommen auf uns zu gerannt. Warum einige draußen bleiben und einige in den Stall kommen, ist mir nicht klar. Wird aber Gründe haben.

Malinde setzt sich unter einen Baum und sieht mich an. Sie schirmt die noch tief stehende Sonne mit ihrer Hand ab und lässt ein Lächeln aufblitzen. Mit der offenen Hand schlägt sie neben sich auf den Boden. Sie möchte, dass ich mich neben sie setze. Ich komme ihrer Aufforderung nach und mache es mir ebenfalls unter dem Baum bequem. Die Sonne hat das moosige Gras bereits trocknen lassen und so bekomme ich keinen feuchten Hosenboden. Es ist so ruhig hier und die Wärme tut ein Übriges: Ich nicke ein. Als wenn ich keine Sorgen hätte! Doch die Müdigkeit übermannt mich.

Als ich wieder aufwache, sehe und spüre ich, dass auch Malinde eingeschlafen ist. Sie hat ihren Kopf auf meinen Bauch gelegt und benutzt mich als Kopfkissen. Meine Hand ruht in ihrer und es ist mir gar nicht unangenehm. Durch meine Bewegung wacht sie auf, erschrickt ein wenig und lehnt sich schnell wieder an den Baumstamm. So als wäre nichts gewesen. Ist es unbeabsichtigt geschehen oder hat sie solch einen Moment gesucht? Sie kramt in ihrer Umhängetasche, findet, was sie sucht und wirft mir einen Apfel zu. Geistesgegenwärtig fange ich ihn auf. Er sieht so ganz anders als die Äpfel in meiner Zeit aus, er ist viel kleiner und hat eine Menge vernarbter Stellen. Im Supermarkt könnte man so etwas nicht verkaufen. Ich denke, nicht einmal Hardcoreökos würden so etwas schön finden. Ich beiße beherzt in den Apfel und verziehe mein Gesicht. Ganz schön sauer!

Malinde strahlt.

Durch die frische unverbrauchte Luft und die Säure des Apfels scheint mein Gehirn wieder auf Touren zu kommen. Was sind meine nächsten Schritte? Hier in der Sonne liegen zu bleiben, löst meine Probleme nicht. Ich muss an meinen ursprünglichen Zielort zurück. Auch wenn ich dann wahrscheinlich noch in der falschen Zeit bin, wären meine Chancen auf eine Rückkehr größer. An eine Karte zu gelangen, ist sicher unmöglich. Aber ich habe noch mein Webpad. Kurz überlege ich, ob ich vor den Augen Malindes damit arbeiten soll. Es ist uns immer wieder erklärt worden, dass der Kontakt mit Einheimischen zu vermeiden sei, dass diese nicht mit unserer Technik in Berührung kommen sollen.

Doch das Schicksal hat mich hierher verschlagen und nun soll das Schicksal auch dafür sorgen, dass ich wieder zurückkomme und dies geht nur über mein Webpad. Außerdem gibt es da noch die Theorien, dass die Zeit beharrlich ist und sich nicht so leicht verändern lässt.

Ich lasse das Pad dennoch im Rucksack. Aber ich könnte etwas Sprachunterricht gebrauchen. Also stupse ich Malinde an. Ich zeige auf mich und sage »Charles«, zeige auf sie und sage »Malinde«, zeige auf den Hund und benenne sie mit »Wunna«.

Malinde schaut mich verwirrt an. Ich tippe auf den Baumstamm und sage »Baum«, deute dann auf eine Kuh. Nun hat Malinde begriffen, was ich vorhabe. Sie setzt sich gerade hin, ganz wie eine Lehrerin der Neuzeit und beginnt die Umgebung, die Natur und alles andere zu benennen. Doch das kann ich alles so schnell nicht behalten. Ich habe immer ein paar Blatt Papier in der Tasche und schreibe mit, was Malinde nicht weiter zu verwundern scheint, denn ein *Mercator* muss auch in dieser Zeit schon schreiben, lesen und rechnen können.

Schnell haben wir eine Menge an Begriffen zusammen. Sie ist eine gute Lehrerin und denkt sogar an die Pausen. Ich bin kein so guter Schüler; immer wieder muss sie mich verbessern und ich schaue oft in meine Notizen.

So vergeht der Tag schnell und der Sonnenstand zeigt an, dass es bereits später Nachmittag geworden ist. Malinde steht auf, bedeutet mir, mitzukommen, und sucht die beiden Kühe, die wir mitgebracht haben, aus der Herde heraus. Ich bekomme wieder einen Strick in die Hand gedrückt und wir treten den Heimweg an. Die Kühe kommen wieder in ihre Boxen und über dem Feuer hängt schon der große Topf. Malindes Mutter verteilt Aufgaben, doch keine für mich, und so bekomme ich frei. Sie scheuchen mich mit einem Lächeln nach draußen.

Ich verlasse die Wurt, um einen Platz zu suchen, an dem ich ungestört mit meinem Pad arbeiten kann. Schnell habe ich die Karte wieder aufgerufen, die die norddeutsche Ebene abbildet. Ich versuche, einen Weg zu meinem geplanten Ankunftsplatz zu finden. Wie lange würde ich für diese Strecke benötigen? Es sind knapp unter einhundert Kilometer. Damit komme ich für mich auf fünf Tage; zwanzig Kilometer sollten pro Tag zu schaffen sein. Ich muss aber bedenken, dass es in dieser Zeit kein ausgebautes Straßennetz gibt.

Ich lese noch etwas über die Geschichte des Dorfes. Die erste Besiedlung hat im ersten Jahrhundert vor Christus stattgefunden, das Dorf selbst ist im dritten Jahrhundert entstanden und im fünften Jahrhundert aufgegeben worden. Zur Zeit der größten Ausdehnung imdritten Jahrhundert sollen sechsundzwanzig dieser großen Häuser hier gestanden haben. Ich zähle fünfundzwanzig und eines ist im Bau. Passt! Damit musste ich mich zwischen 200 und 300 nach Christus aufhalten, eher auf das Jahr 300 hin.

Das Römische Reich umfasst zu dieser Zeit ganz Westeuropa, die Britischen Inseln und den Mittelmeerraum und steht damit in voller Blüte. Diokletian müsste in Rom herrschen und es wird bis zur Völkerwanderung noch fast einhundert Jahre dauern.

Ich bin mit mir zufrieden, denn nun weiß ich, wo und wann ich bin und sehe eine reelle Möglichkeit für mich, hier wieder wegzukommen. Ich muss nur noch meine Rückholboje finden, von der ich inständig hoffe, dass sie im Zielraum geblieben ist und noch funktioniert. Sie sendet permanent ein Signal, dass ich mit dem Pad auf ungefähr fünf Kilometer Entfernung empfangen kann.

Ich schaue auf die Batterieanzeige: 98% werden dort an Restkapazität angezeigt. Ich muss sparsam sein.

Ein Schatten bewegt sich auf mich zu und geistesgegenwärtig werfe ich das Pad schnell in den Rucksack.

Malinde steht mit einem Becher in der Hand vor mir. Ich nehme ihn entgegen. Das Wasser sieht frisch und sauber aus, schmeckt aber ein wenig ungewohnt. Es enthält ja auch keinerlei Zusätze!

»Essen!«, sagt sie. Es war wieder Zeit für alle Bewohner, die tägliche warme Mahlzeit einzunehmen.

Es gibt wieder einen Eintopf. Ich muss mir langsam Gedanken machen, wie ich Kost und Logis bezahle. Ich nehme mir vor, nachher eine Bestandsaufnahme des Inhalts meines Rucksacks zu machen. Ein paar nützliche Dinge habe ich sicher drin, doch Technologie wie die Taschenlampe oder das Webpad würde ich noch selbst benötigen und die darf ich nicht hierlassen. Das würde einige Archäologen in der Neuzeit zur Verzweiflung bringen.

Malinde bringt mich wieder zu meiner Hütte und sagt mir mit einem Wangenkuss »Gute Nacht«, was mich zugegebenermaßen etwas verwirrt. Schnell verlässt sie den Raum, bevor ich reagieren kann.

Warum hat sie das gemacht?

Ich schiebe diese Frage zur Seite, schalte die Taschenlampe ein und kippe den Rucksack behutsam aus.

Das Schweizer Armeemesser hat ja schon Eindruck gemacht. Den einfachen Kompass benötige ich noch.

Aber: Wie habe ich das nur vergessen können? Es gibt ein Notfallpäckchen, das alle Zeitreisenden mitnehmen müssen.

Ich öffne die luftdicht verschlossene Kapsel. Ein Päckchen Salz, etwas Pfeffer und noch ein paar andere Gewürze kommen zum Vorschein. Das sollte in dieser Zeit einiges wert sein. Ein paar nicht geprägte kleine Goldmünzen sind aber der Hauptinhalt. Die habe ich ganz vergessen!

Damit kann ich meinen Aufenthalt hier bezahlen! Das nehme ich mir für morgen fest vor. Vielleicht kann ich den Einheimischen noch eine Decke und ein paar Lebensmittel für meine kleine Reise abkaufen.

Ich habe einmal mehr das Gefühl, dass ich die Situation wieder in den Griff bekommen habe. Morgen oder spätestens übermorgen mache ich mich auf den Weg und bin einige Tage später wieder in meiner eigenen Zeit.

Zufrieden schlafe ich ein.

Am Morgen übernimmt Malinde wieder den Weckdienst. Ich versuche, ihr verständlich zu machen, dass ich für meinen Aufenthalt bezahlen möchte, und zeige ihr eine der Münzen. Etwas misstrauisch betrachtet sie das Goldstück und gibt es mir mit einem energischen Kopfschütteln zurück. Doch kann sie entscheiden, ob ich etwas bezahlen darf oder nicht? Ich nehme die Münze zwischen zwei Finger und deute in die Richtung des Haupthauses. Damit möchte ich verständlich machen, dass der Hausherr das Gold vielleicht haben möchte. Nun zuckt sie mit den Schultern und geht voran zum Frühstück.

Nachdem ich dem Oberhaupt mit Gesten für *Schlafen* und *Essen* verständlich zu machen versuche, wofür das Gold ist, steckt dieser es ein. Ich weiß nicht, wer hier das bessere Geschäft gemacht hat. Doch das Frühstück schmeckt mir besonders gut, jetzt da ich es bezahlt habe.

Der Tag vergeht wieder schnell auf der Kuhweide. Malinde bringt mir weitere wichtige Worte bei. Schwieriger wird es bei der Grammatik und den Begriffen für Tätigkeiten. Doch bis zum Abend kenne ich die Worte für *laufen, stehen, schauen, schlagen, essen* und ein paar weitere. Malinde entwickelt einen großen Ehrgeiz und hat eine Menge Spaß, mir pantomimisch übertrieben etwas zu erklären.

Bevor wir wieder heimwärts gehen, mache ich ihr begreiflich, dass ich bald das Dorf verlassen möchte. Sie schaut mich daraufhin traurig an und ihre sonst so gute Laune ist von einem Moment zum nächsten wie weggeblase. Ohne ein weiteres Wort machen wir uns mit unseren Kühen auf den Weg zur Siedlung.

»Charles, du hast ein feines Händchen für Frauen«, tadle ich mich selbst. Aber im Umgang mit dem anderen Geschlecht bin ich noch nie besonders gut gewesen.

Schweigend laufen wir nebeneinander her. Jeder mit einer Kuh am Strick. Als ich kurz vor dem Dorf aufblicke, meine ich, hinter einem Baum eine Gestalt zu sehen, die uns zu beobachten scheint. Als diese meine Aufmerksamkeit bemerkt, macht sie sich aus dem Staub. Es ist, wenn mich meine Augen nicht täuschen, ein junger Mann, der uns nachspioniert.

Immer noch ohne ein Wort zu verlieren, treiben wir die Kühe in die Boxen. Wiborg kommt uns entgegen. Seit der Bezahlung mit dem Goldstück ist er noch freundlicher geworden, legt einen Arm um mich und bugsiert mich an den Tisch. Es gibt wieder etwas Deftiges zu essen. Malindes Platz bleibt frei, doch das scheint niemand außer mir zu bemerken.

Als es Zeit ist, die Tafel zu verlassen, beginne ich meine Suche nach Malinde. Ich mache mir Sorgen. Habe ich sie so sehr verletzt, sind ihre Gefühle für mich so groß, dass sie sich etwas antun könnte? Ich kenne sie erst so kurz, aber das kann mir nicht vorstellen, dass sie Dummheiten machen würde. Ich schaue im Dyngja nach. Dort ist sie nicht. Doch ich habe eine Idee, wo sie sein könnte. Also mache ich mich noch einmal auf den Weg zur Kuhweide. Der Baum, unter dem wir immer sitzen, scheint eine große Bedeutung für Malinde zu haben.

Ich kann den Baum schon sehen, da dringen Schreie zu mir herüber. Ich beginne, schneller zu laufen. Unter dem Baum rangelt Malinde mit einem jungen Mann. Ich laufe noch schneller, erreiche die beiden und reiße den Mann von ihr. Er ist deutlich kleiner und leichter als ich. Ich stelle ihn grob auf die Füße und mache ein grimmiges Gesicht, von dem ich hoffe, dass er dadurch Respekt vor mir bekommt. Er hebt die Hände vor das Gesicht, doch ich habe kein Interesse, ihn zu schlagen. Dennoch mache ich drohend einen Schritt auf ihn zu. Er berappelt sich und sucht schnell das Weite. Der junge Mann kommt mir bekannt vor. Es könnte derselbe sein, der uns heute Nachmittag schon beobachtet hat.

Malinde ist inzwischen aufgestanden und wischt sich ein paar Tränen aus den Augen. Mit einem schüchternen Lächeln umarmt sie mich und presst ihren schmalen Körper fest an meinen. Leise spricht sie etwas in mein Ohr, was ich nicht verstehe, aber ich denke, es ist ein *Danke*.

Ich versuche herauszubekommen, wer der Mann war, doch sie zieht mich Richtung Dorf. Dort angekommen deutet sie auf eines der Langhäuser. Ein für die heutige Zeit groß gewachsener Mann steht davor und schaut uns an. Er könnte der Dorfvorstand sein. Malindes Vater Wiborg kommt hinzu. Die beiden Männer taxieren sich schweigend.

Dann beginnt ein Wortgefecht, das nach und nach die anderen Dorfbewohner neugierig macht und aus ihren Häusern lockt. Bald hat sich ein Kreis von Menschen um uns gebildet. Ich höre mehrfach »Malinde« und »Ulbert«. Fäuste werden geschüttelt und es wird voreinander ausgespien. Doch keiner der beiden Kontrahenten scheint nachgeben zu wollen.

Malinde zieht mich langsam aus dem Fokus des Geschehens. Ich schaue sie fragend an. Was ist geschehen, das die beiden Männer so in Rage gebracht hat? Ich habe dem jungen Mann nichts getan. Um mich scheint es auch nur nebensächlich zu gehen. Dieser »Ulbert«, ich nehme an, dass der stürmische Verehrer Malindes so heißt, scheint eine Grenze überschritten zu haben. Sind die beiden versprochen gewesen? Gibt es hier so einen Brauch?

Die beiden Männer scheinen sich aber sowieso nicht sonderlich zu mögen. Nach einigem Hin und Her speit der Dorfvorsteher noch einmal vor die Füße von Wiborg und wendet sich ab, um in sein Haus zu gehen. Wiborg interpretiert das als Sieg – von was auch immer – und schaut triumphierend in die Runde. Die Dorfbewohner haben wohl genug gesehen und trollen sich. Zurück bleiben Wiborg, seine Familie, Malinde und ich. Wiborg sieht mich an, als wenn ich gerade etwas Wichtiges gewonnen hätte. Habe ich wahrscheinlich auch: Malinde, wird mir klar.

Noch an diesem Abend muss ich mit meinem Rucksack aus der Dyngja in das Haupthaus umziehen. Ich bekomme einen eigenen Schlafraum. Wieder liege ich lange wach, plane meine Wanderung zum Ankunftsplatz und lasse den Tag Revue passieren. Ich kann alles noch nicht richtig einordnen. Doch ich bin nun Mitglied dieser Familie geworden. Durfte ich das oder griff das schon zu sehr in die Zeit ein? Was würde der Professor jetzt machen?

»Die Zeit ist per se linear, stabil und beharrend.«

Ich höre seine Worte, als hätte er erst gestern davon gesprochen: Die Zeit wehrt sich gegen Veränderung. Sie möchte sich nicht ändern.

»Es kann also nicht wirklich etwas passieren.«

Dieser Satz vom Professor gibt mir etwas Ruhe. Ich schrecke auf, denn die Tür wird geöffnet. Ich sehe einen Schatten, meine Decke hebt sich und ein warmer Körper schmiegt sich an mich.

Die nächsten Tage und Wochen vergehen wie im Flug. Ich kann das Dorf nicht verlassen, denn Malinde ist für mich so etwas wie meine Frau geworden. Ohne Zeremonie, aber mit dem Segen des Vaters Wiborg. Auch der grimmige Dorfvorsteher ist freundlich zu uns und sein Sohn Ulbert hält sich von uns fern. Doch seine Blicke könnten einen trockenen Heuhaufen sofort Brand setzen. Ich traue ihm nicht.

Der Herbst zieht ins Land und ich helfe bei der Ernte. Das Langhaus und der Dyngja werden bis unter das Dach mit Vorräten für den Winter vollgestopft. Er ist ein schöner Herbst und das Vieh kann noch lange auf der Weide bleiben. Das schont die eingelagerten Futtervorräte. Ich habe das Gefühl, Wiborg denkt, dass ich eine Art Glücksbote bin, der einen frühen Winter verhindert.

Ich lerne immer mehr von den Sitten und Gebräuchen und auch von der Sprache der Germanen. Es fehlen mir bisweilen noch Vokabeln, doch das wird immer seltener. An meine eigene Gegenwart, die Zukunft dieser Menschen, denke ich immer weniger, doch ganz kann ich die Gedanken nicht beiseite drängen. Ich dokumentiere hier alles immer weiter und mache eine Menge Bilder und schriftliche Aufzeichnungen auf meinem Pad. Ich bin sparsam mit dem Akku, aber so langsam geht die Energie zur Neige. Die Karte zum Ankunftsort habe ich längst auf Papier gezeichnet. Das Pad ist mir zu unsicher, denn ich weiß nicht, wie lange ich Akkuleistung haben werde.

Als die Ernte eingebracht ist, komme ich nicht nur körperlich, sondern auch gedanklich wieder zur Ruhe und entscheide, dass ich mich auf den Weg machen muss, noch bevor der Winter kommt. Malinde mache ich deutlich, dass dies sehr wichtig für mich sei. Das will sie nicht verstehen und macht mir ein ums andere Mal deswegen eine Szene. Aber lange kann sie mir nicht böse sein.

So packe ich zusammen, was ich für den Weg benötigen werde und breche an einem strahlenden Herbstmorgen auf. Malinde versucht, beim Abschied tapfer zu sein, doch das gelingt ihr nicht. Tränen kullern ihre Wangen hinab. Nach einer festen Umarmung, die unendlich zu dauern scheint, lässt sie mich gehen. Mir fällt der Abschied ebenfalls schwer, denn ich möchte bei Malinde bleiben und doch auch in meine eigene Zeit zurück. Ich bin innerlich zerrissen und muss nach außen den starken Mann spielen.

Malindes Onkel Volker wird mich die erste Strecke begleiten. Die Wege sind alle fest und durch die lange Trockenzeit fast schon zu staubig. Volker erzählt mir den ganzen Weg lang Heldensagen. Ich habe nicht gewusst, dass er die alle kennt. So lebhaft habe ich ihn noch nicht gesehen. Aber der Tag vergeht dadurch schnell. Schließlich erreichen wir am frühen Nachmittag einen größeren Weg – die Bezeichnung »Straße« wäre übertrieben. Diesen Weg kann ich eine ganze Weile nehmen. Es ist nun Zeit, auch von Volker Abschied zu nehmen. Er kann dann noch im Hellen wieder im Dorf sein. Die Verabschiedung ist kurz und dann bin ich allein.

Ich schaffe noch eine gute Strecke. Als die Dämmerung einsetzt, verlasse ich den Weg und suche mir einen Platz für die Nacht. Feuer zu machen traue ich mich nicht und esse getrocknetes Fleisch und ein wenig Brot. Ich wickele mich in eine raue Decke, die Malinde mir gewebt hat, und schlafe schnell ein.

Am nächsten Morgen spüre ich meine Beine ganz deutlich. Es ist kein echter Muskelkater, den bekomme ich nicht mehr, seitdem ich bei der Ernte geholfen habe; es ist die Müdigkeit nach einer langen Wanderung.

Ich kann dem Weg noch zwei Tage folgen, dann muss ich die Weser überqueren. Die Furt ist mir genau beschrieben worden. Ich hoffe, dass ich dort keine bösen Überraschungen in Form von Wegelagerern erleben muss.

Doch ich wandere einsam durch die Wiesen und Wälder und erreiche die Furt früher als gedacht. Die Weser ist an dieser Stelle zwar nur ein Bach, dennoch werde ich bei der Überquerung nass. Sicherheitshalber marschiere ich noch ein paar Kilometer weiter bis zu einem geeigneten Rastplatz.

Ich hätte nicht gedacht, dass mir die Einsamkeit so zu schaffen machen würde. Die letzten Wochen habe ich im Dorf immer viele Menschen um mich gehabt und besonders die Mahlzeiten sind immer in der Gruppe eingenommen worden. Ich habe mich wie in einer großen Wohngemeinschaft gefühlt, und ich beginne, Malinde zu vermissen. Wieder überlege ich, ob ich ein Feuer machen soll. Die Kleider sind immer noch klamm von der Furtdurchquerung. Es ist später Herbst und die Nächte werden schon kühler und ich darf nicht auskühlen. Also entfache ich ein kleines Feuer, um wenigstens die Kleidung trocken zu bekommen. Die wohlige Wärme der knisternden Äste tut mir richtig gut und ich schlafe im Sitzen ein.

Ein neuer Morgen erwacht und ich fühle mich richtig fit, um die zwei letzten Etappen anzugehen.

Mittels Kompass und der Karte auf dem Webpad bestimme ich meine Position. Ich bin dort, wo in einigen Hundert Jahren die Menschen zu siedeln beginnen, und die Stadt einmal Oldenburg nennen werden. Es sind noch knapp zwanzig Kilometer bis zu meinem Ziel.

Gut gestärkt mache ich mich auf den Weg. Heute ist ein diesiger Tag, der ein wenig auf meine Stimmung drückt. Langsam beginne ich mir Sorgen zu machen, ob ich die Boje wirklich finden werde und ob sie noch funktioniert. Sie ist die Rückfahrkarte in meine Gegenwart. Unsere Ingenieure haben auf robuste und langlebige Technik gesetzt und das gibt mir Hoffnung. Was mache ich aber, wenn ich die Boje nicht finde oder sie defekt ist? Dann muss ich zurück ins Dorf. Mein Trost ist es, dass mich dort Malinde hoffentlich freudig begrüßen wird.

Hinter mir höre ich in einiger Entfernung ein Knacken. Alle meine Sinne springen an, ich bin auf einmal hellwach und die trüben Gedanken sind verschwunden. Warum reagiere ich so extrem auf ein natürliches Geräusch? Schon meine ganze kleine Reise lang hat es in den Bäumen geknackt und geknarzt, sind Äste heruntergefallen und Tiere raschelnd ins Unterholz geflohen.

Doch dieses Geräusch ist anders! Ein Mensch könnte solche Geräusche machen.

Nur keine Panik aufkommen lassen und schnell weiter. Ein Blick auf den Kompass bestätigt mir die Richtung.

Ich fühle mich verfolgt, doch wenn es wirklich ein Mensch ist, dann meidet er eine direkte Konfrontation. Vielleicht denkt er, dass er mich nicht so einfach überwältigen kann?

Ein »Piep« reißt mich aus den Gedanken. Was ist das?

Das Webpad hat einen Signalton erzeugt. Jetzt noch einen. Ich schaue auf das Display und tatsächlich wird in der Ferne ein Ziel angezeigt. Die Boje funktioniert noch, sie sendet zumindest ein Funksignal! Ich spüre die Hoffnung in mir aufsteigen, dass der Rückweg in meine Gegenwart funktionieren würde.

Das Signal wird stärker und ich beeile mich. Noch einen Kilometer, zeigt das Gerät an, noch fünfhundert Meter, noch hundert Meter. Ich kämpfe mich durch hohes Wollgras, unter mir quatscht der moornasse Boden. Noch ein paar Meter, dann müsste ich die Boje sehen. Ich halte an.

Da steht die Boje vor mir! Und sie sieht äußerlich unversehrt aus!

Plötzlich spüre ich einen Schlag von hinten auf die Schulter und das Webpad segelt in hohen Bogen durch die Luft und klatscht in den moorigen Grund. Ich drehe mich um und sehe Ulbert hinter mir stehen, der auf die Aufschlagstelle des Webpads schaut. Er ist mir also gefolgt. Was will er von mir?

Ist er immer noch wegen Malinde in seiner Ehre gekränkt? Jetzt schaut er mich an, stößt mich zur Seite und läuft zum Webpad. Er hebt es aus dem Dreck auf, schaut gebannt auf die noch funktionierende bunte Anzeige und macht etwas, auf das ich nicht gefasst bin. Ich habe mit einem Angriff gerechnet, doch er rennt mit dem Pad weiter durch das Wollgras von mir fort. Verdutzt schaue ich ihm nach.

Ich höre einen schrillen Schrei aus seiner Richtung und laufe ihm hinterher. Nach ein paar Hundert Metern muss ich abrupt abbremsen. Das festere Moor ist hier zu Ende und geht in einen nassen Sumpf über.

Ulbert hat seinen Lauf nicht rechtzeitig bremsen können. Drei, vier Meter von mir entfernt steckt er bis über die Schultern in der matschigen Pampe und sinkt immer tiefer. Inzwischen kann er nicht mehr schreien, denn die zähe Flüssigkeit hat seinen Mund erreicht. Er gurgelt etwas Unverständliches. Ich schaue mich verzweifelt um. Es liegen keine Äste herum, um ihm damit zu helfen. Ein Seil habe ich auch nicht dabei. Hilflos muss ich zusehen, wie er immer weiter einsinkt. Das Webpad hält er mit der linken Hand immer noch hoch über den Kopf. Nun sieht er mich an und nach einem langen Augenblick wirft er mit letzter Kraft das Pad in meine Richtung, bevor er völlig im Moor versinkt.

Ich bin zunächst völlig fassungslos, wende den Blick von der Stelle ab, an der Ulbert noch gerade zu sehen gewesen ist, und suche die Aufschlagstelle des Webpads. Es ragt noch aus dem Sumpf, doch es zu weit entfernt, als dass ich es ohne Gefahr für mich erreichen könnte. Das Pad ist nicht flach auf der Oberfläche aufgekommen, es bohrt sich immer tiefer in die schwarz-braune Masse. Wieder muss ich hilflos mit anschauen, wie etwas im Sumpf versinkt. Ich kann von Glück sagen, dass ich die Boje schon lokalisiert habe, sonst wäre das jetzt der Moment gewesen, um mich mit dem Gedanken anzufreunden, für immer in dieser Zeit gefangen zu sein.

Ich reiße mich von dieser grausigen Stelle los, drehe mich um und gehe betrübt den Weg zurück, den ich gekommen bin. Das Gras und die anderen niedergedrückten Pflanzen richten sich schon wieder auf, doch der Weg ist noch erkennbar und nach kurzer Zeit erreiche ich wieder die Boje.

Kurz streiche ich mit der Hand über die Oberfläche und hole tief Luft. Nun ist der Augenblick der Wahrheit gekommen! Ich öffne mit meinem Daumenabdruck die Klappe und nehme den Irisscan vor.

»Charles Chevalier, Boje siebzehn Strich drei. Rückkehr 2029.«

Unwillkürlich halte ich die Luft an ...

Hier endete die Aufzeichnung Nummer 11. Sabine musste, ebenso wie ich, das Gehörte und Gesehene verarbeiten.

Die Vermutung, die unausgesprochen im Raum gestanden hatte, war hinfällig geworden: Charles Chevalier war nicht die Moorleiche aus Husbäke, sondern Ulbert. Und auch das im Torf gefundene Webpad, das Harm 2013 untersucht hatte, erklärte sich nun. Es war das Pad von Charles, das er in der Vergangenheit verloren hatte. Hatte Harm das gewusst und es uns nicht gesagt?

»Doch wie sind die Fotos und Sprachaufzeichnungen in die Gegenwart beziehungsweise unsere Zukunft gekommen?« Sabine hatte sofort die logische Lücke gefunden. »Vielleicht gibt die nächste Datei Aufschluss darüber. Klick sie mal an!«

Ich klickte auf das Icon an und erneut läuft eine Videoaufzeichnung an.

Wir sehen Charles in einem Raum mit Harm, dem Sicherheitschef Hoffmann und Professor Petrovitsch.

Charles schaut gut aus, schlanker, aber auch muskulöser. Er trägt einen Bart, den er sich wohl in der Vergangenheit hat wachsen lassen. Seine Haut ist von der Sonne gebräunt. Ihm hat der Aufenthalt gesundheitlich nicht geschadet, sondern sichtlich gutgetan.

Harm war jovial wie immer. »Willkommen daheim. Ich hörte, es ist einiges nicht ganz so gut gelaufen in der Vergangenheit.«

Das war eine nette Umschreibung einer Fastkatastrophe.

Der Professor ergriff das Wort. »Charles war nach seiner Schilderung mehrere Monate in der Vergangenheit, und zwar nicht in der vorgesehenen Zielzeit des Jahres 800 nach Christus, sondern im Jahr 297. Das hat die Auswertung der Speicher der Boje ergeben. Seine erstklassige Dokumentation in Wort und Bild bestätigt dies. Das Webpad ist zwar verloren gegangen, aber das letzte Back-up auf einem Chip hat er mitgebracht. Er hat einen Zeitsprung von ungefähr fünfhundert Jahren zusätzlich in die Vergangenheit gemacht und –«

Der Professor machte eine kurze Pause.

»– und er ist auch annähernd einhundert Kilometer räumlich versetzt worden, wobei die Boje am Ankunftsort geblieben ist. Der Verbindungsgurt ist sauber durchtrennt worden. Er kann von Glück sagen, dass die Boje unversehrt geblieben ist. Sonst würde er nicht hier sitzen.«

Harm blickte den Professor an. »Gibt es schon eine Untersuchung des Vorganges?«

»Wir haben dreimal eine unbemannte Sonde in die ursprüngliche Zielzeit geschickt. Alle sind nicht mehr zurückgekommen. Wir vermuten, dass sie ebenfalls räumlich und zeitlich versetzt worden sind und nicht automatisiert zurückkommen können. Vielleicht sind sie auch durch den zusätzlichen Transfer beschädigt worden oder die Programmierung hat versagt.«

Harm zeigte auf den Professor. »Was rätst du uns?«

»Ich würde den Zeitraum um 800 nach Christus sperren lassen. Es scheint für uns Menschen gefährlich zu sein. Wir wissen nicht, was genau in dieser Zeit geschehen ist. Ich habe ein wenig nachgeforscht. Das Astrophysikalische Institut der Universität Jena hat im Jahr 2013 für die Jahre 774 und 775 eine erhöhte Radioaktivität durch Beschuss aus dem Weltraum nachweisen können. Es werden kollidierende Neutronensterne oder schwarze Löcher als Auslöser vermutet. Diese Radioaktivität kann natürlich auf uns unbekannte Weise die Raum-Zeit-Stabilität für einen kurzen Zeitraum beeinträchtigt haben. Hundert Jahre früher wird sich wohl alles wieder normalisiert haben.«

Harm schaute den Professor an. »Lass bitte Sonden zwischen 800 und 200 im Zehn-Jahres-Rhythmus schicken. Wir müssen die Anomalie – so nenne ich es mal – besser eingrenzen und verstehen, was dort los ist.«

Der Professor lächelte verschmitzt und sagte: »Vielleicht existieren die Jahre gar nicht. 1991 hat ein Chronologiekritiker in seinem Buch die These aufgestellt, dass das Mittelalter in der Zeit von ungefähr 600 bis 900 – er datierte das viel genauer, doch die Jahreszahlen sind mir gerade nicht präsent – nicht existent gewesen sei. Er nannte es deshalb das *Erfundene Mittelalter* oder auch *Phantomzeit*. Die Begründung leitete sich aus gefälschten oder falsch übertragenen Dokumenten und fehlenden archäologischen Funden her. Hauptargument war aber, dass bei der Berichtigung während der gregorianischen Kalenderreform nur zehn Tage berücksichtigt werden mussten. Richtig wäre eine Korrektur von dreizehn Tagen gewesen. Und aus dieser Differenz berechnet er die knapp 300 Jahre, die es nie gegeben hat.«

»Ist das wirklich ernst zu nehmen?«, fragte Harm.

Der Professor antwortete mit einem ironischen Lächeln: »Wer weiß? Vielleicht können wir selbst den Beweis dafür oder aber auch dagegen antreten.«

Harm runzelte kurz die Stirn. »Warum sollten in der Geschichte dreihundert Jahre fehlen?« Er fasste sich schnell wieder, wandte sich an Charles und sagte: »Du machst erst einmal Urlaub!«

Hoffmann bekam die Anweisung, dass die Angelegenheit nicht publik werden dürfe, wenigstens nicht, solange es keine beweisbaren Ursachen für den unfreiwilligen Raum-Zeit-Sprung gäbe.

Das Display wurde wieder schwarz.

Dreizehn

Liebe ist ewige Gegenwart.
Stefan Zweig

Eine weitere Datei gab es noch. Ich schaute Sabine an und sie nickte nur. Wir waren wieder einmal einer Meinung. Ich drückte ein letztes Mal *PLAY*.

Das immer noch bärtige Gesicht von Charles blickte uns an.

Er sagte: »29. November 2029. Ich habe einen Entschluss gefasst, der nicht mehr rückgängig zu machen ist. Vor vierzehn Tagen bin ich aus der Vergangenheit zurückgekommen.

Hier sind nur wenige Augenblicke vergangen, doch in der Vergangenheit habe ich einen schönen Spätsommer und einen arbeitsreichen Herbst verlebt. Genau! Leben ist das richtige Wort. Ich habe zum ersten Mal seit unzähligen Jahren wieder einmal bewusst gelebt. Ich habe mich auf und über jeden Tag gefreut, auch wenn viel körperliche Arbeit auf mich gewartet hat. Die Menschen dort habe ich als bodenständig und ehrlich erlebt. Sie waren noch nicht von den Wohltaten der zivilisierten Welt zerfressen. Nein, sie waren zivilisierter und sozialer als die meisten Menschen meiner Gegenwart. Auch oder gerade, weil es das Internet und alle virtuellen Gegenwarten dort nicht gibt. Es gibt aber Hunger und Durst, echte Freude über eine gute Ernte. Zorn ist immer begründet und das, was wir heute hochtrabend *Streitkultur* nennen, ist dort schon immer die gesunde Basis für das Zusammenleben gewesen. Es ist bestimmt nicht alles gut dort, und immer eitel Sonnenschein wird es auch nicht geben, aber mein Entschluss steht fest: Ich werde wieder zurückreisen in das Jahr 297 nach Christus.«

Das Gesicht verschwand aus dem Display und Charles schien einen Korridor entlang zu gehen. Er hatte auf die externe Protokollkamera umgeschaltet und stand nun vor der Schleuse der Zeitreisekammer.

Das schwere Schott öffnete sich und eine Stimme sagte: »Ich hoffe, du hast dir das gut überlegt. Aber du kannst die Boje ja verstecken und hast damit immer noch eine Rückreiseoption.«

Er schien einen Verbündeten im Kontrollraum zu haben, der die Zeitreise initiieren sollte.

»Ich habe mir das gut überlegt. Du kannst ja noch mitkommen.«

»Nein, danke. Ich habe morgen noch ein Rendezvous, das ich auf keinen Fall verpassen möchte.«

»Ich habe auch ein Date, aber erst in drei Tagen.«

»Ach, so ist das! Wo die Liebe hinfällt ...«

»Sei still und konzentriere dich lieber, damit ich auch im richtigen Jahr ankomme.«

»Hundertfünfzehn Kilogramm hat die Waage angezeigt. Da hast du aber einiges an Gepäck mit. Gut vierzig Kilo.«

»Nur das Nötigste!«

»Klar! Ich starte die Sequenz. Alles Gute! Und vielleicht: auf Wiedersehen!«

Das Bild wurde kurz schwarz und zeigte dann eine spätherbstliche Landschaft. Diesmal schien die Zeitreise wie vorgesehen funktioniert zu haben.

Charles suchte die Referenzuhr auf. Diese zeigte das Jahr 297 an. Er war in der richtigen Zeit angekommen. Schnell versteckte er die Boje in einem Gebüsch und machte sich ohne weitere Pause auf den Weg. Diesmal wurde alles ordnungsgemäß von der Protokollkamera dokumentiert.

Ich spulte vor, denn es geschah auf seiner Reise nichts Aufregendes.

Charles näherte sich schnell der Wurt in Feddersen-Wierde.

Dort wurde er wieder zuerst von Wunna entdeckt und ausgiebig begrüßt, bis ihm dann Malinde um den Hals fiel. Sie strahlte wie noch nie und konnte ihr Glück wohl gar nicht fassen. Dann baute sie sich vor Charles auf und rieb über ihr kleines Bäuchlein. Sie war offensichtlich schwanger!

Charles zeigte auf sich und Malinde antwortete mit gespieltem Unmut: »Ja!«

Ein Schnitt.

Wieder blickte uns Charles in Großaufnahme an. Es war dunkel um ihn herum.

»Ich muss nun meinen Entschluss endgültig unwiderruflich machen. Ich breche morgen noch einmal auf und schicke die Boje nur mit der Kamera und diesem letzten Speicherchip zurück. Dann werde ich hier ein neues Leben beginnen. Nein, falsch: Ich werde dann hier mein Leben weiterführen.«

Nach einer kurzen Pause sagte er dann: »Macht es alle gut!«

Das Bild wurde endgültig schwarz.

Er schien sein Vorhaben in die Tat umgesetzt zu haben. Die Aufzeichnungen waren in *seiner* Gegenwart angekommen und mir dann in *meiner* Gegenwart von Josepha Visser übergeben worden. So schloss sich der Kreis. Es war seltsam zu wissen, wie Charles' Zukunft aussehen wird.

Ratlosigkeit

Kommt Zeit, kommt Rat.

Redensart

Sabine und ich waren ratlos, was wir mit diesen Informationen anfangen sollten. Warum hat die geheimnisvolle Zeitreisende uns die Dateien gegeben?

Ich war mir auch nicht sicher, ob ich Harm mit dem Wissen konfrontieren oder ob ich es lieber für mich behalten sollte. Harm hatte seinem Sicherheitschef ausdrücklich gesagt, dass die Vorgänge vertuscht werden sollten. Vielleicht konnte die Veröffentlichung eines Zeitreiseunfalls das Projekt behindern oder sogar zum Scheitern bringen. Wenn es keine Zeitreisen mehr in der Zukunft gab, würde Harm nicht in die Vergangenheit reisen können und ...

Ich stoppte diese Gedankenkreise, denn sie waren sinnlos.

Was mich aber am meisten verstörte, ja, richtig ärgerlich machte, war das seltsame Gebaren des Sicherheitschefs Hoffmann und der bewusste Eingriff in unsere Privatsphäre durch die Abhörgeräte. Ich fragte Sabine, ob sie eine Idee hätte, was wir unternehmen sollten. Wahrscheinlich würden wir diese aus der Zukunft stammenden Geräte gar nicht identifizieren, geschweige denn unschädlich machen können. Ich hatte keine Vorstellung, wie solche Mikrofone und Kameras aussahen. Wurden wir nur akustisch abgehört oder auch gefilmt und: Gab es auch im Schlafzimmer und im Badezimmer solche Technologie? Das wäre mir schon ein wenig peinlich, musste ich mir eingestehen. Als ich Sabine von diesem Gedanken erzählte, errötete sie ein wenig.

Es war schon spät geworden. Aus den mitgebrachten Vorräten bereiteten wir ein kleines Abendbrot, bevor wir wieder für die Rückfahrt packten.

Wir beschlossen, Harm nicht mit unseren Bedenken zu konfrontieren, aber die Augen offen zu halten.

Spät abends waren wir wieder zu Hause, und nicht nur Alf freute sich, dass es Schlafenszeit war.

Beeinflussung?

In der Zeit wohnt das Nichts zwischen
der Vergangenheit und der Zukunft, und
es besitzt nichts von der Gegenwart; und
in der Natur gehört es zu den unmögli-
chen Dingen, weswegen es kein Sein hat.
Leonardo da Vinci

Am nächsten Tag war ich überrascht, ein Interview mit Harm
in der lokalen Tageszeitung zu finden. Selbst auf dem Bild
strahlte Harm sein in sich ruhendes Selbstbewusstsein aus.
Die Aufnahme war vor der Baustelle der Kuppel gemacht worden. Die Fragen des Journalisten waren banal.

»Geht der Bau voran?« (Mann, das siehst du doch!) »Gibt
es Verzögerungen?« (Die wird doch keiner freiwillig zugeben!)
Und »Wann ist die Kuppel fertig?« (In zwei Jahren! Das war
doch auch schon oft genug verbreitet worden.)

Auch Harms Antworten waren harmlos – ich musste über
meinen eigenen Gedanken schmunzeln –, aber in ihrer In-
haltslosigkeit doch sehr ausführlich. Es konnte hinterher keiner sagen, dass er nicht über das Projekt Bescheid wusste.

Doch was versprach sich Harm von solch einem Interview? Ich
vermutete stark, dass er die Öffentlichkeit solange mit Bana-
litäten füttern wollte, bis keiner mehr hinhörte oder hinsah.
Er wollte von vornherein keinen Nährboden für Gerüchte jeg-
licher Art bereiten.

Je geheimnisvoller etwas war, desto reizvoller wurde es,
nachzubohren und nachzuhaken. Aber wenn etwas ständig in
den Medien präsent war, so wurde es bald langweilig. Die
Menschen wollten ziemlich schnell nichts mehr über das Thema wissen, sie glaubten, schon alle Details zu kennen, und
richteten ihre Aufmerksamkeit auf etwas anderes.

Und sein Konzept schien Erfolg zu haben. Es gab immer
noch keine Mahnwachen von Ökoaktivisten. Die Umwelt-
schützer akzeptierten die Baupläne, die Gemeinde blickte
wohlwollend auf das Projekt, die Bauaufsicht ließ sich selten
blicken, während Harm zu allen Veranstaltungen bis hin zum

letzten Dorffest in der Umgebung als gern gesehener Gast eingeladen wurde.

Die Öffentlichkeit hatte die Baustelle zur Kenntnis genommen, vergessen und war wieder zur Tagesordnung übergegangen.

Es war sehr, sehr ruhig um den Bau der Temporalkuppel.

Für mein Verständnis etwas zu ruhig. So ein ehrgeiziges großes Bauprojekt musste doch Aufsehen erregen, oder immerhin Interesse. Doch auch die Einwohner der kleinen Ortschaften in der Umgebung schienen das Baugelände zu meiden. Es sah so aus, als ob dort im Moor eine Art blinder Fleck entstanden war, an dem jeder irgendwie vorbei schaute.

Ich wurde den Verdacht nicht los, dass Harm hier Mittel und Wege gefunden hatte, um genau dies zu erreichen. Doch beweisen konnte ich es natürlich nicht.

Ich sprach das Thema gegenüber Sabine an und wollte wissen, ob sie einen ähnlichen Eindruck hatte.

Sie dachte kurz nach und sagte: »Ich weiß nicht, wie ich es formulieren soll, doch Harm scheint die Gabe zu haben, alle Menschen einfach um den Finger zu wickeln. Er wirkt immer sehr überzeugend in seiner Argumentation und man kann ihm einfach nicht lange widersprechen. Ich habe auch den Eindruck, dass man ihm nicht wirklich böse sein kann, wenn er anderer Meinung ist und sich in der Diskussion wieder einmal durchgesetzt und alle auf seinen Kurs gebracht hat. Er macht das ganz subtil, doch es ist mir schon aufgefallen, dass selbst knallharte Gegner seiner Ansichten irgendwann einknicken und ihm zustimmen. Nein, sogar seine Meinung zu einem Thema annehmen. Ist das nicht seltsam?«

Wenn ich mir einige Begegnungen mit Landräten, Bürgermeistern, Ortsvorstehern und Interessenvertretern aller Art Revue passieren ließ, musste ich Sabine zustimmen. Er hatte sich immer durchgesetzt und die Stimmung war dabei immer harmonisch gewesen. – Ich musste innerlich grinsen. Nie gab es ein böses Wort oder eine Anfeindung. Nicht im direkten Gespräch und auch nicht in den Medien.

»Hast du den Eindruck, dass er irgendwelche Hilfsmittel dabei verwendet?«, fragte ich Sabine. Ich dachte an Chemie oder Elektronik. Vielleicht hatte er dem Trinkwasser etwas zugesetzt oder verwendete geheimnisvolle Strahlen.

»Mir ist nichts aufgefallen, aber er stammt aus der Zukunft, zwar einer nicht ganz fernen, aber dennoch müsste die Technologie zwanzig Jahre weiter als unsere sein«, antwortete sie.

Mir fiel dabei auf, dass ich bislang außer dem 3-D-Projektor (optimiert für PowerPoint-3D!), mit dem er mir die geplante Temporalkuppel gezeigt hatte, keine weiteren technischen Errungenschaften der nächsten beiden Jahrzehnte zu Gesicht bekommen hatte.

Wie mochte das Leben und Arbeiten in zwanzig Jahren aussehen? Wir hatten ständig Kontakt mit Menschen aus der Zeit, doch wussten wir nichts über die Technik, die Gesellschaft und überhaupt! Aber wollten und durften wir davon überhaupt wissen?

Fortschritte

> Die Zeit ist ein Begriff, der seinen Ursprung dem Eindringen der Raumvorstellung ins Gebiet des reinen Bewusstseins verdankt.
> *Henri Bergson (1859–1941)*

Inzwischen war Hoffmann mit einem Dutzend Mitarbeitern in die Wohncontainer eingezogen. Sie verhielten sich unauffällig, waren aber immer präsent. Mir war in der Gegenwart dieser Menschen inzwischen unbehaglich zumute. Ich hatte aber wenig mit ihnen zu tun und Begegnungen wie auf dem Parkplatz kamen nicht mehr vor. Sie ließen uns in Ruhe und wir sie auch. Keiner wollte wirklich Kontakt mit den Sicherheitskräften haben und so verschwanden sie auch nach und nach aus dem Blick der übrigen Projektbeteiligten.

Der Bau machte gute Fortschritte und vor dem Winter waren die Fundamentpfähle im Grund und die Bodenplatte mit ihren dreihundert Metern Durchmesser gegossen worden. Die Platte war damit einiges größer als die Grundfläche der Kuppel.

Diese Tätigkeiten waren mit einigem Lärm und vielen Transportvorgängen von Lastkraftwagen verbunden gewesen.

Eine Konstruktion von gebogenen Stahlträgern war in nur wenigen Tagen errichtet worden und Anfang November 2022 war die Halbkugel nach nur fünf Monaten Bauzeit als *Rohbau* soweit fertig, dass Richtfest gefeiert werden konnte.

Wieder wurde eingeladen, doch das allgemeine Interesse der Bevölkerung hatte stark nachgelassen. Die Honoratioren waren alle gekommen, doch bisweilen nur aus der zweiten Reihe der Hierarchie, weil es angeblich eine Menge Termin-kollisionen gegeben hatte. Es hatte für mich den Anschein, dass die örtliche Prominenz begann, die Baustelle zu meiden. Auch die Medien waren zwar wieder vertreten, aber es waren deutlich weniger Journalisten und Kamerateams anwesend als bei der Grundsteinlegung. Dies bestätigte meine Beobachtung, dass das Thema *Temporalkuppel* immer mehr in der öffentlichen Wahrnehmung nachließ.

Ich sprach Harm auf diese Beobachtung an. Doch der meinte nur lakonisch, dass das genauso vorauszusagen gewesen wäre. So wären die Menschen halt: Wenn es nichts Neues mehr ist, ist es nicht mehr interessant.

Dennoch war es eine schöne Feier und nach den hiesigen Ammerländer Sitten und Gebräuchen flatterte im leichten Wind bald ein bunt geschmückter Kranz, der hoch oben auf dem Scheitelpunkt der Kuppel befestigt worden war.

Harm musste als Bauherr mit einem Zimmermann, der in traditioneller Kluft in luftiger Höhe den Richtspruch zitiert hatte, einen klaren Schnaps trinken. Dann ging es zum gemütlichen Teil über.

Binnen einer Stunde waren die Gäste alle wieder verschwunden und die Handwerker nahmen das Gelände wieder für sich und ihre Bautätigkeiten in Beschlag.

Nach der Veranstaltung nahm Harm Sabine und mich zur Seite. Er erklärte uns, dass er unlängst seinem Sicherheitschef Hoffmann den Auftrag gegeben hatte, verstärkt für unseren Schutz zu sorgen. Dieser wäre dabei, wie sollte er sagen, ein wenig über das Ziel hinausgeschossen. Um bei Gefahr schnell eingreifen zu können, hätte er wohl spezielle Sensoren in unserer Wohnung eingesetzt. Diese Geräte wären in der Zukunft das Mittel der Wahl. Er habe Hoffmann beauftragt, die Gerätschaften bei uns nicht weiter einzusetzen und auch sonst ein wenig Abstand zu halten.

»Er hat erzählt, dass ihr ganz schön erschrocken gewesen seid, als er euch auf dem Parkplatz angesprochen habe. Das wird nicht wieder vorkommen. Versprochen!«

Er nahm uns beide in den Arm und meinte: »Und nun macht Feierabend!«

Etwas verdutzt machten wir uns auf den Weg. Auf der Bundesstraße Richtung Oldenburg, Sabine saß am Steuer, wir schwiegen erst, dann sagte ich: »Er ist uns zuvorgekommen. Und Hoffmann trägt die Schuld für die Wanzen. Damit müssen wir ihn nicht mehr darauf ansprechen.«

»Aber ist es wirklich so, wie er behauptet? Und wer garantiert uns, dass die Geräte wirklich nicht mehr eingesetzt werden?«, fragte sie. »Können wir ihm trauen?«

Ich antwortete: »Wir dürfen uns auch jetzt nicht verrückt machen lassen, doch ich habe immer noch ein komisches Gefühl. Und wir haben schon eine ganze Weile keinen Besuch mehr von unserer geheimnisvollen Freundin in Schwarz bekommen.«

»Ihr letztes Erscheinen ist schon wirklich lange her«, bestätigte Sabine. »Vielleicht ist ihr etwas zugestoßen.«

»Oder ihre *Mission* gilt als erfüllt«, sagte ich. »Und wir sehen sie nie wieder.«

Kurze Zeit später waren wir wieder zu Hause und sprachen das Thema nicht wieder an.

Stalking

> Die Zeit ist nicht etwas, was für sich selbst bestände oder den Dingen als objektive Bestimmung anhinge, mithin übrig bliebe, wenn man von allen subjektiven Bedingungen der Anschauung derselben abstrahiert.
>
> *Immanuel Kant*

Ein letzter Fall mit temporalem Bezug war mir immer im Gedächtnis geblieben.

Ein zeitreisender Historiker mit dem Spezialgebiet »Populäre Tonkunst« aus dem Jahre 2043 hatte sich für solch eine Mission gemeldet. Eine junge Frau im Jahre 2022 war sein Forschungsobjekt. Sie sollte wenige Jahre später mit einer Band ein Album veröffentlichen, dass an die Erfolge der Beatles und Michael Jacksons heranreichen sollte. Er war so besessen, dass er das Risiko einer Zeitreise einging, um zu erfahren, wie dieser Erfolg zu erklären sei. Sie ging zur Schule, war dort eher unauffällig und studierte dann Deutsch und Englisch mit dem Ziel, Lehrerin zu werden. Ihr Lebenslauf war das, was man als normal, ja, fast schon langweilig bezeichnen würde. Dennoch schrieb sie einige Songs, die eine Menge Downloads bei einigen Internetportalen erreichten.

Der Historiker beobachtete die junge Frau über einen längeren Zeitraum immer wieder und begleitete sie – wie er hoffte – unbemerkt. Er besuchte die kleinen Konzerte, die sie schon während dieser Zeit in einigen Kneipen im Oldenburger Land gab. Doch irgendwann fühlte sich die Frau bedrängt. Sie bemerkte, dass sie verfolgt wurde, und erstattete Anzeige gegen ihn.

Er war wirklich kein Stalker, sondern hatte nur wissenschaftliches Interesse an dem bevorstehenden Erfolg der Frau. Doch das konnte auch ganz anders gesehen werden. Ich versuchte, es in meiner Verteidigung immer als Begeisterung für die Musik aussehen zu lassen.

Mein Mandant musste notgedrungen zugeben, die Nähe der Frau gesucht zu haben – aus wissenschaftlichem Interesse, nicht aus niederen Gelüsten. Doch es fiel auf.

Die Frau wollte ein Kontaktverbot erwirken, was meinen Mandanten in seiner Forschung behindern würde. Doch ich konnte auf ihn einwirken, nicht gegen diese Entscheidung anzugehen und in seine Heimatzeit zurückzukehren. Der erste Song der jungen Frau hieß »Stalker«.

Das war der letzte T-Mandant. Es gab keine weiteren Vorfälle und so arbeitete ich für die Temporalkuppel als Firmenanwalt und in meiner Kanzlei weiterhin als Notar.

Alltag

Laufe nicht der Vergangenheit nach,
und verliere dich nicht in der Zukunft.
Die Vergangenheit ist nicht mehr. Die
Zukunft ist noch nicht gekommen.
Siddhartha Gautama (d. i. Buddha)

Der Bau machte gute Fortschritte und ich hatte immer eine ganze Menge zu tun. Meine Arbeit um die Temporalkuppel wurde immer umfangreicher. Es mussten Arbeitsverträge formuliert werden und es gab ein paar kleine Auseinandersetzungen mit Zulieferern, die nicht im Zeitplan blieben. Doch auch das konnte die Fertigstellung des Baus nicht aufhalten.

Die Kuppel war jetzt zur Gänze mit einem Spezialglas verkleidet worden. Es war nach außen hin braun getönt und dadurch fiel der Bau im Moor fast nicht mehr auf und war wie getarnt. Nur wenn die Sonne die Kuppel aus einem bestimmten Winkel anstrahlte, gab es kurze interessante Lichtreflexe.

Auch der Innenausbau schritt gut voran. Büros und Besprechungsräume wurden eingerichtet. Die Energieversorger hielten Wort und banden die Kuppel an die Netze an. Damit konnten auch Alex und ihr etwas seltsames Team ihre Rechnersysteme für erste Testläufe in Betrieb nehmen.

Zuerst verschwand das schwere Gerät von der Baustelle und immer mehr Handwerker packten ihre Werkzeuge ein und verließen das Gelände. Schließlich wurden sogar die Büro- und Wohncontainer abgebaut. Hoffmann bezog mit seiner Mannschaft im »hinteren« Teil – jenseits des Haupteingangs – eines der oberen Stockwerke der Kuppel ihre Quartiere. Sie hatten einen eigenen Zugangsbereich und eigene Fahrstühle, für die niemand anderes die Zutrittsgenehmigung besaß. Neben diesem Eingang und dem Haupteingang gab es noch einen Zugang für Lasten, über den auch große Gegenstände in die Kuppel gebracht werden konnten.

Harm gab mir eine private Führung. Das untere Stockwerk mit einer Deckenhöhe von fünfzig Metern beherbergte die großen Maschinen. Zwei Energiespeichersysteme sollten eine ununterbrochene Versorgung sichern. Auch die Gebäudetechnik hatte hier Platz gefunden. In diesem Bereich waren insgesamt vier Räume untergebracht, die die Zeitreiseterminals enthielten. Drei waren nur etwas mehr als wohnzimmergroß mit einer Höhe von fünf Metern, der vierte hatte eine Fläche von viertausend Quadratmetern. Hier betrug die Deckenhöhe fast dreißig Meter. Terminal IV, so seine Bezeichnung, sollte aber erst später in Betrieb gehen. Mit diesem Terminal sollten auch größere Gruppen mit ihrem Equipment auf die Reise in die Zeit geschickt werden. Es blieb aber noch ein Freiraum für weitere Terminals in diesem Stockwerk. Man musste bedenken, dass die Grundfläche der Kuppel mehr als dreißigtausend Quadratmeter betrug.

Die restliche Höhe der Kuppel von siebzig Metern war in fünf Hauptgeschosse unterteilt. In Etage zwei waren Laboratorien und Werkstätten untergebracht; desgleichen waren hier Alex' Rechnersysteme installiert. Die nächsten drei Geschosse beherbergten Lager, Büros, Besprechungsräume, Wohnungen und die soziale Infrastruktur wie Kantinen, Fitnessräume und Bibliotheken.

Die obere Etage mit einer geringeren Deckenhöhe nannte Harm stolz »sein Penthouse«, obwohl er genau wusste, dass diese Bezeichnung nicht zutraf. Hier wollte er einziehen und wohnen, aber noch waren nicht einmal Zwischenwände eingebaut und die Etage war eine einzige große Fläche.

Es gab neben dem des Sicherheitsdienstes drei große Fahrstuhlsysteme in der Kuppel; jeweils ein Doppelfahrstuhl nahe der Außenwand. Mit diesen gelangte man aber nur bis in die vierte Etage. Zentral gab es zwei Schächte; einer davon war Lasten vorbehalten, der andere ein Personenaufzug, der aber auch nur bis in die vierte Etage führte.

Die Hauptflure verliefen entlang der Außenwand. Von ihnen zweigten Korridore ab, um auch die Räume im Inneren zu erreichen.

Mit dem kompletten Verschluss der Außenhaut gab es nur noch Zutritt mit speziellen Ausweisen, PIN-Codes und Handflächenscannern. Die Temporalkuppel war ein Gebäude auf höchstem Sicherheitsniveau. Ich hatte Zugang zu den Büros und Sitzungsräumen in der dritten und vierten Etage. Die

Fahrstühle konnte ich mit meiner Ausweiskarte nur dort verlassen. Wollte ich in andere Bereiche, musste mich jemand vom Sicherheitsdienst oder eben Harm begleiten.

Die Technik, Rohre und Leitungen waren in den hohlen Geschossdecken integriert. Und so war der gesamte Innenraum der Etagen drei bis fünf flexibel nutzbar. Die Wände konnten fast beliebig hin- und hergeschoben werden.

Sechshundert Menschen sollten hier letztlich arbeiten und leben. Harm erklärte mir, dass alle Beteiligten während ihrer Projektarbeit in der Kuppel wohnen sollten. Shuttledienste beförderten die Angestellten und Forscher zum Arbeitsplatz und zurück. Es gab kaum Parkplätze vor der Kuppel.

Harm sah die Temporalkuppel als ein eigenes kleines Universum an. Sein Universum.

Auch die Innenarbeiten wurden termingerecht beendet und der Bau sollte mit einem Tag der offenen Tür im Januar 2024 feierlich eingeweiht werden.

Ich hatte angenommen, dass die Eröffnung mit einer großen Menschenmenge zu einem wahren Volksfest werden würde. Doch auf die zahlreich verschickten Einladungen meldeten sich nur wenige an. Die Politik schickte mittlerweile die dritte Garnitur Mitarbeiter und die Bevölkerung hielt sich ebenfalls vornehm zurück. Ein paar Zeitungsjournalisten waren anwesend, aber kein großer Fernsehsender. Nur der Oldenburger Lokalsender *oeins* hatte ein Kamerateam geschickt und berichtete live vom Ort des Geschehens.

Harm hatte sich auf diese geringe Anzahl an Besuchern und Interessenten eingestellt und nur ein kleines Programm zusammenstellen lassen. Immerhin gab es Führungen in der Kuppel. Terminal IV und die große, noch komplett leere Halle wurden als Archivräume vorgestellt. Die Labors waren eben Labors und die Rechneranlagen eben Computer. Es wurde viel erzählt, aber nichts erklärt. Und so wurde allen Besucher das Gefühl vermittelt, etwas Wichtiges gesehen zu haben.

Bald darauf hatten alle Besucher die Kuppel wieder verlassen. Am nächsten Tag gab es ein paar kleine Meldungen in den lokalen Zeitungen und der Filmbericht wurde einmal wiederholt. Damit war die Temporalkuppel offiziell in Betrieb – und keinen interessierte es wirklich.

Harm schien zufrieden und ging zur Tagesordnung über.

Das Computersystem TYROS sollte in den Echtbetrieb gehen. Es hatte sich unter allen Beteiligten eingebürgert, dass der Serververbund ebenso hieß wie sein Betriebssystem. Alex sprach von TYROS wie von einem guten Kumpel, der nun seinen ersten Arbeitstag hatte.

In der ersten Etage stand das *Blech* für TYROS und daneben lag der große Kontrollraum. Von hier aus sollten alle Zeitreiseterminals gesteuert werden. Jedes der Terminals hatte zwar noch eine eigene kleine Kontrolleinheit, doch hier oben liefen alle Fäden zusammen.

Die erste Aufgabe von TYROS war eine simulierte Zeitreise in das Jahr 2000. Terminal I war bereits angeschlossen und sollte nun mit den Werten, die der Rechnerverbund lieferte, angesteuert werden. Alex und ihr Team hatten in den letzten Wochen die Benutzeroberfläche fertiggestellt und qualitätsgesichert. Sie machte einen zuversichtlichen Eindruck. In Terminal I war ein mobiles System installiert worden, das die Werte entgegennehmen sollte.

Harm durfte das Kommando für diese erste Simulation geben. Sichtlich genoss er den Augenblick und sagte: »Drei, zwei, eins.«

Alex drückte eine Taste auf ihrem Keyboard und ließ damit – wie sie sich auszudrücken pflegte – einen »Datenschwall« auf das Terminal los. Aus den Koordinaten, die den Raum und die Zeit beschrieben, wurden Energiewerte hergeleitet, die den fiktiven Gegenstand an sein Ziel bringen sollten. Die meiste Zeit kostete die Berechnung der Werte. Die Umwandlung in Steuerdaten geschah quasi online.

»Zeitreise initiiert«, sagte sie.

Es war absolut unspektakulär.

Ich wusste nicht, was ich erwartet hatte. Irgendeinen Effekt? Doch der blieb aus.

Alex rief die Daten des Empfängerrechners ab. Mehrere Terabyte waren angefallen. Diese wurden in einer zweiten

Serverlandschaft mit konventionellen Betriebssystemen ein-
gelesen und dort ausgewertet. Bei einer Rückberechnung sollten dann die gleichen Werte herauskommen, die TYROS abge-
schickt hatte. Schon bei den ersten Ergebnissen stellte sich
heraus, dass es Abweichungen gab.

Die Software hatte den Test nicht bestanden! Dennoch war
Alex nicht sichtlich bekümmert. Im Gegenteil, sie schien sich
auf diese neue Herausforderung zu freuen und kündigte
Überstunden und Nachtschichten für ihr Team an.

Auch Harm schien nicht enttäuscht. Lag es daran, dass er
dieses Ergebnis schon kannte? Warum gab er dem Team nicht
einfach die Werte und Einstellungen, die er in der Zukunft
doch nur einfach auslesen lassen musste?

Harm kam zu mir und meinte aufgeräumt: »Das hat doch
schon alles sehr gut funktioniert. Alex und ihre Leute werden
die Fehler schon finden. Ich weiß es!«

Unerwarteter Besuch

> Die Zeit, die ist ein sonderbares Ding.
> Wenn man so hinlebt, ist sie rein gar
> nichts. Aber dann auf einmal, da spürt
> man nichts als sie: sie ist um uns her-
> um, sie ist auch in uns drinnen. In den
> Gesichtern rieselt sie, im Spiegel da rie-
> selt sie, in meinen Schläfen fließt sie.
> Und zwischen mir und dir da fließt sie
> wieder. Lautlos, wie eine Sanduhr.
>
> *Hugo von Hofmannsthal,*
> *»Der Rosenkavalier«*

Mit der Zeit hatten wir die geheimnisvolle Josepha Visser bei-
nahe vergessen. Zwischen Sabine und mir gab es sie nicht
mehr als Gesprächsthema. Ich war mit der Arbeit um die Kuppel sehr ausgelastet, und auch Sabine hatte gut zu tun. Ich
hatte nicht einmal mehr Zeit, mich intensiver um den For-
schungszweck der Temporalkuppel zu kümmern. Die Wissenschaftler, Techniker, Ingenieure und Programmierer werkelten

vor sich hin und auch Harm hatte sich rargemacht, seitdem er in der Kuppel in sein Penthouse eingezogen war. Es gab keine Briefings und Sitzungen mehr, zu denen ich eingeladen wurde. Ich hatte aber oft in der Kuppel zu tun und dort sogar ein eigenes kleines Büro in der dritten Etage zugeteilt bekommen. Ein oder zwei Tage in der Woche war ich dort und erlebte eine entspannte Atmosphäre. Gerne ging ich in einer der Kantinen essen und traf dort bisweilen auch alte Bekannte. Nur noch selten verabredete sich Harm mit mir zum Mittagessen. Und er erzählte längst nicht mehr so freizügig über die Fortschritte des Zeitreisens. Dennoch hatte ich immer das Gefühl, dass ich genügend wusste, um meine Arbeit hier machen zu können.

An einem Donnerstagnachmittag arbeitete ich in meinem Büro in der Kuppel, als es an der Tür klopfte.

»Herein«, rief ich, ohne von dem Text aufzublicken, in dem ich gerade las.

Die Tür ging auf und Alex trat ein. Sie hatte ich bestimmt nicht erwartet. Wir grüßten uns zwar immer freundlich, wenn wir uns in der Kantine begegneten, aber das war schon alles. Beruflich und privat hatten wir nichts miteinander zu tun. Sie musste Ende zwanzig sein und die Schnittmenge unserer privaten Interessen war damit eher klein.

Ich deutete auf meinen Besucherstuhl und bat: »Setzen Sie sich.«

Alex sah sich kurz um und nahm Platz. Sie wippte auf dem Stuhl und schien nicht zu wissen, wie sie ihr Anliegen, von dem ich ausging, dass sie es hatte, formulieren sollte.

»Was gibt's?«, fragte ich also betont lässig, um das Gespräch in Gang zu bringen.

»Ich soll schöne Grüße von einer gemeinsamen Bekannten ausrichten«, antwortete sie.

Ich wusste nicht, wen sie damit meinen könnte.

»Von wem?«

»Von Josepha.«

Das hatte ich nicht erwartet. »Woher kennen Sie Josepha?«, fragte ich also. Die letzte Begegnung mit der mysteriösen Zeitreisenden musste – ich rechnete nach – schon mehr als drei Jahre her sein!

»Sie ist eine gute Freundin. Wir arbeiten zusammen.«

Das überraschte mich nun doch sehr!

»Arbeitet sie auch am«, ich machte eine Pause und sagte vorsichtig, »Projekt?«

»Ja, seit zwei Wochen. Sie programmiert Sequenzen für TYROS.«

Ich war verwirrt. Josepha Visser hatte Sabine und mir gegenüber behauptet, dass sie aus dem Jahr 2043 käme und nun sollte sie Ende 2024 in der Temporalkuppel arbeiten.

»Das wusste ich noch gar nicht. Ihre Einstellung ist mir auch nicht bekannt. Der Vertrag ist nicht über meinen Schreibtisch gegangen.«

»Da kommt bestimmt noch was. Ich war mit ihr direkt beim Personalsachbearbeiter, um die Formalitäten zu klären, damit sie erst mal anfangen kann. Ich wollte Sie nur schon vorwarnen.«

»Hat sie gesagt, woher sie kommt?«, wollte ich wissen.

»Sie gehört zu meinem Netzwerk und ist eine gute Bekannte aus meiner Unizeit in Berlin. Der Lebenslauf interessiert mich bei meinen Leuten nicht, nur das, was sie können. Und Josepha hat eine Menge auf dem Kasten! Ihre Codes sind so was von brillant, dass selbst ich«, sie lächelte kurz, »sie teilweise nicht mehr verstehe. Seit sie beim Projekt ist, läuft TYROS zu Höchstform auf. Harm ist richtiggehend begeistert. Die Tests laufen prima und in zwei Monaten ist der erste Echtlauf mit Personen geplant. Von unserer Seite spricht nichts dagegen. Nächste Woche schicken wir schon die Referenzuhr los. Und dann geht es richtig ab. Es gibt schon einen strammen Zeitplan für die ersten Reisen.«

»Hört sich gut an«, musste ich zustimmen. »Hat Josepha sonst noch etwas gesagt?«

»Ja. Sie hätten sich lange nicht gesehen und es wäre schön, sich mal wieder zu treffen. Und schöne Grüße an Ihre Frau.«

»Danke, werde ich ausrichten. Wenn Sie Josepha sehen, sagen Sie ihr doch bitte, dass sie jederzeit willkommen ist und wir uns freuen würden, sie zu sehen.«

»Werde ich ihr sagen, doch wir sehen uns momentan selten. Schichtdienst und so. Aber jetzt muss ich wieder an meinen Schreibtisch.«

Alex ging zur Tür und sagte: »Bis zum nächsten Mal!«

»Auf Wiedersehen«, antwortete ich geistesabwesend und schaute auf die Tür, die schon wieder geschlossen war.

Josepha hier in der Kuppel! Als Programmiererin! Wie passte das mit der Heimlichtuerei unserer Begegnungen zusammen?

Und wieso kam Josepha nicht selbst zu mir ins Büro?

Enthüllungen

> Der Moment ist atemporal, die Verknüpfung der Augenblicke erfolgt nicht in der Zeit, sondern in der impliziten Ordnung.
>
> *David Bohm, US-amerikanischer*
> *Quantenphysiker und Philosoph*

Ich rief über meinen Arbeitsplatz die Personalapplikation auf und suchte nach Josepha Visser. Tatsächlich war sie eingestellt. Das Foto zu der Akte zeigte sie so, wie ich sie in Erinnerung hatte. Sie hatte einen jener Standardverträge. In ein paar Tagen wäre der Datensatz in meiner Eingangsbox gelandet. Ihr Lebenslauf war unauffällig, fast schon zu unauffällig. Alex hatte sie rekrutiert, also musste sie Josepha wirklich kennen. Das trug nicht dazu bei, dass die ganze Sache für mich logischer wurde. Im Gegenteil.

Ich beschloss, für heute Feierabend zu machen, und begann meine Unterlagen zusammenzupacken, als Harm durch die Tür kam.

»Ich will dich nicht weiter aufhalten und dich nur schnell einladen. Nächste Woche schicken wir die Referenzuhr in die Vergangenheit. Möchtest du dabei sein?«

Klar, wollte ich das! »Soweit seid ihr schon? Ich komme gerne und schaue euch über die Schulter.«

»Wir sind exakt im Plan, den ich dir bei einem unserer ersten Treffen geschildert habe. Es läuft alles sehr gut. Das ist der neuen Mitarbeiterin in Alex' Mannschaft geschuldet. Die hat ein paar gute Sachen programmiert.«

137

Ich musste darauf antworten: »Als jemand, der aus der Zukunft kommt, müsstest du doch wissen, dass alles immer funktioniert oder eben nicht. Es dürfte doch überhaupt kein Raum für Überraschungen bleiben. Wenn etwas nicht klappt, so wisst ihr es doch im Voraus.«

»Das ist alles gar nicht so einfach, wie du dir das manchmal vorstellen magst. Die Zeit kann uns doch immer überraschen und ich war und bin nicht immer an allen Punkten dabei und Einfluss auf die Zeit habe ich auch nicht. Ich bin nur ein einfacher Zeitreisender; alles wissen kann ich nicht.«

Mit dieser Aussage überraschte mich Harm. Ich war davon ausgegangen, dass alles minutiös geplant und damit dokumentiert worden war. Denn das, was wir gerade erlebten, sollte für ihn doch Vergangenheit sein. Eigentlich musste er sich nur hinsetzen, die Arme verschränken und der Rest wurde von der Zeit erledigt. Oder war dem nicht so? Mir schwirrte wieder einmal der Kopf, wie so häufig, wenn ich über temporale Logik nachdachte.

Harm sagte noch: »Schönen Gruß noch an Sabine«, drehte sich um und ließ mich stehen.

Ich packte meine Sachen weiter zusammen und verließ das Büro. Doch meine Zweifel an Harms Aufrichtigkeit hatten neue Nahrung bekommen.

Auf dem Weg zum Parkplatz grübelte ich immer noch vor mich hin. Ich schloss gerade den Kofferraum, als Josepha Visser neben mir stand. Wirklich überrascht war ich nicht. Sie sah noch so aus, wie ich sie von unserer letzten Begegnung in Erinnerung hatte. Militärhosen mussten momentan schrecklich in sein, denn wie Alex trug auch sie eine. Wobei Josepha eine wirklich gute Figur darin machte. Auf dem Rücken trug sie eine Art Militärrucksack, der prall gefüllt schien.

»Wahrscheinlich soll ich wieder schnell losfahren?«, fragte ich.

»Eigentlich nicht mehr notwendig, aber Sie können mich gerne ein Stück mitnehmen«, antwortete sie.

Sie schien diesmal auch auf »konventionellem« Weg zu mir gekommen zu sein, also nicht quer durch die Zeit, sondern zu Fuß.

»Sie haben sich die Aufzeichnungen der Zeitreisen von Charles angesehen.« Das war keine Frage, sondern eine Feststellung. »Und was sagen Sie dazu?«

»Das ist ja schon eine ganze Weile her. Ich weiß nicht, was ich davon halten soll«, antwortete ich. »Ich weiß auch nicht, welchen Zweck Sie mit der Zuspielung der Dateien verfolgt haben.«

»Ich möchte Ihnen eines verdeutlichen: Harm Meesters ist weder Ihnen noch irgendeinem anderen Menschen in dieser eurer Gegenwart gegenüber ehrlich. Er verschweigt eine Menge – genauer: das Meiste. Die Erforschung der Zeit ist für ihn nur sekundär wichtig.«

Sie stieg ohne weitere Aufforderung in das Auto ein.

»Das ist starker Tobak. Ein schwerer Vorwurf. Können Sie das überhaupt beweisen? Und: Wieso soll ich Ihnen mehr Glauben schenken als Harm?«, meinte ich, als ich hinter dem Lenkrad saß.

»Fahren Sie los«, kam von ihr anstelle einer Antwort.

»Wird *man* nicht misstrauisch, wenn sie bei mir mitfahren?«, wollte ich vorsichtig wissen, wobei mir klar war, dass der Begriff *man* sehr unpräzise war.

»Ich habe kein Fahrzeug und der nächste Shuttle geht erst in einer Stunde. Also wird es so aussehen, als wenn ich Sie freundlich gefragt hätte, mich mitzunehmen. Wir gehören jetzt ja zur gleichen Mannschaft.«

»Warum mussten wir dann bisher immer so geheimnisvoll und vorsichtig sein und jetzt auf einmal nicht mehr. Und warum waren Sie immer so schnell verschwunden?«, fragte ich.

»Da gehörte ich noch nicht zum Team und kam immer aus der Zukunft. *Sie* haben mich immer anpeilen können, da alle Zeitreisen akribisch registriert worden sind. Harm hat dann immer seine Aufpasser losgeschickt, die kontrollieren sollten, was geschehen war. Doch wir haben eine Methode entwickelt, sodass man durch die Zeit reisen kann, ohne verdächtige Spuren zu hinterlassen. Es ist sehr aufwendig und funktionierte bisher nur für eine Person und für einen Sprung, doch das reicht aus. Ich bin jetzt unerkannt hier und gelte dank gut präparierter Dokumente und Unterlagen als Zeiteinheimische. Harm und auch Hoffmann wissen nicht, dass ich hier in dieser Zeit bin. Sie bringen mich nicht in den Zusammenhang mit der gesuchten Zeitreisenden.«

»Warum sind Sie dann hier?«, musste ich fragen.

»Um zu verhindern, dass Harm dumme Sachen macht«, lautete die Antwort.

Das klang lapidar, aber ich begann langsam, ihr zu glauben. Auch ich hegte ja seit einiger Zeit Zweifel an Harm.

»Was sind das für *dumme Sachen?*«, wollte ich wissen.

»Veränderungen der Zeit, um seine Ziele zu erreichen.«

Das klang gefährlich, aber viel schlauer war ich mit dieser Auskunft auch nicht.

»Das würde doch eine Veränderung der Zeitlinie, wie wir sie kennen, bedeuten – oder nicht?«

»Sie kennen die Zukunft doch gar nicht«, machte mir Josepha deutlich. »Sie kennen nur *die* Version der Zukunft, von der Harm Ihnen erzählt hat. Das wird auch nicht viel an Details gewesen sein, sondern eher grobe Tatsachen. Sie *können* gar nicht wissen, ob das, was sich ereignet, auch der ursprünglichen Zeitlinie entspricht. Sie wissen nicht – können nicht wissen, ob die Zeit verändert wird.«

Damit hatte sie recht. So hatte ich das noch nicht gesehen. Ich wusste wirklich nicht, ob sich die Zeitlinie veränderte oder nicht. Ich war immer davon ausgegangen, dass Harm die Zeit nicht willentlich manipulieren wollte. Aber auch die Videos der Zeitreisen von Charles bewiesen weder, dass Harm die Zeit beeinflusste oder im Gegenteil die Zeitlinie schützte.

Mir wurde auf einmal klar, dass ich über das Jahr 2043, aus dem Harm nach seinen Angaben zu kommen schien, nichts, aber auch gar nichts wusste. Auch Josepha behauptete, aus dieser Zeit zu kommen, aber Harm schien sie nicht mit seiner Gegenwart in Verbindung zu bringen, sondern glaubte, dass sie eine Zeiteinheimische war.

Er hatte – wie er immer behauptete – mit Rücksicht auf die Zeitkontinuität keine Details genannt. Das war richtig. Ich wusste nicht einmal, ob es 2043 den Euro noch geben würde. Oder gab es weiterhin Einzelstaaten und Deutschland hatte wieder die Mark eingeführt, weil man keinen Sinn mehr in einer einheitlichen europaweiten Währung sah?

Josepha ließ mir Zeit, meine Gedanken zu sortieren. Sie hatte mich nachdenklich machen wollen und dieses Ziel auch erreicht. Wieso war mir aber nie so deutlich wie jetzt bewusst, dass ich Harm vielleicht nicht trauen durfte und er ganz andere, eigene Ziele verfolgte?

»Harm hat Sie mental manipuliert!«, beantwortete sie meine nicht laut gestellte Frage. »Er und auch Hoffmann können Menschen beeinflussen, ohne dass diese es selbst bemerken. Sie haben – nennen wir es einmal: Kräfte, die es heute noch nicht in dieser Ausprägung gibt.«

Sie machte eine kurze Pause: »Ich habe diese Konditionierung gerade bei Ihnen aufgehoben. Sie war schon – wie soll ich sagen – leicht aufgeweicht, weil Sie wohl längere Zeit keinen intensiveren Kontakt mit Harm gehabt haben. Einige Zweifel hatten Sie schon und ich habe nur für den letzten Anstoß gesorgt.«

Das klang abenteuerlich; zu abenteuerlich, um wahr sein zu können. Die ganze Zeit soll Harm mich und damit meine Umwelt beeinflusst haben? Doch richtig, ich fühlte mich im Moment freier als in den letzten Jahren. Es war, als ob eine isolierende Schicht Watte aus meinem Gehirn entfernt worden sei. Wieso hätte ich Harm auch all die Geschichten mit den Zeitreisen sofort glauben sollen? Ich hatte doch einen sehr analytischen Verstand, der dagegen hätte rebellieren müssen.

Hatte mich Harm die ganze Zeit nur ausgenutzt? Ich sah in diesem Moment einiges klarer als in der letzten Zeit. Waren auch auf all den Veranstaltungen rund um die Temporalkuppel die Menschen gezielt manipuliert worden?

War dem wirklich so? Konnte ich Josepha Glauben schenken?

»Ich werde Ihnen zeigen, wie das funktioniert«, unterbrach Josepha meine Gedanken. Und ich hatte plötzlich einen unheimlichen Appetit auf Zitroneneis!

»Sie möchten ein Zitroneneis haben. Und jetzt eins mit Kirschgeschmack«, sagte sie.

Genau! Kirsche war nun das Eis meiner Wahl! Es war unheimlich und ich konnte mich willentlich nicht dagegen wehren.

»Wie wäre es mit Walnuss?«

Es war unheimlich! Nun hatte ich Appetit auf einen großen Walnusseisbecher mit Sahne!

Josepha schaute mich an: »Das ist nur ein einfaches Beispiel, wie Menschen beeinflusst werden können. Harm geht da allerdings sehr viel subtiler vor.«

»Sie haben auch diese Fähigkeit«, stellte ich fest. »Kann so etwas jeder im Jahr 2043?«

»Nein. Nur einige wenige Menschen, und den wenigsten ist 2043 auch bekannt, dass es Menschen mit solchen Fähigkeiten überhaupt gibt. Ich kann selbst jemanden nur kurz und nur leicht beeinflussen. Die Konditionierung verfliegt nach einiger Zeit. Harm hingegen hat viel stärkere Fähigkeiten. Seine Botschaften bleiben lange aktiv. Bei den meisten Menschen genügt bereits ein einziger intensiver Kontakt, um ihr Verhalten nachhaltig zu ändern.«

Nun konnte ich mir vorstellen, warum solch ein Bau wie die Temporalkuppel langsam aus dem Fokus der öffentlichen Meinung entschwinden konnte und warum es von Anfang an keine wirklichen Proteste gegeben hatte. Und warum Harm so viele Veranstaltungen besucht hatte.

Ich war die ganze Zeit einfach weitergefahren und wir waren schon fast bei unserer Wohnung, ohne dass ich es richtig bemerkt hatte.

»Hat er Sabine auch konditioniert?«, fragte ich Josepha.

»Ich gehe mal davon aus, denn sonst wären von ihr sicher kritische Fragen gekommen«, antwortete sie.

»Können Sie ihr auch helfen?«

»Nur, wenn der Block wie bei Ihnen schon bröckelt.«

»Da bin ich mir fast sicher.«

»Funktioniert das auch bei Hunden?«, fragte ich, weil ich an Alf dachte und an sein anfängliches Verhalten, das sich später auch verändert hatte.

»Bei Hunden ist es sogar schwerer als bei Menschen, aber es hat auch dort Erfolg«, antwortete sie.

Ich parkte den Wagen, nahm meine Sachen aus dem Kofferraum und gemeinsam gingen wir zur Eingangstür. Ich wusste, dass Alf schon wartete und uns begrüßen wollte. Auch Sabine kam zur Tür und stutzte kurz, als sie Josepha sah.

»Du hast Besuch mitgebracht!«, konnte sie noch sagen, bevor sie die Stirn runzelte und erst mich, dann Josepha überrascht ansah. Aus dem Stirnrunzeln wurde eine Zornesfalte.

»Es ist die Wahrheit«, sagte ich.

»Was war das?«, fragte Sabine.

Ich erklärte ihr, was ich zuvor von Josepha erfahren hatte.

»Ich bin wirklich sauer. Dieser Arsch!«, entfuhr es Sabine. Doch sie fasste sich schnell wieder. »Kommt ins Wohnzimmer, das muss ich erst verarbeiten.«

Sie gab Josepha die Hand und sagte: »Sabine.«

Josepha antwortete mit »Josepha« und damit waren wir beim Du.

Josepha blickte kurz auf ihre Uhr und meinte: »Es ist sauber bei euch. Keine Überwachungstechnik. Sicherheitshalber habe ich noch ein Störsignal zugeschaltet. Auch eine Erfindung unseres Geheimdienstes.«

Sie erklärte uns noch einmal, weswegen sie in unsere Zeit gekommen war und was es mit Harm auf sich hatte. Nebenbei streichelte sie Alf, der sich urplötzlich entspannte und vor ihre Füße legte.

»Ich habe auch seinen Block entfernen können, er wird Harm nun wieder nicht mögen. So hoffe ich«, meinte Josepha.

Ich fasste weiter nach, von wo sie denn kommen würde und wie sie in unsere Zeit gereist sei. Denn auch im Jahre 2043 sollte es ja nur eine einzige Zeitmaschine geben. Eben »unsere« hier. Und da konnte man sich bestimmt auch in der Zukunft nicht einfach eine Rückfahrkarte ins Jahr 2024 kaufen.

»Meine Eltern kommen ursprünglich aus Südafrika. Daher der Nachname Visser. Ich bin aber in Israel geboren. Daher der Vorname Josepha. In Israel gibt es eine geheime Forschungseinrichtung, die per Zufall das in Deutschland beheimatete Zeitreiseprojekt entdeckt hatte. Man entwickelte über Jahre eine Methode, die dort stattfindenden Zeitreisen zu verfolgen. Anfangs reichte uns das. Doch wir wollten mehr. Daraufhin war es im nächsten Schritt fast schon einfach, sich in die Zeitreisen der Temporalkuppel quasi einzufädeln und damit deren Ressourcen zu nutzen. Zu Beginn konnte man diese Manipulationen detektieren. Das waren meine ersten und deshalb kurzen Besuche. Als Zeitreisende habe ich quasi ein Imprint, mit dem ich in eurer Zeit für bestimmte Messgeräte wie ein Weihnachtsbaum leuchte und damit anzumessen bin. Aber mittlerweile gibt es dank unserer Technologie keine beobachtbaren Nebeneffekte mehr. Immer wenn in der Kuppel eine Zeitreise stattgefunden hat, konnten auch wir eine Reise in die Vergangenheit unternehmen.«

»Harm und seine Leute sollen davon nichts bemerkt haben? Wie soll das gehen? Es muss doch ein Ansteigen der Rechenleistung oder der verbrauchten Energie gegeben haben?«, zweifelte ich Josephas Aussage an.

»Unser Geheimdienst hat bereits früh die Aktivitäten von TYROS in den weltweiten Netzen bemerkt. Nach einiger Zeit der Beobachtung konnten wir sie abwehren, ohne dass dies an Alex und ihre Mannschaft zurückgemeldet worden wäre. In Israel hat TYROS sich nicht mehr verbreiten können. Dann haben wir den Spieß umgedreht und mit eigenem Quellcode das Betriebssystem unbemerkt infiziert. So konnten wir aktiv in die Steuerung der Temporalkuppel eindringen. Denn was in die eine Richtung funktioniert, nämlich, dass TYROS externe Rechnerkapazitäten nutzt, funktionierte auch in die andere Richtung: der Zugriff auf die internen Systeme der Temporalkuppel. Ich war übrigens in die Entwicklung des Codes involviert. Darum kenne ich das Innenleben von TYROS auch so gut. Und in eurer Zeit habe ich nun die Möglichkeit, ein geheimes Hintertürchen in das Betriebssystem einzubauen. Das nutzen wir in einigen Jahren, um unsere eigenen Routinen in die Programme zu integrieren, ohne dass irgendjemand etwas bemerkt oder interne Sicherungsmaßnahmen greifen können. Um heute nicht aufzufallen, habe ich einige Verbesserungen eingebaut, die es in der Zukunft noch geben wird. Deswegen läuft TYROS heute schon so geschmeidig.«

»Aber das sind doch alles Eingriffe in den Zeitstrom«, warf Sabine ein. »Und das ist doch wie bei Münchhausen, der sich aus den eigenen Haaren aus dem Sumpf herauszieht. Du konntest durch die Zeit reisen, weil ihr TYROS manipuliert habt. Doch diese Manipulation, die das möglich gemacht hat, hast du erst hier vorbereitet. Ich verstehe nicht, wie das alles funktionieren kann. Harm behauptet doch, dass die Zeit sich nicht verändern lässt.«

»Das ist *so* nicht richtig. Die Zeit kann man sehr wohl manipulieren. Manchmal nur in Maßen, an einigen Stellen aber auch massiv. Eure Zeit ist besonders prädestiniert für Manipulationen. Hier sind die Beharrungskräfte schwächer als vor zehn Jahren oder sie in fünf Jahren sein werden. Wir kennen die Gründe dafür nicht. In dieser Zeit können in diesem Fenster von fünfzehn Jahren Weichen gestellt werden, was zukünftige Entwicklungen betrifft. Deshalb ist es heute und hier auch so interessant für Harm. Er kann jetzt entscheidend in die Zeit eingreifen. Die Konsequenzen sind überhaupt nicht absehbar. Eines muss aber klar sein: Er kann großen Schaden anrichten. Gewollt oder auch ungewollt. Die eher pessimistisch orientierten Zeitforscher bei uns reden sogar von der Möglichkeit katastrophaler Folgen. Darum bin ich hier. Ich soll herausfinden, was Harm in der nächsten Zeit für die Zeit plant.«

»Aber das müsstet ihr in der Zukunft doch schon wissen«, hakte Sabine nach.

»Müssten wir, wenn nicht in dieser Zeit in die Zeitlinie eingegriffen wird. Wir haben aber die Befürchtung, dass Harm etwas richtig Großes plant. Dass er die folgende Zeit radikal in seinem Sinne verändern will und uns dann keine Chance mehr bleibt, korrigierend einzugreifen. Eine solche Veränderung würde sich bis in die ferne Zukunft auswirken. Keiner würde es bemerken, da der Zustand nach der Veränderung für alle die Normalität wäre.«

»Wo sind wir da nur hineingeraten?«, dachte ich.

»Du bist also als Agentin in unsere Zeit gekommen, um die Zeit selbst zu schützen«, fasste Sabine das Gesagte zusammen. »Josepha, die Zeitagentin. Das klingt wie eine spannende Science-Fiction-Serie im Fernsehen.«

»Es ist aber keine SF-Action-Komödie, sondern die Wahrheit«, widersprach Josepha. »Aber nun kommt der nächste Schritt«, fuhr sie fort. »Wir müssen wissen, was Harm im Penthouse verbirgt. Diese obere Etage hat ja immerhin noch eine Fläche von fast sechstausend Quadratmetern. Da kann man schon einiges unterbringen. Und es werden nicht nur sein Schlafzimmer und sein Bad sein. Das Geschoss ist hermetisch abgeriegelt und keiner der »normalen« Mitarbeiter war bisher dort oben. Niemand weiß, was Harm da oben so treibt. Eine Ausnahme gibt es: Hoffmann und seine Mannschaft haben Zugang zu diesem Bereich. Nur der zentrale Lastenfahrstuhl führt bis ganz nach oben.

»Das ist ja alles schön und gut«, warf ich ein. »Doch warum erzählst du uns das alles? Du solltest solch ein Kommandounternehmen nicht an die große Glocke hängen und möglichst wenige Menschen einweihen.«

»Ich bin völlig alleine in dieser Zeit. Ihr seid die einzigen Menschen, denen ich trauen kann. Und bei euch bin ich mir sicher, dass Harms Konditionierung nicht mehr funktioniert.«

»Ich bin aber weder Indiana Jones noch James Bond. Ich bin nur ein Rechtsanwalt, der in diesen Temporalkram eher unfreiwillig hineingeschlittert ist«, versuchte ich von mir abzulenken.

»Du musst mich auf dieser Mission begleiten«, beharrte Josepha.

»Das ist doch für Hans-Peter viel zu gefährlich«, verteidigte mich Sabine.

Josepha widersprach: »Es geht hier nicht um Leib und Leben. Das Unternehmen ist ganz harmlos und ist von mir gut vorbereitet worden. Ich benötige aber eine Person mit gutem Leumund, die bestätigen kann, was wir dort oben in der Zeitkuppel finden. Wir werden ein paar Dokumente und die Computer durchsuchen. Das ist nicht gefährlich. Es wird keiner bemerken. Die Computer gehorchen mir. Ihr könnt mir vertrauen!«

»Wir kennen dich doch kaum«, meinte Sabine. »Warum sollten wir dir trauen?«

»Ich habe noch ein paar Dokumente dabei. Die können wir uns gerne gemeinsam anschauen.«

»Was sind das für Dokumente?«, fragte ich.

»Zeitungs- und Zeitschriftartikel«, antwortete Josepha.

»Stammen die aus unserer Zeit oder aus der Zukunft?«, fasste Sabine nach.

»Aus den nächsten zwanzig Jahren«, sagte Josepha.

»Dürfen wir die überhaupt sehen?«, fragten Sabine und ich fast zeitgleich.

»Unsere Temporalstatistiker meinen: ja«, kam die Antwort.

»Was sind Temporalstatistiker?«, war meine nächste Frage.

»Die Temporalstatistik ist eine neue Wissenschaft, die auf der Basis von mathematisch-statistischen Methoden die Wahrscheinlichkeiten von zukünftigen Ereignissen vorhersagt. Einige der Forscher beschäftigen sich aber auch mit den Scheidepunkten der Geschichte. Was wäre geschehen, wenn eine bestimmte historische Entscheidung nicht getroffen worden wäre oder wenn sich ein Mensch an einem bestimmten Punkt der Geschichte anders entschieden hätte.

Robert Cowley hat bereits 1988 die Zeitschrift *The Quarterly Journal of Military History* gegründet, die sich genau mit diesen Themen befasste. Einige führende israelische Historiker haben diese Gedankengänge weiterentwickelt und komplexe Berechnungen angestellt. Viele relevante Ereignisse der letzten zweitausend Jahre sind auf ihre Auswirkungen für Gegenwart und Zukunft abgeklopft worden. Was wäre geschehen, wenn sich etwas nicht ereignet hätte oder nicht in den bekannten Ausprägungen.

Bereits Cowley und seine Mitstreiter haben ein paar potenzielle Wendepunkte in der Geschichte ausmachen können, obwohl ihnen nicht unsere Computerkapazitäten zur Verfügung gestanden haben. Alexander der Große, die amerikanische Revolution, die Niederlage Napoleons, der Beginn des Ersten Weltkrieges, der D-Day 1944 sind solche Entscheidungspunkte im zeitlichen Ablauf. Wenn an diesen Stellen etwas anderes geschehen wäre, hätte sich die Geschichte völlig anders entwickelt. An eben diesen Stellen ist wirklich – im wahrsten Sinne des Wortes – Geschichte geschrieben worden. Eingriffe in diese zeitlichen Punkte könnten vieles verändern.

Autoren wie Philip K. Dick, Hannes Stein oder Oliver Henkel haben sich genau mit solchen alternativen Zukünften beschäftigt. Einige dieser fiktiven Annahmen kommen unseren Berechnungen recht nahe. Schon fast unwahrscheinlich nahe. Hannes Stein beschreibt in seinem Roman ›Der Komet‹ eine Welt, in der es den Ersten Weltkrieg nicht gegeben hat, nur weil Franz Ferdinand 1914 einfach nach Hause fährt und das zweite tödliche Attentat nicht stattgefunden hat. Dies stimmt mit unseren Berechnungen sehr genau überein.«

»Aber das kann doch keine exakte Wissenschaft sein«, unterbrach Sabine. »Das sind doch sicher nur Vermutungen?«

»Nein. Die Algorithmen sind schon sehr genau. Doch bei der Vielzahl der Möglichkeiten stoßen auch wir an die Grenzen der Computertechnologie. Es dauert einfach zu lange, alle Alternativen zu berechnen und so wird mit statistischen Methoden das Ergebnis mit der größten Wahrscheinlichkeit genommen.«

Mir erschien das sehr fantastisch. Alternativwelten waren mir durchaus ein Begriff und »Das Orakel vom Berge« von Philip K. Dick hatte ich selbst mehrfach mit großem Vergnügen gelesen. Was Josepha hier andeutete, hörte sich wie pure Science-Fiction an.

Doch was hatte das alles mit Harm zu tun? Warum sollten ihn alternative Zukünfte interessieren. Ihm musste doch an einer stabilen Zeitlinie liegen. Oder nicht?

Also fragte ich: »Und wie kommen nun die Temporalkuppel und damit auch Harm ins Spiel?«

Josepha sah mich mit ihren dunklen Augen sehr genau an, holte einmal tief Luft und sagte: »Nehmen wir einen Tag im November 1963. Wir sind in Dallas, Texas.«

»JFK!«, platzte ich dazwischen.

»Genau! Nehmen wir also den 22. November. An diesem Tag besucht der amtierende Präsident der Vereinigten Staaten diese Stadt. Er wird den Tag nicht überleben. Das Volk sieht in ihm einen Hoffnungsträger. Und nicht nur die Amerikaner lieben ihn. Im Juni ist er im geteilten Berlin gewesen und hat den berühmten Satz ›Ich bin ein Berliner‹ ausgesprochen. Nicht einmal ein halbes Jahr später ist er tot. Angeblich erschossen von Lee Harvey Oswald, der dann selbst unter seltsamen Umständen getötet wird. Es gibt Verschwörungstheorien, doch in der offiziellen Version bleibt Oswald immer der Täter.«

»Die Geschichte kennen wir«, meinte ich.

»Ihr kennt aber nicht die Auswirkungen, wenn Kennedy weitergelebt hätte.«

»Der Kalte Krieg wäre eher beendet worden und die deutsche Wiedervereinigung hätte früher stattgefunden«, mutmaßte ich.

»Das hätte ich auch so gedacht. Aber die Temporalstatistik hat mit einer sehr hohen Wahrscheinlichkeit von über 90 Prozent berechnet, dass die Berliner Mauer erst 2002 – also dreizehn Jahre später als in der Realität – gefallen wäre, nachdem die DDR als Staat hätte Bankrott anmelden müssen.«

»Das bedeutet, dass sich die deutsche und auch die europäische Geschichte um diese dreizehn Jahre verschoben hätte«, sagte Sabine.

»Die Geschichte hätte sich nicht nur verschoben, sondern wäre völlig anders verlaufen«, antwortete Josepha. »Eine ganze Menge hätte sich anders entwickelt. Und das ist die Antwort auf deine Frage, Hans-Peter: Hier kommt Harm ins Spiel! Ihm würde das nicht in den Kram passen. Er benötigt 1963 einen toten Kennedy. Mit allen Mitteln!«

»Wie ist das zu verstehen?«, fragte ich. »Mit allen Mitteln?«

»Um es deutlich auszudrücken. Er würde über Leichen gehen, um genau diesen Zeitstrang zu erhalten. Und damit den Mauerfall im Jahr 1989 und dem dann immer stärker werdenden vereinten Deutschland. Ein schwaches Deutschland unter dem Gängelband der USA auf der einen Seite und der Bevormundung Russlands auf der anderen Seite der Mauer passt ihm nicht in den Kram. Er braucht Geld – viel Geld – und eine gute Infrastruktur, um die Kuppel zu bauen.«

Das mussten Sabine und ich erst einmal sacken lassen.

»Zeig uns die Dokumente.« Ich wollte Beweise sehen, bevor ich mich auf das vielleicht größte Abenteuer meines Lebens einließ.

Josepha projizierte Texte und Bilder über dem Tisch. Diese Technologie gab es heute nicht. Wir konnten die Projektionen wie echtes Papier zu uns heranziehen und lesen. Wenn wir noch einen Beweis benötigt hätten, dass sie aus der Zukunft kam, wäre es dies gewesen.

Es waren meist Artikel aus Fachmagazinen. Sie beschäftigten sich mit den statistischen Wahrscheinlichkeiten von Zukünften. Auch das Kennedy-Beispiel war darunter. Einiges las

sich wie fantastische Literatur. Je weiter eine Änderung in der Vergangenheit lag, desto größer schienen die Auswirkungen auch bei kleinen Eingriffen zu sein. Das klang logisch. Kam man näher zur Gegenwart, musste man schon schwerwiegende Dinge ändern. Eines war aber erschreckend. Die Menschheit war häufiger, als man glauben mochte, haarscharf an echten weltweiten Katastrophen vorbeigeschrammt!

Ein Artikel befasste sich mit dünnen Stellen in der Zeit. Es wurden fünf markante Abschnitte in der Geschichte vermutet: die Zeit um den Tod Caesars; die zweite Belagerung Wiens durch die Osmanen 1683, das Jahr 1944, die Jahre 1988 bis 1995 und die Zeitspanne von 2014 bis 2029.

Mir fiel auf, dass sich drei der Punkte recht nahe der heutigen Gegenwart befanden.

Josepha meinte dazu: »Das haben die Forscher natürlich auch bemerkt. Es scheint dafür keine schlüssige Erklärung zu geben. Der Tod Caesars stellt Weichen für die weitere Entwicklung Roms, der Rückzug der Osmanen verhindert einen größeren Einfluss des Islams auf Europa. 1944 beginnt die rasante Niederlage der Faschisten um Adolf Hitler. Ende der Achtziger begannen der Zerfall der innereuropäischen Grenzen und die Auflösung der UdSSR. Das sind einschneidende Ereignisse, die die Welt – wie ihr sie heute kennt – entscheidend beeinflusst haben. Der letzte Abschnitt hingegen weist nach unseren Kenntnissen keine Besonderheiten auf. Er existiert einfach nur.«

Ich blätterte weiter in den Unterlagen. Die Bedienung der Dokumente war sehr intuitiv und begann Spaß zu machen. Es waren nicht nur Artikel zur Temporalstatistik vorhanden.

Die Überschrift eines Textes fiel mir auf: »Superwesen oder Übermenschen? – Risiken der genetischen Optimierung und ihre Auswirkungen auf das geistige Potenzial«. Verfasst hatte ihn ein Professor Doktor Lablanche zusammen mit einem Doktor Vierstädter. Die Arbeit stammte aus einem Magazin, das es auch heute schon gab, und war mit Mai 2030 datiert. Soweit ich es beim ersten Überfliegen des Textes verstand, wurde die sogenannte »Genetische Optimierung nach dem geschützten Verfahren GenOpt® der Firma *zoeton*« kritisch betrachtet. Es handelte sich um Forschungen im Bereich der Genmanipulation, um körperliche und geistige Fähigkeiten zu verbessern. Bei diversen Versuchsreihen unter Laborbedingungen hatte es wohl sehr positive Ergebnisse gegeben. Die beiden Verfasser warnten jedoch vor dem nächsten Schritt, dieses Verfahren bei Menschen anzuwenden.

Ich zeigte Josepha den Artikel und fragte, wie er in den Zusammenhang mit der Temporalstatistik gekommen war.

»Es sind die ersten Veröffentlichungen in populäreren Magazinen zu diesem Thema. Doch nach einer Weile finden sich keine weiteren Hinweise mehr auf Forschungen oder Versuche in dieser Richtung. Keine Diskussionen, keine Medienpräsenz. Nichts. Das hat seine Gründe. Die Firma *zoeton* ist mit einer Vielzahl von revolutionären neuen Pharmaprodukten auf den Markt gegangen und hat eine Menge Geld damit verdient. Das lenkte den Fokus von den Genmanipulationsversuchen ab. Du kennst übrigens den Inhaber.«

Ich zuckte mit den Achseln. Ich hatte keine Ahnung, wen sie meinen könnte.

»Harm«, sagte Josepha. »Mit der Firma *zoeton* hat er eine Menge Geld gemacht. Mehr als Nestlé, Microsoft und *apple* zusammen. Seine Firma *zoeton* hat geholfen, unheilbare Krankheiten zu besiegen. Und Harm hat kräftig daran verdient. Er hat riesige Summen in die Forschung gesteckt und hält eine schier unglaubliche Menge an Patenten.«

»Das hat er uns nie erzählt!«, empörte sich Sabine.

»Warum sollte er auch? Habt ihr ihn jemals gefragt, woher die gewaltigen Summen Geld stammen, die die Temporalkuppel kostet?«

Ich hatte, als Harm damals mit seinem jüngeren Ich zu mir kam, um den Kauf des Moorgrundstückes notariell abzuwickeln, zwar kurz über die Höhe des Preises gestutzt, es aber nicht weiter beachtet. Hatte ich schon unter dem Einfluss von Harm gestanden?

»Neben Zeitreisen ist die genetische Optimierung das zweite Interessensgebiet von Harm. Und wir glauben, dass er insgeheim die Versuche weitergeführt hat.«

»Dazu würden dann auch Versuche am Menschen gehören«, führte ich diesen Gedanken fort.

»Und er selbst war Testperson?«, vermutete Sabine.

»Alles deutet darauf hin. Gerade auch wegen seiner mentalen Kräfte«, bestätigte Josepha.

»Aber du hast auch solche Fähigkeiten«, stellte ich fest.

»Nicht nur *zoeton* arbeitet auf dem Gebiet«, war die knappe Antwort.

Sie wechselte das Thema: »Habe ich euch überzeugt? Wir müssen in das Penthouse und herausfinden, was genau Harm für die Zukunft plant. Ich habe schon Vorbereitungen getroffen und TYROS entsprechend programmiert, damit wir unbeobachtet bis nach oben in die Kuppel kommen können. Entscheide selbst, ob du mir helfen möchtest. Die Chancen mit dir an meiner Seite sind sehr viel größer als ohne dich.«

Ich schaute Sabine an. Sie nickte vorsichtig, meinte aber: »Die Entscheidung liegt allein bei dir. Ich kann sie dir nicht abnehmen.«

»Okay. Ich komme mit. Was kann schon passieren? Wenn Harm mich rausschmeißt, muss ich wieder mehr in meiner Kanzlei arbeiten. Wann soll es losgehen?«

»Heute Nacht um 3 Uhr«, antwortete Josepha.

»Du hast gewusst, dass ich mitkommen würde. Richtig?«, sagte ich.

»Die Wahrscheinlichkeit lag sehr hoch«, stimmte sie zu. »Und ich wollte dir keine Zeit zum Überlegen lassen.«

Sie lächelte uns verschmitzt an.

Einbruch in die Temporalkuppel

> Aber nicht in der Zeit entsteht und vergeht alles, sondern die Zeit selbst ist dies Werden, Entstehen und Vergehen, das seiende Abstrahieren, der alles gebärende und seine Geburten zerstörende Kronos.
>
> *Georg Wilhelm Friedrich Hegel*
> *(1770–1831)*

Ich hatte noch ein paar Stunden schlafen können. Der Schlaf war unruhig, denn ich war so aufgeregt, wie schon lange nicht mehr. Josepha hatte es sich im Gästezimmer gemütlich gemacht, und als wir uns alle um zwei Uhr in der Küche zu einem Kaffee trafen, bemerkte auch Alf, dass etwas Besonderes geplant war. Er winselte leise vor sich hin, was wir von ihm nicht kannten. Wusste er mehr über den Ausgang des Unternehmens als wir?

Josepha drängte zum Aufbruch. Ihren Rucksack verstauten wir auf der Rückbank des Autos. Wir fuhren schweigsam durch Oldenburg. Einige Nachtschwärmer waren noch zu Fuß unterwegs. Es fuhren aber auch etliche Fahrzeuge auf den Straßen. Erstaunlich, was um diese Uhrzeit in der Stadt alles los war.

Nach zwanzig Minuten Fahrzeit, kurz vor dem Ziel, bat Josepha mich, den Wagen abzustellen. Sie gab mir eine Brille mit sehr großen Gläsern. Es sei ein Nachtsichtgerät aus neuester Produktion. Ich setzte sie auf und außerhalb des Wagens wurde es taghell, obwohl ich die Scheinwerfer bereits ausgeschaltet hatte. Ein erstaunliches Stück Technik!

Die letzte Strecke gingen wir zu Fuß. Wir benötigten eine Viertelstunde, bis wir unser Ziel erreichten. Die wenigen Parkplätze lagen in völliger Dunkelheit, doch dank der Brille konnte ich alles genau erkennen. Aus einigen wenigen Fenstern der Kuppel drang Licht nach draußen. Josepha erklärte leise, dass die Brille automatisch die Helligkeit regle, um immer ein einheitliches Bild zu liefern. Sie schaute auf ihre Uhr und hob die Hand. Sie zeigte fünf Finger, dann vier, dann drei, zwei, einen und machte schließlich eine Faust.

»Nun ist die Kuppel nach außen hin komplett blind und taub. Und das Beste: Keiner bemerkt es. TYROS gaukelt seit zwanzig Minuten vor, dass im Umkreis alles okay ist und hat damit unsere Annäherung nicht angezeigt. Seit ein paar Sekunden ist eine neue Routine gestartet, mit der wir unbemerkt in die Kuppel hineinkommen können.«

Sie lief los und ich musste notgedrungen hinterher. Mir war etwas mulmig zumute. Konnte man uns wirklich nicht sehen? Ich vermutete, dass immer jemand aus Hoffmanns Mannschaft in der Überwachungszentrale Dienst hatte. Ich konnte mir wirklich nicht vorstellen, dass jemand auf die Bildschirme starrte und uns nicht bemerken sollte. Gab es keinen Alarm?

Wir erreichten den hinteren Eingang. Dies war doch der Eingang, der Hoffmanns Sicherheitskräften vorbehalten war! Wie auf ein geheimes Kommando öffnete sich dennoch die Automatiktür. Josepha zog mich in das Innere der Kuppel. Wir waren drin und immer noch keine Sirenen! Mir wurde bewusst, dass wir einen stummen Alarm sowieso nicht bemerken würden.

»TYROS hat das Kommando übernommen und uns die Tür aufgemacht«, erklärte meine Begleiterin. »Er unterdrückt alle Meldungen. In den Protokollen wird auch nicht erfasst, dass sich die Tür geöffnet hat. Das Gleiche gilt für die Fahrstühle. Er holt uns eine Kabine und wir fahren damit bis fast ganz nach oben.«

Wir erreichten kaum den Aufzugsschacht, als hier die Türen zur Seite glitten. Wir betraten den Lift, die Türen schlossen sich und es ging aufwärts. Fast vermisste ich Fahrstuhlmusik. Nach kurzer Fahrt waren wir im vierten Geschoss angekommen und verließen die Kabine.

»Nach oben nehmen wir die Treppe«, sagte Josepha.

Mir war nicht klar gewesen, dass es überhaupt so etwas wie ein Treppenhaus gab. Sie öffnete eine Tür und dahinter befanden sich wirklich Treppen! Wir hasteten die Stufen hinauf, Josepha vorneweg. Sie öffnete vorsichtig die Tür am Ende. Die Luft schien rein, denn sie winkte mir zu, ihr zu folgen.

»Wir sind nun in Harms Penthouse. Dort vorne ist der Eingang in diesen geschlossenen Bereich. Auch hier kann TYROS noch die Tür öffnen!« Das klang überrascht. Sie hatte wohl mit mehr Widerstand gerechnet. Mir sollte es nur recht sein, dass sie sich geirrt hatte.

Die Tür öffnete sich und wir fanden uns in einem Gang wieder. Eine Reihe von Schotten versperrte uns den Weg. Eines öffnete sich lautlos. Josepha huschte hindurch und zog mich mit sich. Wir kamen in einer kleinen Halle mit mehreren Konsolen heraus. Auf der anderen Seite gab es wieder ein Tor. Ein rotes Licht schimmerte darüber. Das sah doch aus wie ...

»Er hat hier oben eine eigene Zeitmaschine. Das haben wir vermutet«, bestätigte Josepha meinen Gedanken.

Harm war hier oben autark und konnte schalten und walten, wie er wollte, ohne dass die Techniker in der Basis der

Kuppel etwas davon mitbekamen. Doch was wollte Harm mit einer eigenen Maschine, wenn er die Einrichtungen unten in der Kuppel jederzeit nutzen konnte?

Josepha setzte sich an eines von zwei nebeneinanderliegenden Schaltpulten und packte ein paar Gerätschaften aus dem Rucksack aus. Sie gab mir einen kleinen Diskus von der ungefähren Größe eines Eishockeypucks.

»Das ist eine Art Bombe. Pass auf damit. Das Teil verursacht keine Explosion, sondern einen mächtigen elektromagnetischen Impuls«, erklärte sie. »Stecke sie ein, du wirst sie noch benötigen.«

Mit spitzen Fingern nahm ich den Puck entgegen.

»Wie funktioniert der?«, wollte ich wissen.

»Fühlst du Mulde an der Seite?«, fragte sie. Ich suchte mit dem Daumen die Vertiefung und fand sie.

»Drücken und zweimal drehen, als wenn du einen Deckel von einem Marmeladenglas entfernen möchtest. Dann kommt oben ein Stift heraus. Den ebenfalls drücken und loslassen. Nach fünfzehn Sekunden geht das Ding los. In einem Umkreis von gut hundert Metern funktioniert dann nichts Elektronisches mehr, was nicht gegen einen EMP abgesichert ist«, erklärte sie.

Ich steckte die Scheibe in eine meiner hinteren Hosentaschen. Mir war etwas mulmig zumute. Ich hatte nun eine Bombe am Körper und wusste nicht, wann ich sie einsetzen sollte.

»Du wirst schon wissen, wann du sie aktivieren musst. Du wirst es ganz genau wissen!«, beantwortete sie schon wieder meinen nicht ausgesprochenen Gedanken. Es war unheimlich!

»Wie ich es mir gedacht habe. Diese Konsole ist unabhängig vom Netz der Kuppel«, sagte sie, stand auf und ging zur anderen Konsole. Sie drückte ein paar Tasten und wischte über die Schirme. »Diese hier ist im Netz. Von hier aus kann man die Zeitmaschinen unten steuern. Eine Art Überrangpult. Die Geräte unten können damit aktiviert, lahmgelegt oder übersteuert werden.«

Sie überlegte kurz, nahm eines der mitgebrachten Geräte zur Hand und zog zwei Kabel aus dem Gehäuse. Deren Stecker stöpselte sie jeweils in entsprechenden Buchsen auf der Rückseite der Konsolen.

»Sollte das alles so einfach sein?«, murmelte sie vor sich hin.

»Was machst du da?«, fragte ich.

»Ich verbinde die beiden Netze. Dieses Gerät ist ein Koppler. Eigentlich ein ziemlich dummes Ding. Ein kleiner Rechner im Inneren testet alle Parameter auf beiden Seiten durch, bis sich die bislang unabhängigen Netze verbinden lassen.«

Das klang einleuchtend. Das verstand sogar ich.

Zwei rote Kontrollleuchten auf dem Gerät blinkten abwechselnd. Josepha summte leise vor sich hin und schien völlig entspannt zu sein, während ich kaum zu atmen wagte. Das Kästchen gab ein leises *Pling* von sich und beide Lämpchen leuchteten grün.

»Fertig! TYROS erobert die neue Konsole«, sagte sie.

Sie setzte sich an das zweite Pult und entnahm den unergründlichen Tiefen ihres Rucksacks ein weiteres Gerät. Es war eine zusammengerollte Tastatur. Als sie plan auf dem Tisch lag, entfaltete sich darüber ein virtueller Monitor. Mich konnte nichts mehr überraschen.

Unbekannte Symbole und eine Vielzahl von – wie ich annahm – Datenströmen wurden angezeigt. Ihre Finger flitzen über die Tasten, ein paar Mal drückte sie in der Luft schwebende Knöpfe.

»Das sieht alles ganz gut aus. Nur noch ein paar Augenblicke und …« – sie formte nun selbst mit ihren Lippen ein gedehntes *Ping* –, »… schon sind wir drin.«

Sie grinste mich frech an. Das alles schien ihr einen ungeheuren Spaß zu machen!

Ich schaute zur Tür. Müsste nicht jemand vom Sicherheitsdienst auftauchen? Man konnte doch hier nicht einfach reinspazieren und alles Mögliche manipulieren, ohne dass es jemand bemerken sollte.

»Mal schauen, was wir hier so alles finden.« Sie gab ein »Hmm« von sich. »Alles ordnungsgemäß verschlüsselt. Aber für jeden Schlüssel gibt es auch ein passendes Schloss.«

»War es nicht eher anders herum?«, fragte ich mich.

Sie verband ein weiteres Gerät aus dem Rucksack mit der Tastatur.

»Harm ist wirklich sehr unvorsichtig. Ich gebe dem Code dreißig Sekunden. Na! Es waren dann doch nur fünfundzwanzig ...«

Sie schien zufrieden zu sein. Doch dann erstarrte ihr Gesicht und sie stieß pfeifend die Luft aus.

»Das haben wir so nicht vermutet. Oh, mein Gott!«, entfuhr es ihr.

»Was hast du gefunden?«, fragte ich.

Sie las verschiedenste Texte auf dem Schirm. Sie war dabei so schnell, dass ich ihr nicht folgen konnte. Tabellen blitzten kurz auf und verschwanden wieder. Sie schob Dateien von links nach rechts und vergrößerte schließlich eine Auflistung.

»Schau dir das an und du wirst mich verstehen«, sagte sie.

Ich schaute ihr über die Schulter. Ihre Haut duftete nach einem mir unbekannten Parfum. Nein. Es war genau der Duft, den ich schon bei unseren ersten Begegnungen gerochen hatte. Ich schüttelte den Kopf und las den Text.

Nun musste ich tief einatmen. Das waren Einsatzpläne. Quer durch die Zeitepochen. Und Anweisungen für einen Zeitreisenden, etwas Bestimmtes zu tun oder zu verhindern.

Es war der blanke Horror!

Harm hatte Hoffmann und seine Mitarbeiter als Killer oder Bodyguards an vielen Stellen der Zeit eingesetzt. Die Tabelle umfasste mehr als einhundert Zeilen. Das bedeutete, dass mehr als einhundert Eingriffe in den Zeitablauf von Harm geplant worden waren.

Josepha scrollte durch die Tabelle.

»Diebstahl ist auch dabei«, sagte sie leise. »Hier werden Forschungsergebnisse entwendet, die später von *zoeton* verwendet und in klingende Münze verwandelt werden. Damit hat dann Harm sein Geld verdient, um dies alles zu ermöglichen.«

Sie deutete mit einem Finger auf das virtuelle Display.

»Hier wird die Ermordung von JFK angeordnet. Da ein Attentat auf Barack Obama verhindert.«

Josepha schaute mich an. »Harm verfolgt einen großen Plan. Er manipuliert einerseits die Zeit, um Geld zu verdienen, viel Geld, unglaublich viel Geld. Und er verändert die Geschichte zu seinen Gunsten, um für das Zeitprojekt günstige Voraussetzungen zu bekommen.«

Sie schaute wieder auf die Anzeige.

Doch in diesem Moment, als ich durch ihre Äußerungen noch wie gelähmt war, erschien ein rotes Signal auf dem Display. Gleichzeitig ging die Tür auf und zwei von Hoffmanns Leuten stürmten in den Raum.

Josepha saß im einen Augenblick noch auf dem Bürostuhl hinter der Konsole und im nächsten sah ich sie wie im Zeitraffer auf die Männer zustürmen. Fast wie unter einem Stroboskoplicht in einer Diskothek bewegte sie sich in dem Blinken der roten Lampe zwischen den Eindringlingen und im nächsten Moment stand sie still da.

Die beiden Sicherheitskräfte lagen am Boden und rührten sich nicht mehr. Josepha war nicht ein bisschen außer Atem, kam zurück, griff in den Rucksack und holte ein Bündel Kabelbinder heraus.

»Wir müssen die beiden fesseln, bevor sie wieder zu sich kommen.«

Ich blickte sie erstaunt an und fragte: »Was war das?«

Sie verstand nicht, was ich meinte.

»War das High-Speed-Kung-Fu oder was?«, hakte ich erneut nach.

»Ach so, das. Ich bin ziemlich schnell, wenn es darauf ankommt. Habe ich in Israel gelernt«, antwortete sie.

»Aber doch sicher nicht in der Grundschule. Du musst mir beizeiten einmal erklären, was oder wen du immer meinst, wenn du von *wir* redest«, fragte ich nach. »Ich hoffe, die Männer sind noch am Leben.«

Josepha blinzelte mir zu, nickte dann leicht und widmete sich den Sicherheitsleuten. Wir fesselten die beiden und zogen die immer noch Bewusstlosen in eine Ecke des Raumes, der – falls jemand durch die Tür kommen würde – nicht sofort einzusehen war. Dabei musste ich mich sehr anstrengen, denn sie waren nicht nur groß, sondern auch überdurchschnittlich muskulös und damit schwer. Und die fast schon zierliche Josepha hatte sie mal eben so außer Gefecht gesetzt.

»Respekt«, dachte ich bei mir. »Großen Respekt!«

Josepha setzte sich wieder an ihr Terminal. »Ich saug mal ein paar Daten für uns auf einen externen Datenträger ab, damit wir nachher die Liste in Ruhe betrachten können. Ich sehe aber schon, dass es noch ein paar Einsätze gibt, die erst noch stattfinden sollen. Ich finde hier den Mord an einem Politiker, der hinterher aber wie ein Selbstmord aussehen soll. Es sind aber leider in der Liste die Begründungen oder die gewünschten Effekte nicht weiter erkenntlich. Das soll die ausführenden Organe wohl auch nicht interessieren.«

Sie summte wieder leise vor sich hin. »So. Ich habe die Daten auf einem Chip.«

Sie zog die Karte aus der Tastatur und steckte sie in eine Brusttasche ihres Hemdes.

»Damit hätten wir schon einiges an Beweisen für die Machenschaften von Harm. Wir müssen nun schauen, was wir damit anfangen. Wir können ja nicht einfach eine Klage einreichen. Das würde uns keiner abnehmen. Ich muss mit den Beweisen zurück in meine Heimatzeit. Dort können wir den Hebel besser ansetzen.«

Ich stutzte. Irgendetwas hatte sich im Raum verändert. Ich wusste nur nicht, was. Auch Josepha schaute sich um.

Jetzt sah ich es und zeigte auf das Licht. Die Kontrollleuchte über dem Eingang zur Zeitmaschine war von Rot auf Grün gesprungen!

»Was bedeutet das?«, fragte ich.

»Es ist jemand wieder von einem Trip aus der Vergangenheit in diese Zeit zurückgekommen«, sagte Josepha. »Und ich vermute auch, wer das ist.«

»Harm?«, vermutete ich.

Sie nickte.

Das Schott öffnete sich und wirklich: Harm kam heraus.

Er sah uns erstaunt an. Wahrscheinlich hatte er nicht mit uns beiden gerechnet.

»Was macht ihr hier oben?«, konnte er noch hervorbringen, dann hatte ihn Josepha mit einem Sprung erreicht und in das Zeitreiseterminal zurückbefördert. Auch er lag nun bewusstlos am Boden.

Nun ging auch das Schott zum Gang auf und Hoffmann stürmte in die kleine Halle.

»Ich habe das Schott nicht gesperrt, meine Schuld«, meinte Josepha, ging rasch zu ihrem Display und drückte eine virtuelle Taste.

Als sie an mir vorbei kam, raunte sie mir zu: »Geh in das Terminal und fessele Harm. Bleib dort!«

Dann schwang sie sich über die Konsole und versperrte Hoffmann den Weg.

Der sah sie spöttisch an und sagte: »Ich hatte schon immer meine Zweifel dir gegenüber, doch Harm wollte nicht auf mich hören, und was unseren lieben Rechtsverdreher hier angeht: Auch dich hatte ich anfangs unter Beobachtung. Doch Harm hat auch hier leider einen blinden Fleck gehabt.«

Josepha fixierte ihr Gegenüber: »Laber nicht so viel. Was hast du jetzt vor?«

»Erst werde ich dich fertigmachen und ihn dann ein wenig durchkneten. Damit sind unsere Probleme ein für alle Mal verschwunden und wir können uns ungestört weiter unserer Mission widmen«, antwortete Hoffmann prompt.

Vor Hoffmann hatte ich Angst. Es sah auch nicht so aus, als wenn Josepha so leicht mit ihm fertig werden würde.

Langsam bewegte ich mich rückwärts auf das offene Schott des Zeitreiseterminals zu, drehte mich kurz vor dem Eingang um und beugte mich über Harm. Die Kabelbinder hatte ich noch nicht aus der Hand gelegt und so konnte ich Harm schnell fesseln, bevor er wieder aufwachte. Ich machte mir nichts vor, auch gegen ihn würde ich physisch keine Chancen haben.

Durch das geöffnete Schott sah ich, wie Josepha und Hoffmann sich umkreisten. Keiner schien einen Angriff starten zu wollen. Josepha täuschte einen Schritt nach vorne an, doch das war nur eine Finte. Sie drehte sich um, flankte wieder zurück über die Konsole und drückte mit der ganzen Handfläche auf einen großen Knopf.

»Gute Reise! Grüß den Professor von mir und hör auf ihn!«, rief sie mir zu.

Das war das Letzte, was ich von ihr sah, denn das Schott schloss sich und eine Roboterstimme zählte einen Countdown von zehn herunter.

Was war denn los? Wieso hat mir Josepha eine gute Reise gewünscht?

»Mist«, rief Harm, der wohl inzwischen wieder zu sich gekommen war. »Was soll das? Was hast du vor?«

Ich schaute ihn an: »Wenn ich das wüsste …«

So aufgeregt hatte ich ihn noch nie erlebt. Sein sonst so selbstbeherrschtes Auftreten war von ihm abgefallen. Das war ich nicht von ihm gewohnt.

Der Countdown war bei eins angekommen. Dann sagte die Stimme »Start!« und es war still.

Was hatte ich erwartet? Nebel, Blitz und Donner?

Aber ich war allein im Raum. Harm war verschwunden!

Zukunft? Welche Zukunft?

Gegenwart, Vergangenheit, Zukunft: alles Mumpitz. Die Zeit existiert nicht.
Martin Suter, in »Die Zeit, die Zeit«

Außer der Tatsache, dass Harm verschwunden war, obwohl ich ihn wie ein Paket mit Kabelbindern verschnürt hatte, bemerkte ich nicht, dass sich räumlich um mich herum etwas verändert hatte. Ich horchte in mich hinein. Bis auf ein leichtes Schwindelgefühl ging es mir gut. Doch ich konnte nicht weiter über meine Lage nachdenken, denn das Schott öffnete sich wieder. Ein junger Mann in Uniform stand im Eingang. Ihn flankierten zwei ebenfalls Uniformierte. Diese richteten kurzläufige Waffen auf mich, die Ähnlichkeit mit den legendären israelischen Uzis hatten, sofern ich mich richtig erinnern konnte.

»Where is Josepha?«, fragte mich der Unbewaffnete in einem Englisch mit hartem Akzent.

»Das letzte Mal habe ich sie im Kontrollraum der Kuppel gesehen«, antwortete ich wahrheitsgemäß auf Deutsch.

Mein Gegenüber konnte Deutsch. »Was für eine Kuppel?«

Sollte ich ihm die Wahrheit sagen? Er kannte Josepha und vermittelte nicht den Eindruck, dass er Spaß verstehen würde. Außerdem waren zwei Maschinenpistolen – wenn es welche waren – auf mich gerichtet.

Ich entschloss mich für die Wahrheit. »Die Temporalkuppel. Hoffmann hat Josepha in einen Kampf verwickelt. Sie hat Harm Meesters in diesen Raum gekickt und zu mir gesagt, dass ich hier bleiben soll.«

»Wo ist Meesters?«, fragte der Soldat.

»Eben war er noch da. Ich weiß nicht, warum er nicht mehr hier ist«, lautete meine ehrliche Antwort.

»Kommen Sie raus«, befahl er und an die beiden anderen Männer gerichtet: »Waffen runter!«

Er gab mir die Hand. »Ich glaube Ihnen. Sie müssen Hans-Peter Grießau sein. Nennen Sie mich Amit.«

Ich erwiderte den Gruß und sagte: »Ich bin Hans-Peter Grießau. Vorher kennen Sie mich? Woher kennen Sie Josepha und – vor allem: Wo bin ich?«

»Wo Sie sind, ist nicht so wichtig. Sie sind in einem Forschungsinstitut in Israel. Viel wichtiger wäre es für Sie zu fragen, *wann* Sie sind«, antwortete Amit.

»Wann bin ich? Ich war gerade noch im Jahr 2024. Wo sollte ich sonst sein?«, fragte ich.

»Sie sind im Jahr 2043«, sagte er mit einer solchen Selbstverständlichkeit, dass ich ihm einfach weiterhin glauben musste. Dennoch wurde mir flau im Magen, und Amit umfasste meine Arme, damit ich nicht umfallen konnte.

»Willkommen in der Zukunft!«, versuchte er mich aufzumuntern.

»Aber Zeitreisen von Menschen in die Zukunft sind doch noch nicht erprobt worden. Das haben mir alle in meiner Gegenwart bestätigt«, machte ich meiner Empörung Luft.

»Sie sind wahrscheinlich der erste Mensch, der in seine Zukunft gereist ist. Richtig. Bislang war es nach unserer Kenntnis nur einem Meerschweinchen vergönnt«, lächelte er mich an.

»Allerdings hatten wir Josepha erwartet. Sie hatte noch einen Rückfahrschein zu uns offen.«

»Dann ist das hier das Forschungszentrum, von dem Josepha gesprochen hat. Das, mit dem Sie sich auf die deutsche

Kuppel aufschalten.« Ich versuchte, Klarheit über meine Lage zu bekommen. »Und von hier ist Josepha gestartet und ihr habt hier TYROS manipuliert.«

»Sie kennen damit eine Menge unserer Staatsgeheimnisse«, sagte Amit. »Und sind damit ein Geheimnisträger ersten Ranges!«

»Warum hat Josepha mich in die Zukunft geschickt?«, fragte ich.

»Sie sah wahrscheinlich keinen anderen Ausweg«, vermutete Amit.

»Aber was noch wichtiger ist: Wo ist Harm abgeblieben?«, war meine Sorge.

»Das kann ich ebenfalls nur vermuten«, sagte Amit. »Kommen Sie erst einmal hier raus. Möchten Sie einen Tee?«

Tee war gut. Die Sortierung meiner Gedanken war noch nicht abgeschlossen, und ein Tee konnte mir dabei helfen.

Ich saß mit Amit, einigen anderen Uniformierten und Zivilisten in einem Konferenzraum und schlürfte den heißen Tee, der mit frischer Minze aromatisiert war. Einige der Anwesenden diskutierten gestenreich miteinander, andere arbeiteten stumm vor ihren Displays. Amit saß neben mir auf der Tischkante und lächelte mich an. War er ein Freund von Josepha oder etwa *der* Freund? Ach, was ging mich das an ...

Ich wollte nur zurück in meine Zeit. Dort wartete aber eine ungewisse Lage auf mich. Was war mit Harm und Hoffmann und – vor allem: was war mit Josepha?

»Wie geht es nun weiter?«, fragte ich in den Raum hinein.

Ein älterer Mann von vielleicht sechzig Jahren erhob sich. Er trug einen schon fast ganz grau gewordenen Vollbart. Die Haare waren bei ihm deutlich länger und unfrisierter als bei den Uniformierten und auch den Zivilisten. Sofort verstummten alle Gespräche im Raum. Das Display, an dem er gearbeitet hatte, erlosch.

»Ich bin Professor Doktor Philip Mendejev und leite diese Einrichtung hier. Auch ich möchte sie im Jahr 2043 willkommen heißen. Ihre Reise hierher ist keine der Optionen, die wir in Betracht gezogen haben. Josepha Visser hat den Auftrag, herauszufinden, was Harm Meesters plant. Sie sollte aber bestimmt nicht einen Zeiteingeborenen unserer Vergangenheit in die Zukunft schicken. Das ist riskant gewesen. Sehr riskant!«

Er räusperte sich und fuhr fort. »Josepha hat sich aber bestimmt dabei etwas gedacht. Wir alle hier«, er machte mit beiden Armen eine ausladende Bewegung, »kennen Josepha sehr gut. Wie geht es ihr? Hat sie bereits Ergebnisse erzielen können?«

Ich spielte mit offenen Karten und erzählte von der Liste, die Josepha in meiner Gegenwart in Harms Penthouse gefunden hatte. Mendejev fragte anfangs noch nach Einzelheiten, wurde dann aber immer stiller und schien von meinen Worten immer erschütterter zu werden.

»Wir haben es geahnt«, sagte er leise, als ich meinem Bericht beendet hatte. »Aber wir haben immer gehofft, dass es nicht wahr sein oder wahr werden würde.«

»Wer ist Harm Meesters und was will er?«, wollte ich auch endlich einmal Klarheit bekommen.

Der Professor sah mich lange an und sagte: »Ich möchte ehrlich zu Ihnen sein. Harm Meesters tauchte vor ein paar Jahren wie aus dem Nichts auf. Wir konnten nicht ermitteln, woher er kam. Er musste unwahrscheinlich viel Geld besitzen, denn er schuf in Deutschland quasi einen eigenen Staat im Staate. Er rekrutierte viele Mitarbeiter und seine Firma *zoeton* häufte Gewinne um Gewinne an. Er kaufte Firmen und baute diese um. Bei einigen zog er das Kapital ab und warf die Reste wie einen leergefressenen Kadaver wieder weg. Bei anderen Firmen nutzte er das Know-how und die Kontakte im Markt. Er begründete Quasimonopole, ohne dass die Kartellämter dies bemerkten. Sein Konzern war ein gigantisches Geflecht aus Firmen und Beteiligungen. Bald beherrschte er den deutschen Aktienindex, weil er an fast allen Firmen direkt oder indirekt beteiligt war. Dann streckte er die Finger nach Nordamerika und Asien aus. Dort hat er bereits in vielen Bereichen Fuß gefasst. Er ist schon heute wirtschaftlich wohl der mächtigste Mensch der Welt. Was er anfasst, gelingt immer. Immer! Und das machte uns stutzig.«

»Aber er hat doch, wie Josepha sagte, viel Gutes getan und Krankheiten besiegt«, warf ich ein.

»Das ist richtig. Er hat damit aber auch viel Geld verdient. Die reichen Nationen mussten viel zahlen, die armen Länder das, was sie konnten. Aber alle mussten zahlen. Und immer an ihn«, antwortete Mendejev. »Für viele ist er heute ein Wohltäter. Eine Mischung aus modernem Robin Hood und Albert Schweitzer. Doch sie sehen nur die Fassade, die er bewusst aufgebaut hat, und schauen nicht dahinter. Können dies auch nicht, weil ihnen das notwendige Wissen fehlt.«

Der Professor hielt inne und sagte dann. »Er ist gefährlich.«

»Und deswegen schickten Sie Josepha in meine Zeit!«, folgerte ich. »Aber sie kann dort doch nichts ausrichten. Alleine.«

Mendejev schaute mich an.

»Sie sollte nur Beweise sammeln. Mehr nicht.«

»Die Beweise haben Sie nun«, sagte ich.

»Aber nur aus Ihren Erzählungen. Für uns bestätigt das unsere Vermutungen. Wir glauben Ihnen. Aber gegen die Weltöffentlichkeit und die geballte Macht von Harm werden wir damit nichts ausrichten können.«

Der Professor seufzte und setzte sich wieder.

»Wir müssen Sie wieder in Ihre Zeit zurückschaffen. Josepha hatte die Raum-Zeit-Koordinaten von heute und unserem Institut hier. Deshalb konnten Sie hier ankommen. Wir haben die Koordinaten Ihres Startpunktes. Das müsste reichen, damit Sie wieder dorthin zurückkommen können. Die Zeit selbst wird uns dabei unterstützen. Denn Sie sind ein Fremdkörper hier und die Zeit wird es begrüßen, wenn Sie wieder weg sind. Wir müssen nur eine Zeitreise in der Temporalkuppel abwarten und können Sie dann huckepack in die Vergangenheit, in Ihre Gegenwart schicken. Nach unseren Informationen gibt es heute noch einen schon lange geplanten Transfer. Den nutzen wir.«

Ich verstand so langsam gar nichts mehr. Wenn bisher nur ein Meerschweinchen in die Zukunft gereist war, wie wollten die Wissenschaftler sichergehen, dass ich wieder in meine eigene Zeit zurückkam. Ich äußerte Mendejev gegenüber meine Bedenken.

»Josepha hatte die Daten bereits vorbereitet und dann in das System überspielt«, sagte der Professor.

Das war ihr Druck auf den großen Knopf gewesen, den ich als Letztes gesehen hatte.

»Mit diesen Daten und Koordinaten reisen Sie wieder zurück an den Ausgangspunkt Ihrer Zeitreise«, bestätigte der Professor.

Ich war ein wenig beruhigter, was die Chancen für eine Rückkehr in meine Zeit anging.

»Was ist aber mit Harm geschehen? Warum ist er nicht auch hier angekommen?«, fragte ich.

»Das können wir nicht einmal vermuten.« Der Professor machte eine kurze Pause. »Ich muss zugeben, ich weiß es nicht«, gestand Mendejev, was für einen gestandenen Wissenschaftler schon eine ernst zu nehmende Aussage war.

Eines hatte ich noch auf den Herzen, bevor es wieder in meine Zeit zurückging. »Darf ich einen Blick nach draußen werfen. Ich würde es mir nie verzeihen, es zumindest gefragt zu haben.«

Ich würde mir wirklich mein weiteres Leben lang schwere Vorwürfe machen, wenn ich es nicht versucht hätte. Wie sah die Zukunft aus? Wer wollte das nicht wissen?

Mendejev überlegte kurz und sah seine Mitarbeiter an. Keiner schien Bedenken äußern zu wollen.

So wandte sich der Professor wieder mir zu. »Einen Blick dürfen Sie wagen, mehr aber nicht! Amit wird sie begleiten.«

Josepha und Amit

Liebe kennt keine Grenzen – auch nicht
die der Zeit.

Unbekannt

Amit und ich saßen später in der Kantine des Instituts und tranken wieder Tee. Er war einfach fantastisch in der Kombination. Der starke Tee mit der frischen Minze. Wir waren allein in dem großen Raum. Kein weiterer Tisch war besetzt. Es gab keine Servicekräfte – Amit schien aber in Übung zu sein, was die Zubereitung des Tees am Automaten betraf.

Ich hatte ihn gefragt, wie er in Beziehung zu Josepha stehe. Daraufhin schaute er mich mit seinen dunklen Augen an, die ein wenig zu glänzen begannen.

Er erzählte mir, wie er Josepha zum ersten Mal vor fast acht Jahren getroffen hatte. Beide waren beim israelischen Militär und nahmen in einem Ausbildungscamp mitten in der Wüste an einem Nahkampftraining teil. Die Tage waren hart und vollgestopft mit theoretischen Unterrichtseinheiten und praktischen Trainings. Amit hatte Josepha sofort ins Herz geschlossen, doch es war schwierig, persönlichen Kontakt zu ihr zu bekommen.

So versuchte er, während der Unterrichtseinheiten möglichst neben ihr zu sitzen. Immer, wenn ihm dies gelungen war, konnte er dem Unterricht nicht mehr folgen. Schon ihr Parfüm brachte ihn um den Verstand. Sie war zwar schon mehrfach von den Ausbildern aufgefordert worden, keines mehr zu benutzen, doch das war ihr kleiner täglicher Ungehorsam, der sie für Amit noch interessanter machte.

Während einer praktischen Übungseinheit kam es dann fast zu einem folgenschweren Unfall.

Das israelische Militär hatte den Kampfsport Krav Maga in der Zukunft immer weiter für seine Soldaten perfektioniert. Der Ausbilder forderte während einer Übungsstunde Josepha als Sparringspartnerin für einen Zweikampf auf. Sie war die Beste im Kurs und beherrschte mehr Techniken als alle anderen. Sie sollte ihn angreifen. Der Ausbilder wehrte den Angriff ab und startete einen Konter. Josepha parierte diesen und warf den überraschten Mann wie nichts durch den Raum. Dabei hatte sie übersehen, dass Amit mit den anderen Soldaten am Rand der Trainingsfläche stand. Der Ausbilder flog in hohem Bogen auf ihn zu und er wurde schwer von dessen Ellenbogen im Gesicht getroffen. Amit ging sofort zu Boden. Der Ausbilder stand schnell wieder auf und schickte Amit, der sich ebenfalls wieder berappelt hatte, gleich auf die Krankenstation.

Josepha tat dieser Zwischenfall unheimlich leid. Am Ende des Tages besuchte sie Amit in seinem Zelt. Die anderen Soldaten, mit denen er sich die Unterkunft teilte, waren ins campeigene Kino gegangen und Amit war alleine. Er lag auf seiner Pritsche und erholte sich vom liebevollen Gespött der Kameraden, denen seine versuchten Avancen für Josepha nicht entgangen waren. Er wusste nicht, was mehr schmerzte: sein Gesicht oder die Schadenfreude der anderen Soldaten.

Josepha öffnete den Zelteingang und fragte: »Darf ich reinkommen?«

Amit nickte kurz.

»Ich möchte mich bei dir entschuldigen«, begann Josepha. »Ich kann meine Kräfte manchmal noch nicht exakt koordinieren.« Sie warf Amit eine Dose eisgekühlte Cola zu. »Die kannst du entweder trinken oder dir auf die Schwellung halten.«

Josepha setzte sich an die Pritsche und öffnete ihre Cola. »Tut mir wirklich leid. Tut es schlimm weh?«

Doch jetzt, als sie hier neben ihm saß, ging es Amit schon viel besser.

Sie plauderten, bis die lärmende Horde der zurückkehrenden Kameraden Josepha aus dem Zelt vertrieb. Vorher drohte sie noch jedem eine Tracht Prügel an, der es wagen sollte, Amit wegen seiner Verletzung zu verspotten.

Der Lehrgang war für beide ein paar Tage später zu Ende. Während dieser letzten Zeit hatten sie sich bemüht, nur dienstliche Kontakte zu haben. Sie wollten keinen Ärger mit den Ausbildern bekommen. Der Abschied war kurz. Sie wollten aber in Kontakt bleiben.

Wenige Wochen später wurden sie ein Paar, was trotz der fast hundert Kilometer Entfernung ihrer Wohnorte kein Problem darstellte. Sie hatten ein gemeinsames Leben und jeder ein eigenes. Josepha begann Informatik zu studieren, während Amit sich der Physik widmete.

»Hat Josepha Ihnen gesagt, woher sie kommt?«, fragte mich Amit beim dritten Tee.

»Ihre Eltern kommen aus Südafrika, sie selbst wäre aber in Israel geboren.«

»Wissen Sie, wer oder was Ihre Eltern waren? Das hat sie mir nicht erzählt«, unterbrach ich ihn.

»Ihre Eltern waren in ihrem Heimatland angesehene Wissenschaftler und haben sich mit Genforschung beschäftigt.

Sie wollten das menschliche Genom verbessern. Schließlich kamen sie in ihrem Heimatland nicht mehr voran, wurden zum Teil extrem angefeindet und siedelten nach Israel über, wo sie bessere Möglichkeiten sahen. Kurz nach der Geburt von Josepha sind ihre Eltern bei einem Anschlag ums Leben gekommen und sie ist in einer Pflegefamilie aufgewachsen.«

Amit stockte kurz und ich nahm einen Schluck Tee, um den Moment zu überbrücken. »Josepha ist schnell und stark. So schnell und so stark wird man nicht allein durch Training.«

Und sie hat mentale Kräfte, die nur wenig andere Menschen haben, ergänzte ich still.

»Josepha vermutet, dass ihr Erbgut durch ihre Eltern optimiert worden ist.«

Ich hatte gesehen, wie schnell Josepha die beiden Männer von Hoffmann überwältigt hatte.

»Warum erzählen Sie mir das?«, fragte ich.

»Das war bisher ein Geheimnis zwischen Josepha und mir. Keiner weiß es sonst. Doch ich denke, dass es gut ist, wenn Sie davon wissen.«

Eine Frage hatte ich noch. »Josepha hat gesagt, dass ich eine bekannte Persönlichkeit in dieser Zeit wäre. Was habe ich denn gemacht oder besser: Was mache ich?«

»Wollen Sie das wirklich wissen?«, fragte Amit.

Ja, das wollte ich!

»Gut. Ich zeige Ihnen ein Video auf meinem Pad.«

Er zog ein kleines Gerät aus der Tasche und ein virtuelles Display entfaltete sich. Er suchte kurz, dann startete der Filmausschnitt. Die brillanten Farben und der 3-D-Effekt waren wieder einmal verblüffend für mich. Doch mich überraschte noch mehr, was ich zu sehen bekam.

Mich selbst!

Ich hielt im Film vor dem Schriftzug *zoeton* eine kurze Rede, in der ich darstellte, dass die Rechte an einem Medikament von der Firma *zoeton* für die allgemeine Nutzung, also auch für die Produktion von Generika, weltweit freigegeben seien.

»Sie sind der langjährige Sprecher der Firma *zoeton* und damit das Sprachrohr von Harm Meesters. Fast jedes Kind kennt Sie.«

Ich war erschüttert. »Von wann ist die Aufnahme?«

»Aus diesem Monat«, antwortete Amit.

Mein Ich in dieser Zeit musste seinen siebzigsten Geburtstag bereits gefeiert haben, doch auf dem Video sah ich nicht viel älter aus jetzt. Wie war das möglich?

»Ich sehe im Film nicht aus wie siebzig«, sagte ich zu Amit.

»Die Firma *zoeton* hat auch Patente auf das Aufhalten des Zellverfalls und der Zellregeneration. Vielleicht ist das die Antwort?«

Würde ich so etwas mit mir tun lassen, wenn ich die Möglichkeit geboten bekäme? Ich konnte mir diese Frage nicht beantworten und wechselte das Thema.

»Was ist Harm für ein Mensch?«, fragte ich ihn.

»Ich würde ihn als Machtmenschen bezeichnen. Nach außen kehrt er immer den Wohltäter hervor. Wir wissen aber, dass er mit seinen Projekten Politik macht. Sein Geld ist sein Machtmittel. Er soll in einem Land ein Trinkwasserprojekt nicht finanziert haben, weil die Regierung ihm gewisse Privilegien nicht gewähren wollte. Also ließ er die Brunnen im Nachbarland bohren und bekam, was er wollte. Er handelt mit allem, was Geld bringt. Die Verflechtungen seiner Konzerne sind unentwirrbar. Er scheint überall seine Finger im Spiel zu haben.«

Das klang so gar nicht wie der Harm, den ich in meiner Zeit zu kennen geglaubt habe. Doch ich konnte mir immer mehr vorstellen, dass hinter der Fassade des Ehrenmanns ein knallharter Wirtschaftsmogul mit dem Willen zur absoluten Macht stecken konnte.

Bevor wir das Gespräch fortführen konnten, wurde die Tür von außen geöffnet und ein Uniformierter schaute in die Kantine. »Es ist soweit. Sie sollen bitte nach oben kommen.«

Ich hätte gerne noch weitere Details erfahren, doch vielleicht war es für meinen Seelenfrieden besser, nicht noch mehr zu wissen.

Rückkehr

Time to go!

Pink Floyd, »The Wall«

Im Kontrollraum hatten sich viele Menschen versammelt, um mir eine gute Heimreise zu wünschen. Von einem Pult kam die Ansage: »Die Deutschen fahren ihre Reaktoren hoch. Das bedeutet: zehn Minuten bis zum Start.«

Amit und der Professor standen neben mir. Wie um mir ihr Vertrauen zu beweisen, dass bei meiner Rückreise alles gut verlaufen würde. Der Professor schien nachdenklich zu sein, während Amit eine gut gelaunte Zuversichtlichkeit ausstrahlte.

»Ich muss einmal mit Ihnen unter vier Augen sprechen«, sagte Mendejev zu mir. »Kommen Sie bitte kurz mit mir nach hinten.«

Was war so wichtig, dass es noch so knapp vor dem Start gesagt werden musste?

Ich folgte dem Professor. Er legte seinen Arm um mich und wir wandten den Anwesenden den Rücken zu.

»Ich muss Sie etwas fragen«, begann er. »Und Sie müssen ehrlich zu mir sein. Ganz ehrlich! Hat Josepha Ihnen etwas zum Abschied gesagt?«

»Sie sagte *Gute Reise* zu mir«, antwortete ich. Das konnte aber doch keine Bedeutung haben. »Dann noch: ›Grüß den Professor von mir und hör auf ihn‹«, fuhr ich fort. »Meinte sie damit Sie?«

»Ich glaube schon«, kam die Antwort. »Doch was meinte sie damit? Hat sie Ihnen vorher noch etwas gegeben?«

»Ja«, antwortete ich wahrheitsgemäß. »Einen Puck.«

»Das wird es sein.«

Der Professor schien eine Ewigkeit zu überlegen. »Ich glaube, ich weiß jetzt, was sie wollte.« Mehr zu sich sagte er leise: »Ist das die einzige Lösung? Sie ist so endgültig!«

Ich verstand nicht, was er damit meinte und schaute ihn fragend an.

Er blickte tief in meine Augen und sagte: »Sie tragen das Schicksal der Menschheit in Ihren Händen. Das ist eine schwere Bürde. Ich weiß nicht, ob Sie sich dessen bewusst sind.« Noch einmal hielt er inne. »Sie müssen den Puck einsetzen. Hier und heute. Gleich. Sie dürfen nicht unsicher sein, sondern festen Glaubens.«

Ich verstand nun überhaupt gar nichts mehr. Was sollte ich machen?

Die Umarmung des Professors wurde stärker, fast erdrückte er mich. »Josepha hat Ihnen die Scheibe gegeben. Sie müssen sie bei Ihrer Rückreise aktivieren. Können sie das?«

Ich war immer noch verwirrt und sagte: »Damit zerstöre ich aber ...«

Mendejev unterbrach mich. »Sie müssen die Scheibe aktivieren. Können Sie das?«, fragte er nun fast inbrünstig.

»Aber ...«, begann ich und wieder unterbrach er mich.

»Können Sie das?«

»Ja«, stammelte ich.

»Dann wird alles gut«, sagte er zufrieden. »Ich verlasse mich auf Sie.«

Wusste er wirklich, was er von mir verlangte? Kannte er die Bombe, die Josepha mir gegeben hatte und deren Auswirkungen?

»Haben Sie keine Angst. Es ist das einzig Richtige«, beruhigte er mich. »Tun Sie, was Josepha Ihnen aufgetragen hat.«

Er zog mich wieder in den Kreis der anderen zurück und sagte: »Wir dürfen keine Zeit verlieren. Bringt ihn in das Terminal.«

Amit geleitete mich in den Raum, in dem ich in dieser Zeit angekommen war, und gab mir die Hand. Sein Händedruck war fest, als er sagte: »Gute Reise.«

Das hatte mir auch Josepha gewünscht. Wie mochte es ihr wohl in der Zwischenzeit ergangen sein?

»Wir haben die Rückkehr auf einen Zeitpunkt kurz nach Ihrem Start eingestellt«, sagte er und verließ das Zeitreiseterminal.

Die Tore schlossen sich hinter ihm.

Jemand zählte einen Countdown herunter. Und bei *null* bemerkte ich ...

Nichts.

Zuhause?

Unser wahres Zuhause ist der gegenwärtige Augenblick.

Thich Nhat Hanh

Das Schott öffnete sich nicht automatisch. Ich schaute mich um. An der Wand gab es eine durchsichtige Klappe, die einen Hebel vor der unbeabsichtigten Betätigung schützen sollte. Die Aufschrift besagte, dass dies der Hebel für das notfallmäßige Öffnen der Tore sein.

Ich öffnete also den Deckel und zog am Hebel. Die Türflügel schoben sich zur Seite. Ein Mann stand mit mir zugekehrtem Rücken vor dem Schott.

Das musste Hoffmann sein!

Ohne lange zu überlegen, verschränkte ich die Finger beider Hände ineinander, holte aus und versetzte ihm einen Schlag mit aller Kraft, die ich aufbringen konnte, auf den Kopf. Mit einem Ächzen brach er zusammen. Meine Hände schmerzten.

Josepha blickte mich an und sagte: »Prima Schlag! Willkommen in deiner Zeit.«

»Wie lange war ich weg?«, fragte ich sie.

»Hier nur ein paar Sekunden, vielleicht eine halbe Minute.«

Sie schaute mir tief in die Augen. »Hast du die Scheibe aktivieren können?«

Ich nickte.

»Das ist gut. Aber wir sollten sehen, dass wir hier schleunigst verschwinden«, sagte sie und griff meine Hand. Sie zog mich aus dem Terminal und sprintete los. Ich hatte Mühe, ihr zu folgen.

»Wie nehmen den Fahrstuhl. Das schaffen wir gerade noch! Der müsste oben sein«, rief sie mir zu. Und wirklich. Der Fahrstuhl wartete mit offenen Türen auf uns.

Josepha drückte die Taste für das Erdgeschoss. Dort angekommen verließen wir schnell den Lift und waren kurze Zeit später vor der Kuppel. Wir hasteten den Weg zurück zum Auto.

Hinter uns begann die Umgebung der Temporalkuppel, merkwürdig zu leuchten. Als ich kurz stehen bleiben wollte, fasste mich Josepha am Ärmel meiner Jacke und zog mich unerbittlich weiter. Ich hatte keine Chance, mich zu wehren.

Auf der Fahrt zu mir nach Hause wechselten wir zunächst kein Wort. Josepha starrte vor sich hin und ich traute mich nicht, ein Gespräch zu beginnen. Sie sah aus, als wenn sie einen schweren Verlust zu verkraften hatte. Wie schwerwiegend und von welcher Tragweite, begriff ich erst später.

Als wir auf halber Strecke nach Oldenburg waren, gab ein Gerät von Josepha ein aufgeregtes Piepsen von sich.

Sie fuhr zusammen und rief: »Fahr rechts ran. Schnell!«

Ungefähr zweihundert Meter vor uns gab es eine Bushaltestelle mit einer Einbuchtung. Ich bremste, fuhr hinein und stellte den Motor ab.

»Was ist?«, fragte ich nicht sonderlich intelligent.

Bevor sie antworten konnte, sah ich im Rückspiegel einen rötlichen Schein, der wie eine Art Sturmfront aussah. Diese Front musste sich mit sehr hoher Geschwindigkeit auf uns zu bewegen, denn im nächsten Augenblick erreichte sie uns.

Aber es konnte kein Unwetter sein, denn das Auto bewegte sich nicht. Ich selbst fühlte mich wie auf links gedreht. So hatte ich mich während meiner Studentenzeit nach langen Nächten mit viel Alkohol am nächsten Morgen gefühlt. Vor dem ersten Kaffee und der ersten Kopfschmerztablette. Ich hatte das Gefühl, dass die Welt für einen Augenblick eingefroren zu sein schien. Doch dann war dieser Moment schon vorbei und das Schwindelgefühl ließ nach.

»Was war das?«, fragte ich immer noch nicht intelligenter. »War das ein elektromagnetischer Impuls?«

»Dann würde hier nichts mehr funktionieren und blinken«, antwortete Josepha. »Ein EMP kann es nicht gewesen sein. Eines meiner Geräte hatte kurz vorher ein Ansteigen von irgendwelchen temporalen Aktivitäten innerhalb der Aufrisslinie angemessen. Nun ist alles wieder im grünen Bereich.«

Ich hatte nicht gewusst, dass es solche Messgeräte überhaupt gab, musste ihr aber glauben. Doch was hatte diese Aktivitäten hervorgerufen?

Josepha fuhr fort: »Ein großes Ereignis muss diese Front ausgelöst haben. Aber welche Folgen das haben wird, kann ich nicht abschätzen.«

»Dreh um! Wir müssen zurück«, forderte mich Josepha auf.

Ohne groß nachzudenken, wendete ich den Wagen und wir fuhren zurück. Ich wollte wieder vorne an der Straße parken, doch Josepha verlangte, dass wir bis zur Kuppel fahren sollten.

Wenn sie noch dort gewesen wäre –

»Sie ist weg. Verschwunden.« Josepha brach zuerst unser Schweigen.

»Wieso sollte sie weg sein?«

Ich konnte nicht fassen, was ich sah beziehungsweise nicht sah.

»Die Zeit hat alles wieder gerade gezogen. Das war die Welle vorhin. Es ist kein Platz mehr vorhanden für eine Zeitmaschine in dieser Zeit. Wahrscheinlich in keiner Zeit.«

Ich erfasste die Tragweite ihrer Worte. »Damit sitzt du hier fest!«

»Genau. Ich komme nicht mehr in meine Zeit zurück. Lass uns zu euch nach Hause fahren und ich hoffe, du hast einen doppelten Cognac für mich.«

Sabine und Alf freuten sich aufrichtig, uns gesund und munter wieder zu sehen. Sabine wollte genau wissen, was geschehen war und stellte tausend Fragen. Ich konnte keine sinnvollen Antworten geben, denn ich hatte immer noch nicht alles wirklich verstanden.

Sabine erfasste schnell, dass etwas von großer Tragweite geschehen war, und sah mich an.

Ich sagte: »Die Temporalkuppel ist weg. Josepha ist in unserer Zeit gestrandet!«

Analyse

Die Zeit heilt alle Wunden.

Sprichwort

Josepha hatte die ganze Zeit gewusst, dass sie nicht mehr zurückkehren würde. Doch etwas zu wissen, das noch nicht geschehen war, oder damit zu leben, wenn es sich ereignet hatte, waren doch grundverschiedene Dinge.

Mit dem Einbruch in die Kuppel begann das Ende der Möglichkeit, durch die Zeit zu reisen. Josepha hatte bewusst diese Option gewählt, um gegen die Machenschaften von Harm Meesters anzukämpfen.

Harm hatte versucht, die Zeit zu seinen Gunsten zu manipulieren, um damit Macht und Einfluss zu bekommen. Er hatte seine genetisch optimierten Mitarbeiter durch die Zeit geschickt, um Weichen zu stellen, damit alles zu seinen Gunsten verlief. Er hat Menschen umbringen lassen und andere Menschen beschützt.

Und ich war in der Zukunft sein Pressesprecher! Jedes Mal, wenn ich daran dachte, durchlief mich ein Schauer.

Josepha hatte alles von langer Hand geplant und auch eine Zeitreise vorbereitet. Meine Zeitreise in die Zukunft. Was noch nie mit Menschen gewagt worden war, hatte sie mit mir durchgeführt. Ich müsste eigentlich böse auf sie sein, weil sie mich in Gefahr gebracht hatte. Doch das konnte ich nicht. Hätte sie mir vorher verraten, was sie plante, so wüsste ich heute nicht, wie ich mich damals entschieden hätte.

Eine Reise in die Zukunft! Im Nachhinein eine Chance, die noch nie ein Mensch gehabt hatte, und wie Josepha meinte, nie wieder haben würde.

Was hatte sie mir gesagt? »Du bist der erste und einzige Mensch, der in die Zukunft reisen kann.«

Sie hatte gewusst, dass Harm von einer Reise aus der Vergangenheit zurückkommen würde. Und sie kannte den genauen Zeitpunkt. Deswegen waren auch die Männer von Hoffmann und er selbst in das Kontrollzentrum des Penthouse gekommen. Ein Alarm war es nicht gewesen, der sie bewogen hatte, in den Kontrollraum zu kommen, sondern die Routine der Rückkehr. Josepha klärte mich auf, dass Harm eigenhändig einen Auftrag ausgeführt hat. Dies ging aus der Liste der durchgeführten und geplanten Einsätze hervor, die Josepha in den Speichern gefunden hatte. 1987 wurde ein Anschlag von RAF-nahen Sympathisanten gegen den amtierenden Bundeskanzler Helmut Kohl vorbereitet. Dieses Attentat hatte Harm verhindert. Die Bomben waren im Versteck der Attentäter zusammen mit ihnen hochgegangen. Harm hatte Helmut Kohl als »Kanzler der Wiedervereinigung« benötigt. Von diesem Einsatz war Harm in dem Moment zurückgekehrt, in dem Hoffmann durch das Schott gekommen war. Man wollte sich wohl besprechen oder weitere Aktionen planen.

Josepha hatte mich dann gemeinsam mit Harm in die Zukunft geschickt, und zwar weiter als den Zeitpunkt, von dem er gekommen war. Als räumliches Ziel hatte sie die israelische Einrichtung eingestellt. Harms Boje, die gerade aus der Vergangenheit mit zurückgekommen war, wurde von Josepha auf mich umprogrammiert. Harm hatte sie dabei nicht berücksichtigt. Auf dem Weg zu den Raum-Zeit-Koordinaten der Zukunft ist Harm dann verloren gegangen. Er war sicher nicht in der Temporalkuppel des Jahres 2043 angekommen, denn sonst hätte er sofort reagiert. Stattdessen wurde dort das Standardprogramm weiter durchgeführt, denn zusammen mit dem nächsten planmäßigen Sprung wurde ich wieder in meine Zeit geschickt.

Kurz vor dem Transfer hatte ich die EMP-Bombe, die ich von Josepha bekommen und um deren Einsatz mich Professor Mendejev so inbrünstig gebeten hatte, im Kontrollraum zurückgelassen. Bei diesem Transfer zündete die kleine Scheibe. Zwischen der israelischen Einrichtung und der Temporalkuppel kam es zu einer Interaktion, vielleicht einer Art »temporaler Rückkopplung«.

Josepha vermutete, dass die Kuppel in der Zukunft durch den unerwarteten Energiestoß aus der israelischen Einrichtung beschädigt wurde oder sogar verschwand, was zur Folge hatte, dass Harm nicht in die Vergangenheit – unsere Gegenwart – reisen und damit die Kuppel nicht bauen konnte und sie somit auch in der Zukunft nicht existierte, weshalb er auch nicht in die Vergangenheit reisen konnte ...

Harm war durch seine vielen Zeitreisen in unsere Gegenwart und von dort aus in die Vergangenheit so in die Zeitlinien verstrickt gewesen, dass die Zeit ihn wohl als Störenfried einfach eliminiert hatte. Wie einen schädlichen Eindringling in einen lebenden Organismus. Aber das konnte nur eine Vermutung sein. Als beweisbare Tatsache blieb aber, dass er verschwunden blieb.

Was war aber mit all den anderen Zeitreisenden und Temporalforschern geschehen?

Ich wollte Professor Petrovitsch an der Universität Oldenburg besuchen und seine Meinung dazu erfahren. Dort angekommen musste ich erstaunt feststellen, dass es die Fakultät und den Lehrstuhl nicht gab und auch nie gegeben hatte. Wie ich vom Sekretariat der Universitätsleitung erfahren konnte, hatte er einmal eine Gastvorlesung gegeben, die aber schlecht besucht und von anderen Professoren nur milde belächelt worden war. Ein Professor der Physik, der zufällig anwesend war, meinte zu mir nur, dass Petrovitsch ein verschrobener Kauz mit wirren Ideen zum Thema wäre. In Frankreich genösse er wohl einige Aufmerksamkeit, aber eher durch seinen ausschweifenden Lebenswandel denn durch wissenschaftliche Erfolge. Als ich nach der Petrovitsch-Raum-Zeit-Relation fragte, war ihm diese nicht bekannt. Die Sekretärin hatte inzwischen die Kontaktdaten von Petrovitsch ermittelt und kurze Zeit später schrieb ich ihm in einer Mail, dass ich bei der Vorlesung dabei gewesen wäre und seine Ideen sehr bemerkenswert finden würde. Ich fragte ihn, ob er bereit wäre, ein paar Fragen zu beantworten. Zum Schluss ließ ich noch Charles Chevalier grüßen.

Kurze Zeit später kam die Antwort. Er erinnerte sich nur ungern an seinen damaligen Aufenthalt in Deutschland, denn man hätte ihn die ganze Zeit ob seiner Ideen nur verhöhnt. Die Welt wäre einfach noch nicht bereit für seine Theorien. Einen Charles Chevalier würde er übrigens nicht kennen.

War Charles Chevalier wirklich in die Vergangenheit gereist und hatte dort eine Familie gegründet? Oder war ich einem Schwindel zum Opfer gefallen? Den Mann von Husbäke gab es allerdings noch im Museum, wovon ich mich mit eigenen Augen überzeugen konnte. Er ruhte noch immer schön gruselig anzuschauen in der Nische im großen Moormodell.

Meine weiteren Nachforschungen ergaben, dass kein Mensch die Temporalkuppel kannte. Es gab keine Zeitungs- oder Filmberichte, nichts. Auch im Archiv des Oldenburger Lokalsenders waren keine Filmaufnahmen zu finden.

Die Zeit hatte wirklich gründlich aufgeräumt und reinen Tisch gemacht.

Seltsamerweise waren nur Sabine, Josepha und ich davon nicht betroffen. Selbst Gisela Halbstedt konnte sich an nichts *Temporales* mehr erinnern. Der Begriff »T-Mandant« sagte ihr nichts. Für sie war ich ein einfacher Rechtsanwalt und Notar.

Bei Josepha konnte ich es nachvollziehen, dass sie noch alles wusste. Allerdings war seltsam, dass sie in unserer Zeit verblieben war. Denn ohne Temporalkuppel hätte sie doch nicht in die Vergangenheit reisen können. Dass Sabine und ich auch noch alles wussten, blieb ebenfalls ein Rätsel, über das ich mir laut Josepha keine Gedanken machen sollte. Vielleicht wären wir eine Art Mahnung oder schlechtes Gewissen der Zeit. Ich forschte immer mal wieder in meinem Gedächtnis nach, aber ich konnte mich jetzt noch an jede Einzelheit erinnern.

Mit der Zeit fand ich mich damit ab, dass das Kapitel Temporalkuppel nur in unseren Erinnerungen real war, aber nicht für unsere Umwelt. Was hatte ich nur in dieser Welt – oder sollte ich sagen *Realität?* – während der Zeitphasen gemacht, in denen ich in der Kuppel gearbeitet hatte? Dies war für mich eine wichtige Frage, die ich ad hoc nicht beantworten konnte.

Josephas Eltern interessierten mich ebenfalls. Amit hatte gesagt, dass diese einige Jahre nach dem Umzug von Südafrika nach Israel durch einen Anschlag ums Leben gekommen waren. Das ließ mir keine Ruhe. Ich rechnete: Josepha kam aus dem Jahr 2043 und war im Alter von 28 Jahren durch die Zeit gereist. Dies bedeutete, dass sie 2015 geboren war. Und zwar in Israel. Also waren ihre Eltern zu der Zeit schon umgezogen.

Ich recherchierte also im Netz nach Dokumenten aus Israel vor 2015 und entdeckte ein Video aus dem Jahr 2014. Das Ehepaar Visser war zu einer Podiumsdiskussion vom israelischen Fernsehen eingeladen worden, da ihr Wissensgebiet auf öffentliches, wenn auch durchaus kontroverses Interesse stieß.

Die Vissers machten einen äußerst dynamischen Eindruck, waren beide um die dreißig und sahen richtig gut aus. Ein wahres Traumpaar!

Genmanipulationen wären ein zweischneidiges Schwert, begann der Moderator seine Anmoderation. Er befragte sie dann nach ihrem Forschungsgebiet. Die Vissers antworteten abwechselnd, ohne lange überlegen zu müssen, und wussten selbst komplexe Sachverhalte sehr verständlich zu erläutern.

Schnell kam man auf das Thema Ethik zu sprechen. Die Vissers vertraten den Standpunkt, dass ihre Forschung nur positive Effekte für die Menschen hätte. Weniger Krankheiten, bessere Gesundheit, längeres Leben und besondere Fähigkeiten.

Die Vissers schienen in ihrem jungen Alter sehr medienerfahren zu sein und ließen sich von den Fragen des Interviewers nicht in die Ecke drängen. Im Gegenteil, sie bestimmten schnell die Richtung, in der das Gespräch verlief. Sie äußerten auch keine Bedenken, als das Thema »Versuche am Menschen« aufkam. Die Forschung wäre soweit und auch die Menschheit wäre bereit, den nächsten Schritt zu gehen. Auf die direkte Frage, ob sie schon Selbstversuche durchgeführt hätten, bejahten dies beide wie aus einem Mund. Der Moderator schien empört, denn Frau Doktor Visser hätte doch im Vorgespräch gestanden, dass sie schwanger sei. Wäre das nicht zu gefährlich für das ungeborene Kind?

Im Gegenteil, so die Antwort, die positiven Effekte würden sich mit hoher Wahrscheinlichkeit auf das Ungeborene vererben.

Hier machte der Moderator einen Break, denn die Sendung schien auch Unterhaltungswert beweisen zu wollen und er verlangte einen praktischen Beweis ihrer »besonderen« Fähigkeiten.

War das vorher abgesprochen worden? Es schien so, denn Herr Visser ließ sich einen Eimer mit gelben Tennisbällen bringen. Er stand auf und schaute in das anwesende Livepublikum. Wer denn gut werfen könnte, fragte er.

Eine Reihe der Zuschauer meldeten sich, die er nach vorne bat. Es standen dann zehn Menschen dort, an die er je zwei der Tennisbälle verteilte. Er erklärte kurz, was er von den Anwesenden verlangte. Sie sollten alle gleichzeitig zuerst je einen Ball auf den Moderator werfen. Und der sollte so viele wie möglich fangen. Dann würde er versuchen, vom zweiten geworfenen Ball vielleicht auch einen oder zwei zu fangen.

Der Moderator stellte sich in Position. Von einem Helfer bekam er eine Polizeiweste und einen Helm mit Visier angelegt. Damit keine wichtigen Teile getroffen würden, stand er hinter einer hüfthohen durchsichtigen Wand. Auf »drei« warfen die Zuschauer ihre Tennisbälle und er konnte tatsächlich einen auffangen und in den dafür vorgesehenen Behälter ablegen. Es gab verhaltenen Applaus und der Moderator lächelte in die Kamera.

Visser verzichtete auf Weste und Helm. Er stellte sich neben die Schutzscheibe. Wieder auf drei warfen die Gäste ihre Bälle. Das Ergebnis war verblüffend: Sieben Bälle lagen im Behälter und zwei Bälle hatte Visser in der Hand. Es war kurzzeitig ganz still im Studio und dann brandete Applaus auf.

Die Regie spielte eine Zeitlupe ein. Tatsächlich hatte Josephas Vater mit beiden Händen blitzschnell die Bälle aus der Luft gefischt. Ein Ball war so ungezielt geworfen worden, dass er ihn beim besten Willen nicht hatte bekommen können.

Es war verblüffend.

Der Gastgeber geleitete Herrn Visser wieder in die Sitzecke. Das wäre eine schöne Demonstration der Fähigkeiten gewesen.

Dann gab es noch ein wenig Small Talk und der Moderator bedankte sich bei den Vissers und verabschiedete sich vom Publikum.

Ich suchte weiter und fand Hinweise zum Attentat auf die beiden Wissenschaftler. Beim Betreten ihres Labors war eine Bombe detoniert und hatte beide sofort getötet. Interessant fand ich dann aber doch, dass die Kriminalpolizei berichtete, die Labors wären durchwühlt worden und Gerätschaften, Proben und Unterlagen schienen zu fehlen. Jemand hatte das Geheimnis ihrer Forschungen wohl gestohlen. Ein politischer oder religiöser Hintergrund konnte nicht ausgeschlossen werden.

Waren das Harm oder seine Leute gewesen und waren sie so in den Besitz der genetischen Forschungsergebnisse für *zoeton* gekommen? Das war eine Vermutung, aber meine Erfahrungen sprachen dafür.

Das brachte mich wieder zu der Frage, wo Harm jetzt war. Lebte er noch?

Josepha suchte nach ihm. Wann und wo war er geboren? Wo hatte er gelebt?

Erster Anhaltspunkt musste doch der Harm Meesters sein, der 2014 mit der älteren Ausgabe seiner selbst bei mir in der Kanzlei gewesen war. Er war am sechsten Januar 1994 in einem kleinen Ort in Ostfriesland geboren worden. Daran erinnerte ich mich noch. Wir hatten ja auch Harms Geburtstag gefeiert. Die Geburtstage des älteren Harms. Wie ich mich weiter erinnerte, hatte er zur damaligen Zeit gerade ein Studium in Oldenburg begonnen. Einmal hatte er auch von seiner Heimat in Ostfriesland erzählt. Dabei fragte ich mich zum ersten Mal, was mit dem jüngeren Harm während des Aufenthaltes des älteren Harm geschehen war. Gab es ihn ab 2014 zweimal? Eine interessante Frage, auf die es keine Antwort gab. Ich hatte nach dem Beurkundungstermin die jüngere Ausgabe von Harm nicht mehr gesehen ...

Doch von solchen Fragen ließ sich Josepha nicht beirren. Sie teilte mir mit, dass es diesen Studenten in keiner Datenbank der Universität gab. Er hatte sich nach diesem Stand der Dinge nicht einmal dort beworben. Diese Spur führte also ins Leere.

Doch sie blieb hartnäckig!

Und so stand Josepha eines Tages am Nachmittag vor meiner Haustür. »Komm mit. Ich muss dir etwas zeigen. Vergiss deine Autoschlüssel nicht«, sagte sie so, dass eine Widerrede zwecklos war.

Ich nahm meine Jacke und die Schlüssel. Sabine schrieb ich schnell noch eine Nachricht, dass ich einen kleinen Ausflug mit Josepha machte. Einigen Bekannten kam die gemeinsame Freundschaft von Sabine und mir zu Josepha bisweilen schon suspekt vor. Doch Sabine und ich vertrauten uns vollkommen und Josepha war nur eine gemeinsame beste Freundin, die zusammen mit uns einiges durchgemacht hatte.

»Wo geht's hin?«, fragte ich, als ich das Auto aufschloss.

»Nach Ostfriesland!«, kam die kurze Antwort zurück.

»Du programmierst das Navi und ich fahre schon mal los«, sagte ich zu Josepha. »Was hast du gefunden und was willst du mir zeigen?«

»Es geht um Harm Meesters. Ich habe ihn gefunden.«

Josepha sagte dies ganz beiläufig, doch ich war wie elektrisiert.

»Du hast ihn tatsächlich gefunden. Wo?«, wollte ich das bestätigt wissen.

»In Pewsum. Und du wirst überrascht sein.«

Nach knapp einer Stunde Fahrzeit erreichten wir den kleinen Ort in der Krummhörn nahe der Stadt Emden. Hier schien sich in den letzten Jahrzehnten nicht viel verändert zu haben. Alte Häuser bildeten einen beschaulichen kleinen Ortskern. Der Einfluss des Tourismus', der von der ostfriesischen Küste ins Binnenland geschwappt war, war allerdings unverkennbar. Es gab viele Vermieter von Ferienwohnungen, wie die Schilder an der Straße zeigten. Dennoch hatte sich der Ort seinen eigenen Charakter bewahren können.

Josephas Einstellungen im Navi führten uns zum Friedhof. Hier hatten wir unser Ziel erreicht.

Ich parkte den Wagen und wir stiegen beide aus. Durch ein großes gusseisernes Tor gelangten wir auf den Friedhof. Josepha aktivierte ihr Webpad und sagte: »Wir suchen Reihe 15, Grab 12.«

Harm lag also auf dem Friedhof hier? Das war wirklich eine Überraschung. Doch mein Erstaunen sollte noch größer werden.

Wir fanden die Reihe und schritten die Gräber ab. Dann standen wir vor Grab 12.

Harm Meesters war in den Stein gemeißelt. Weiter *Geboren 6. Januar 1994*. Das passte auch. Doch dann: *Gestorben 18. Juni 2000*.

»Das kann doch nicht sein«, meinte ich.

»Doch. Der kleine Junge ist am 18. Juni 2000 an einer Lungenentzündung im Emder Krankenhaus gestorben ...«, sagte Josepha.

Verlust

Er hat ein Gedächtnis wie ein Sieb.

Redensart

Ich hatte bislang niemanden davon erzählt, denn es gab nichts zu erzählen. Die Forschungseinrichtung lag in der israelischen Stadt Rechovot, nur zwanzig Kilometer von Tel Aviv entfernt. Rechovot hatte in der Zukunft die Größe von Oldenburg und war neben einem Handelszentrum für Orangen eine Stadt mit einer großen naturwissenschaftlich und technisch orientierten Universität. Das Institut war in Randlage der Stadt gelegen, aber dennoch bekam ich einen Eindruck über die Infrastruktur. An die anders gestalteten Fahrzeuge kann ich mich noch erinnern. Vor allem die LKW sahen völlig verschieden von den Typen der heutigen Zeit aus. Ich erinnere mich noch gut an die Menschen und das Straßenbild. An Amit erinnerte ich mich noch und an den Professor. Wie aber das israelische Zeitterminal aussah, war mir nicht mehr im Gedächtnis geblieben.

Josepha war zu einer guten Freundin geworden und sie unternahm sehr viel mit Sabine. Der Altersunterschied von fast zwanzig Jahren spielte keine Rolle. Wir hatten Josepha in unseren Freundes- und Bekanntenkreis eingeführt, der sie mit offenen Armen aufgenommen hatte. Sie kam gerne zu uns, denn sie hatte keine Familie mehr.

Sie wollte sich aber nicht binden und blieb Single. Einige junge Männer fanden Interesse an ihr, doch sie ließ alle abblitzen und schien in solchen Momenten sehr traurig zu sein.

Für Josepha, Sabine und mich verblassten die Ereignisse der letzten Jahre immer mehr. Sie schienen nicht mehr Teil unserer Realität zu sein, sondern wurden wie zum Inhalt eines Films, den wir uns gemeinsam angesehen hatten.

Zwei Jahre später

Jegliches hat seine Zeit,
Steine sammeln, Steine zerstreun,
Bäume pflanzen, Bäume abhaun,
leben und sterben und Streit.
Puhdys, »Wenn ein Mensch lebt«

Wir wollten endlich wieder einen Hundespaziergang durch das Moor machen. Josepha hatte uns mehr oder weniger an diesem Sonnabend dazu gedrängt, während wir aus unerklärlichen Gründen seit langer Zeit nicht mehr dort gewesen waren. Und das, obwohl es Alf und auch uns dort so sehr gefiel. Es war ein etwas diesiger Tag Anfang Oktober und der Herbst hatte sich schon richtig in die Natur eingenistet.

Wir stellten den Wagen an der gewohnten Stelle ab, und Alf konnte nicht erwarten, dass wir die Heckklappe aufmachten. Freudig sprang er heraus und tollte um uns drei Menschen herum.

Wir nahmen die große Runde, die uns Detta damals gezeigt hatte. Heute trafen wir sie nicht, denn wir waren etwas spät dran und sie war sicher schon längst wieder zu Hause.

Alf sprintete vorweg und wir folgten ihm etwas gemütlicher. Er drehte um, kam zu uns zurück und holte sich ein Stück Hundekuchen ab, um dann wieder mit neuer Energie loszustürmen.

Sabine und Josepha waren in einer munteren Diskussion gefangen, während ich meinen eigenen Gedanken nachhing und mir die letzte Woche mit ein paar schwierigen Fällen durch den Kopf ging.

»Schaut mal«, sagte Sabine. »Die Vögel sammeln sich.« Zu unser Rechten standen Hunderte Gänse im Moor und bereiteten sich auf den Abflug in den Süden vor. Mehrfach erhoben sich kleine Scharen und zogen in großen Formationen über die Torfflächen, um nach ein paar Runden wieder bei den anderen zu landen. Die Vögel zeigten schon eine gewisse Unruhe, was darauf hindeutete, dass der große Aufbruch bald bevorstand. Wir blieben in einiger Entfernung stehen und beobachteten das Schauspiel, ohne die Tiere zu stören.

»Wo ist Alf?«, fragte ich. Er befand sich nicht mehr in Sichtweite. Doch wir hörten ihn! Er bellte laut vor sich hin, was so gar nicht seine Art war. Durch das nasse Gras näherten wir uns der Stelle, wo wir ihn vermuteten. Schließlich fanden wir ihn. Er wühlte in der lockeren Erde und hatte schon eine Menge Torf hinter sich geworfen. Immer wieder bellte er und schleuderte dann mit perfekt koordinierten Bewegungen aller vier Beine weiteren Aushub hinter sich. Dann hielt er inne. Er schien davon überrascht zu sein, was er entdeckt hatte. Ich bückte mich zu ihm hinunter und musste ihn ein wenig zur Seite schieben, um in sein gegrabenes Loch zu schauen. Im ersten Moment befürchtete ich, eine Bombe zu sehen, denn mir blinkte ein Display entgegen. Doch ich beruhigte mich schnell. Es zeigte das heutige Datum und die genaue Uhrzeit an, die ich mit einem Blick auf meine Armbanduhr bestätigen konnte.

Ich fragte mich allerdings, warum hier jemand im Moor eine Uhr vergraben hatte ...

4315694R00113

Printed in Germany
by Amazon Distribution
GmbH, Leipzig